BARBARA

COULOMMIERS. — Typog. PAUL BRODARD.

M. E. BRADDON

BARBARA

ROMAN TRADUIT DE L'ANGLAIS

AVEC L'AUTORISATION DE L'AUTEUR

PAR

HEPHELL

PARIS

LIBRAIRIE HACHETTE ET Cᶦᵉ

79, BOULEVARD SAINT-GERMAIN, 79

1881

BARBARA

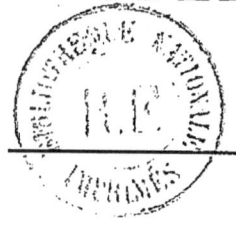

I.

— *Ayant une maison plus grande qu'il ne leur est nécessaire,* — écrivez cela, ma mère, dit Barbara, assise sur le tapis, les deux mains croisées sur les genoux, au niveau du plus joli menton du monde.

— Soixante mots pour 5 shillings! s'écrie Mme Trevenock d'un air inquiet et quittant des yeux une composition originale qu'elle rédige avec la collaboration de ses deux filles.

— Oui, écrivons cela, mère, répète Florence, à genoux à côté de la table; c'est notre seul préservatif contre l'humiliation. *Une dame et ses filles ayant une maison plus grande qu'il ne leur est nécessaire, consentiraient volontiers....*

— *Seraient heureuses,* suggère la mère.

— Non, mère; c'est beaucoup trop humble;

c'est faire trop bon marché de soi-même, mettez: *consentiraient volontiers....*

— Cela fera plus de soixante mots, j'en suis sûre, *consentiraient volontiers à recevoir un pensionnaire.*

— *Pensionnaire!....* s'écrie Barbara, faisant une adorable moue.

— *Une chambre grande et bien aérée....*

— Vaste et bien aérée, reprit Florence d'un air méditatif. Je me demande ce qu'une personne habituée aux quartiers élégants entend par une chambre bien aérée?

— Les quartiers élégants fournissent peu de pensionnaires, dit Barbara; vous nous faites perdre notre temps avec vos interruptions.

— *Une chambre vaste et bien aérée,* reprend Mme Trevenock, avec la persistance de quelqu'un qui a trouvé une idée originale; *libre accès au salon, dîner le dimanche, musique de famille.*

— N'ajouterez-vous pas, ma mère, que nous avons connu de meilleurs jours dans cet article biographique? demande Florence.

Mme Trevenock rit de bon cœur de cette observation piquante; elle était toujours disposée à s'amuser de l'esprit caustique de ses filles et, il faut bien le dire, ce penchant, chez elles, était encore encouragé par l'indulgence maternelle.

Elles étaient aussi pauvres que Job, cette mère et ses deux filles; mais, non pas comme

on l'entend généralement dans le monde, où
les gens qui ont 50,000 francs par an vou-
draient en avoir 150,000, et ceux qui en ont
150,000 trouvent la vie intolérable parce-
qu'ils n'en ont pas le double. Mme Trevenock
et ses filles devaient faire face à toutes les
exigences de la vie avec un revenu fixe de
3.500 francs environ ; parfois, une bonne aubaine
leur tombait du ciel, mais tout compte fait,
bon an, mal an, leur revenu ne s'élevait jamais
à 5,000 francs. Heureusement, la vie, il y a
vingt-cinq ans, était moins coûteuse qu'aujourd'hui. La pauvreté n'avait dans cet intérieur rien de repoussant ; leur petite maison
louée 600 francs, située à Camberwell, bâtie
au milieu d'une pelouse, avait un aspect pim-
pant et coquet.

La mère et les filles s'aimaient tendrement
et se rendaient mutuellement l'existence agréable. Elles ne goûtaient d'autre plaisir que celui
de puiser sans cesse à cette fontaine débordante
d'affection. Elles ne pensaient qu'à se faire de
douces surprises, en mettant tantôt un rosier
de plus dans le jardin, tantôt un bouquet sur
la cheminée. Actives, laborieuses et sobres,
peu leur importait de savoir comment elles
dîneraient, mais non d'orner leur maison de
fleurs odoriférantes. Ce petit cottage, où tout
était bien tenu et luisant, semblait fait pour le
plaisir des yeux.

Camberwell n'était pas encore arrivé au degré

1*

de civilisation et de progrès que représente le terrain à 500 fr. le mètre, les maisons serrées les unes contre les autres comme des dominos dans une boîte et un jardin dont les dimensions ne permettent pas de faire sécher plus d'une demi-douzaine de mouchoirs de poche à la fois. Les maisons variées d'architecture, éparses au milieu d'un frais et gai paysage, s'élèvent çà et là, au-dessus des arbres; de jolies allées sinueuses les entourent. L'effet général est simple et pastoral.

L'annonce est insérée dans le *Times* et, enfin, après trois jours passés par Mme Trevenock et ses filles dans une attente indescriptible, un pensionnaire, un seul, répond à leur appel.

— Une lettre, une pauvre petite lettre, s'écrie Barbara en tenant une .enveloppe; mais elle a l'air aristocratique.

Mme Trevenock .rompt le cachet d'une main nerveuse pendant que ses deux filles se pressent à ses côtés. Sur le cachet de cire rouge, l'empreinte d'un cimier ressort bien en relief, le papier est de premier choix, l'écriture ferme et bien formée.

— Vous voyez, mère, qu'il s'agit d'une personne au-dessus du vulgaire, dit Florence en montrant ces mots timbrés sur l'enveloppe: *United service club*. Etre membre d'un club et d'un pareil club lui paraissait la garantie d'une certaine position sociale.

— Ah! s'écrie-t-elle mélancoliquement en promenant ses regards autour de la pièce, nous ne serons pas à sa hauteur; l'annonce aura été trop attrayante, il va s'attendre à trouver un château!

— Un château! en général ceux qui habitent des châteaux ne sont pas en quête de pensionnaires, s'écrie Barbara d'un ton pratique; car ce n'est, comme chacun sait, qu'un expédient honnête pour ajouter quelque chose à ses revenus.

Mme Trevenock lit tout haut la lettre que ses filles dévorent des yeux.

Le capitaine Leland présente ses compliments à F. T. (initiales sous lesquelles Mme Trevenock avait voilé son nom) et sollicite une entrevue avec F. T. aussitôt que possible.

— C'est dire qu'il viendra, n'est-il pas vrai?

— A coup sûr, mais je ne serai pas présente à cette première inspection de nos personnes, de notre maison, de notre domestique.

— Je ne saurais y être non plus; ma mère seule essuiera ce premier feu; s'il ne trouve pas que ce qu'on lui propose vaille 25 francs par semaine, il ne prendra pas pension ici; je voudrais savoir, mère, s'il vous questionnera sur les menus du dimanche et sur la manière dont on fait les rôtis. Le convive d'un club ne doit pas aimer les rôtis au four, j'en suis sûre.

— S'il a bon appétit, que lui importera?

— Nous prendrons, je suppose, les habitudes
à la mode et nous dînerons très tard, au moins
le dimanche. Allons, mère, prenez votre papier
le plus élégant et écrivez au capitaine Leland;
il est possible que son nom soit ce qu'il y a
de mieux dans sa personne.

— Il est sans doute vieux et laid, dit Florence, dont l'enthousiasme s'évapora comme
une fumée.

— Il est pauvre certainement, dit Barbara,
c'est l'état normal des pensionnaires.

Mme Trevenock prend la plume, du papier,
écrit au capitaine Leland en lui fixant à l'après-
midi du lendemain l'entrevue qu'il sollicitait.

Les deux sœurs allèrent ensemble jeter la
lettre à la poste; puis, elles avaient l'habitude
de faire elles-mêmes leurs provisions à la ville.
C'est ainsi qu'elles épargnaient beaucoup de
temps à leur unique servante qui, elle aussi,
semblait prendre un vrai plaisir à la bonne
tenue de la maison.

Tout le long du chemin, les deux sœurs
parlèrent du capitaine Leland; leur vie tour-
nait dans un cercle si étroit que le plus petit
incident fournissait un sujet de conversation
sans fin. Tout en ayant le goût de la lecture,
elles ne pouvaient toujours discuter la littéra-
ture; leur nature ardente réclamait un objet
plus vivant. Elles avaient peu de connaissances; de brillantes relations encore moins. Ce
n'est pas avec 5,000 fr. par an au maximum

qu'on peut frayer avec les grands de la terre. Elles se tenaient pour très favorisées du sort s'il leur arrivait une invitation à prendre le thé une fois en six semaines, et une invitation à dîner une fois en trois mois.

— C'est sûrement quelque vieille momie, dit Florence.

— Il vaut bien mieux voir les choses en rose qu'en noir, puisque dans vingt-quatre heures nous n'aurons plus d'illusions à nous faire et, il va sans dire que nous nous arrangerons pour l'apercevoir.

— Naturellement.

— Représentons-le-nous comme Rochester, dans *Jane Eyre*.

— Noir comme Othello, faisant des discours lugubres pendant les deux premières semaines ; puis, tombant éperdûment amoureux à la troisième.

— De toi, bien entendu, Barbara.

— Pourquoi cela ?

— Parce que tu es cent fois plus jolie que moi.

— Vraiment, Florence, c'est trop dire ; car tu es la plus jolie fille que je connaisse.

— Hélas ! tu n'en connais guère ! dit Florence en rougissant du compliment de sa sœur.

Florence, quoique douée d'avantages physiques très réels, avait cependant raison de trouver sa sœur encore mieux partagée qu'elle ; elles représentaient à elles deux des types très différents de la beauté ; Florence avait les yeux

bleus et vifs, les cheveux châtain-clair
avec des reflets d'or, la taille gracieuse et
fine; mais il y avait autre chose dans Barbara: ses yeux étaient gris-foncé, ses cils
longs et noirs; puis, elle avait ce teint blanc
et mat qui est le plus rare de tous les avantages. Quand les deux sœurs passaient dans
une rue, la fraîcheur et l'éclat de Florence
frappaient de préférence les regards.

La lettre mise à la poste, les emplettes faites,
on rentre chez soi; les vingt-quatre heures
d'attente s'écoulent, et le lendemain, à trois
heures moins quelques minutes, Barbara et
Florence guettent, dissimulées derrière les rideaux, l'arrivée du Rochester.

L'horloge sonne un coup, puis deux, et,
avant qu'on ait entendu le troisième, les deux
sœurs aperçoivent un chapeau tuyau de poêle,
au-dessus des lauriers de Portugal.

— Quelle ponctualité! dit Florence d'un
air déçu.

— Rochester n'a jamais eu cette exactitude,
reprit Barbara, d'un air encore moins satisfait
que sa sœur.

L'étranger, arrivé à la porte du jardin, l'ouvre
sans peine en la poussant.

— Mais il est très jeune? dit Barbara.

— Brun.

— Grand.

— Une moustache ombrage ses lèvres.

Ce devait être sans doute un officier de

cavalerie, un étranger ou un aventurier, car ces trois catégories monopolisaient à cette époque l'usage de porter moustache.

— Pourvu que ce soit un homme bien élevé.

— Il a l'air très distingué.

L'étranger suivit l'allée sablée et tournante que Mme Trevenock appelait avec une prétention non justifiée l'allée des voitures, car le plus habile cocher n'aurait pu s'y hasarder sans compromettre ou la voiture ou la fenêtre qui faisait saillie au milieu de la maison.

L'arrivant ne se doutait pas des deux paires d'yeux braqués en ce moment sur le sommet de son chapeau. Il examinait l'extérieur du logis dont l'aspect champêtre et calme l'impressionnait agréablement. Cette riante retraite, se disait-il, me paraît bien préférable à une rue enfumée de Londres, sans compter l'économie qui en résultera pour ma bourse.

La bonne à tout faire ouvrit la porte ; sa tenue, y compris son petit bonnet, était irréprochable. Avant la guerre de Crimée, il y a vingt-cinq ans, les domestiques, en Angleterre, portaient le bonnet. Elle conduisit l'étranger vers le salon dont elle ouvrit la porte. Mme Trevenock se leva pour recevoir le capitaine Leland.

Que vit le capitaine en effilant le bout de sa moustache et en scrutant d'un coup d'œil ce petit salon qui n'avait que 12 pieds de long sur 12 de large ? Il vit une maîtresse de maison qui était évidemment une femme distinguée

une pièce qui n'avait rien de banal ; un visage
doux, un peu pâle mais souriant, et qui inspirait la sympathie ; un mobilier suranné peut-
être, mais bien entretenu et confortable ; un
piano ouvert, des livres sur les tables, des
fleurs partout ; enfin, tout ce qui dénote le culte
des pénates. Malgré la vie nomade que le
capitaine Leland menait depuis des années,
l'idée seule du foyer domestique exerçait toujours sur lui une sorte de fascination qui pouvait aller jusqu'à la vénération devant une
réalité sérieuse.

Après l'échange de questions et de réponses
assez difficiles pour les deux parties et pendant
lesquelles le capitaine balbutiait tout en suivant du bout de son stick les dessins du tapis,
le sentiment de l'embarras qu'il semblait éprouver finit par se dissiper et il formula franchement la phrase suivante :

— J'ai la conviction, madame, que je me
plairai ici. Je reviens de l'Inde ; ma famille
étant dispersée dans toutes les possessions an-
glaises, j'ai loué deux pièces dans le West-End,
et je passe presque tout mon temps au club.
Je suis loin, je l'avoue, de me trouver bien du
parti que j'ai pris ; les appartements du West-
End sont chers et mal tenus ; le mien dépasse
sous ce rapport tout ce que la pensée la plus
hardie a peine à concevoir. Quoique le club
soit très commode pour les célibataires, on en
a quelquefois bientôt assez et même trop.

— Je crains qu'après le West-End, Camber-well ne vous paraisse bien triste.

— Permettez-moi, madame, de ne pas par-tager vos craintes. Pour moi les gaietés du West-End ne représentent que le bruit assour-dissant des voitures dans la rue, j'ai peu de connaissances à Londres, et je ne les cultive pas.

Mme Trevenock fixa sur le capitaine des re-gards surpris. Un officier, jeune, agréable de sa personne, devait aimer la société et être l'ami d'elle; il ne pouvait manquer d'être reçu chez les duchesses et chez les ministres; elle ne comprenait rien à cette énigme et commençait à craindre qu'il n'y eût là quelque mystère. Le capitaine soupçonnait les appréhensions de Mme Trevenock et s'empressa de dire:

— Je me rappelle, madame, qu'il était ques-tion de références dans l'annonce. Je vous prierai de vous adresser à mon banquier; non pas qu'il ait de grosses sommes à moi, mais parce que c'est un très digne homme.

Il prononça ces mots avec un accent de sin-cérité qui acheva de gagner Mme Trevenock.

— Cela suffit, répondit-elle sans attendre le nom et l'adresse du banquier; mais il convient d'avoir des références de part et d'autre.

— Du tout; moi, je ne suis qu'une épave, vous, madame, c'est tout différent.

— Vous désirez sans doute voir la chambre, lui demanda Mme Trevenock en tirant le cor-don de la sonnette.

Amélie, à qui on avait fait la leçon d'avance, conduisit le capitaine Leland dans la fameuse chambre, vaste et bien aérée; de la fenêtre, on voyait le jardin d'agrément, le potager, un canal et une agglomération de toits à moitié cachés dans les brouillards de Londres.

Les deux sœurs, toujours à leur poste d'observation, entendirent pour la première fois la voix mâle et sympathique du capitaine.

— Crois-tu qu'il viendra? demanda Barbara à sa sœur.

— Non, il est beaucoup trop homme du monde.

— Il a parlé très longtemps avec ma mère.

— Simple affaire de curiosité, dit-elle, pour parer une déconvenue.

Le capitaine passa à peine deux minutes dans la chambre; la fenêtre s'ouvrait et se fermait bien et il y avait une cheminée; la pièce était saine; le capitaine en avait vu de plus grandes, mais jamais de mieux tenues. Il redescendit parfaitement satisfait. Il va maintenant demander un ou deux jours pour réfléchir et ne reviendra pas. N'est-ce pas ainsi que les choses se passent la plupart du temps?

Elles attendirent cinq minutes, écoutant toujours, puis, dès qu'elles eurent entendu le bruit de la porte qu'on refermait, elles descendirent quatre à quatre l'escalier. Si elles n'avaient été aussi jeunes, elles se seraient cassé le cou avant d'arriver en bas.

— Eh bien? s'écrièrent-elles.

— Eh bien, mes enfants, vous pouvez compter sur lui, c'est un charmant jeune homme. Je suis persuadée qu'il vous plaira.

— Je pressens qu'il nous faudra désormais faire le sacrifice de nos accès de gaieté et agir avec circonspection.

— Nous ne saurions plus dire de folies.

— Non, pas devant lui, reprit Mme Trevenock. Mais nous nous rattraperons quand il sera à son club; je suis sûre que nous ne le verrons pas souvent.

— Qui sait? dit Florence d'un ton interrogatif.

Le capitaine avait laissé sa carte, Barbara s'en empara.

— H. E. I. C. S., dit-elle, que signifient ces initiales?

— Service de l'honorable Compagnie des Indes orientales, répondit Mme Trevenock, très fière de son savoir.

— Comment ça? Ce n'est donc pas un vrai militaire?

Sa mère se hâta de lui prouver par A plus B que le service de la Compagnie des Indes valait celui de la reine.

— Mon cousin Walter Smith était au service de la Compagnie; vous devez vous le rappeler.

— Je le devrais, mais comme je ne l'ai jamais vu de ma vie, je suis pardonnable d'avoir

oublié ce détail. Mme Trevenock soupira;
hélas! elle savait mieux que ses filles que les
parents pauvres sont comme des parias, que
les familles riches et de haute distinction tiennent à l'écart. Tous les Trevenock, cependant,
n'étaient pas des gens durs et sans cœur, puisque c'était à la générosité de quelques-uns
d'entre eux que Mme Trevenock et ses filles
étaient redevables de ces petites aubaines dont
nous avons parlé plus haut. Mais quoi qu'on
fût en relations de visites, en correspondance,
et que parfois même on rompît le pain ensemble, il n'y en avait pas moins un abîme entre
cousins et cousines.

Mme Trevenock, Mlle O'Reily avant son mariage, était la fille d'un médecin, Irlandais d'origine et Anglais par éducation. Il avait été
associé d'une maison de banque et mourut
après avoir dissipé toute sa fortune. Cet évènement fut pour la famille Trevenock le premier revers de la médaille.

— Décidément, quand vient-il? demanda
Florence, qui était la plus impatiente des
deux sœurs.

— Demain.

Barbara fit une grimace.

— Alors il ne nous reste plus qu'une soirée
de liberté. Je voudrais le capitaine à cent
lieues !

— Tu ne dis pas ce que tu penses, Barbara,
car tu serais très désappointée s'il ne venait pas.

— Peut-être. C'est tellement bizarre d'avoir ici un militaire !

Barbara acheva sa phrase en faisant une pirouette comme une danseuse de l'Opéra. Quand elle ne savait plus que faire, elle se livrait à ce genre de divertissement chorégraphique.

— Maman, j'espère que vous nous donnerez ce soir un thé somptueux, et que vous nous ferez des gâteaux pour célébrer notre dernière réunion intime.

— Mes enfants, il me faudrait pour cela changer de toilette, et j'espère que vous renoncerez aux gâteaux plutôt que de m'imposer cet ennui.

— Si... si... si... crièrent les deux jeunes filles. Mme Trevenock n'avait jamais rien refusé à ses filles, elle fit donc encore ce qu'elles désiraient... Toutes trois allèrent à la cuisine, l'une se mit à battre les œufs, l'autre à râper le sucre, toutes trois riant à qui mieux mieux.

II.

George Leland, qui ne soupçonne pas l'effet qu'il a produit dans l'asile doux, chaud et tranquille de la famille, fait son apparition à Southlane à l'heure convenue. Les mots : *Villa des Roses* sont inscrits sur la porte d'entrée. Le jardin, éclairé par un beau soleil, brille de tout son éclat. Le long des murs du petit vestibule, des jardinières sont remplies de fleurs. Le calme, la fraîcheur de l'air, le parfum des fleurs, tout se réunissait pour inspirer au transfuge du West-End un sentiment de repos.

— Je ne m'imaginais pas que Camberwell pût être un si joli endroit, dit le capitaine Leland, d'un ton aimable en serrant la main de Mme Trevenock; on se croirait ici à la campagne.

En ce moment il entrevoit deux sveltes jeunes personnes, qui cherchaient à dissimuler leur présence dans la pièce voisine. Les portières étaient relevées de manière à ne former qu'un appartement qui plongeait sur le jardin.

— Mes filles, balbutie Mme Trevenock; puis elle acheva la présentation d'un ton plus officiel en reprenant : Le capitaine Leland... Mlle Trevenock, Mlle Florence.

Nouvel échange de poignées de main.

Florence prétendit plus tard qu'à ce moment une rougeur subite envahit les joues bronzées du capitaine, tant il s'attendait peu à trouver à Camberwell une personne d'une beauté aussi incomparable que celle de Barbara. Il se hâta de dissimuler sa surprise sous cette phrase banale :

— Vous paraissez avoir un bien grand jardin.

— Vu la distance si rapprochée où nous sommes de Londres, c'est presqu'en effet un grand jardin, répondit modestement Mme Trevenock. Vous plairait-il d'en faire le tour?

— Très volontiers, mais il faut d'abord que j'aille payer mon fiacre, dit le capitaine, rappelé inopinément aux soins de la vie matérielle.

Il fit ensuite monter ses malles dans son appartement, paya généreusement son cocher et retourna au salon, où l'attendaient Mme Trevenock et ses filles. Elles n'avaient pas fait grande toilette ce jour-là, mais leur mise, si simple qu'elle fût, était irréprochable. Dès que le capitaine fut descendu, on se rendit cérémonieusement au jardin. Malgré ce qu'on venait de dire de ses dimensions, les allées ne permettaient pas à plus de deux personnes de marcher de front. Mme Trevenock et le capitaine prirent les devants, échangeant des exclamations admiratives sur les plantes de belle venue qui ornaient les massifs. Les deux jeunes filles se promenaient ensemble avec cette grâce d'attitude qui est un des dons de la jeunesse.

Un bel espalier s'étendait comme un rideau entre le jardin d'agrément et le potager, séparé seulement par un mur très bas d'un canal.

Mme Trevenock, portée à voir les choses du côté humoristique et pittoresque, dit au capitaine que, du premier étage, ce jardin et ce canal lui rappelaient la Hollande. Elle ne connaissait pas ce pays, mais chez elle tout était prétexte pour donner cours à son imagination.

— Que penses-tu de notre pensionnaire? dit tout bas Barbara à Florence, qu'elle avait entraînée un peu à l'écart.

— Il est divinement beau! répondit-elle en suivant sa pente habituelle à l'exagération.

— Disons simplement qu'il est assez bien de sa personne, malgré sa peau tannée. Mais que de terre de Sienne brûlée il faudrait employer pour faire son portrait. Jamais plus noires moustaches n'ont ombragé des lèvres masculines; son extérieur fait impression par son originalité, mais de là à un héros de roman, il y a bien loin.

— J'ai la prétention de voir les choses et les hommes tels qu'ils sont, reprit Florence avec conviction.

Le capitaine et Mme Trevenock passent en ce moment près des deux sœurs; Barbara a beau dire, il est encore mieux physiquement

qu'on ne l'avait cru au premier coup d'œil :
traits réguliers, franc sourire, beaux yeux, grande
taille, et cet air de commandement que ne donne
pas seulement l'exercice, mais la vocation du
métier des armes.

— On comprend le charme que ce jardin
doit avoir pour vous, dit le capitaine ; je ne me
rappelle rien de plus joli dans le Somersetshire.

— Le Somersetshire ! répète Mme Trevenock,
seriez-vous de ce pays ?

— Oui, ma famille habite Taunton.

Mme Trevenock, après un soupir, ajouta :

— Je connais peu ces parages ; la famille
de mon mari est une des plus anciennes de
Cornwall. Un Trevenock était membre du
premier Parlement de la reine Élisabeth.

Ce n'est pas par un vain orgueil que Mme
Trevenock s'empresse de faire montre des avantages que la pauvreté a été impuissante à lui
ravir, mais pour prouver à son pensionnaire
le respect et la considération avec lesquels elle
entend qu'on la traite. La courtoisie de ses
manières est parfaite, mais qui sait dans son
for intérieur s'il ne se regarde pas comme
placé au-dessus d'elle dans l'échelle sociale ?

Le *Tre* est, en effet, le signe d'une origine
fort ancienne, et Trevenock est un très beau nom.

— Mesdemoiselles vos filles sont-elles nées
dans le Cornwall ?

— Non, elles sont nées à Londres.

— Au tintement des cloches de la ville, dit

Florence, qui s'était rapprochée de sa mère et
du capitaine.

— Si vous n'avez pas d'engagemeut pour
aujourd'hui, reprit Mme Trevenock, voulez-
vous nous faire le plaisir de dîner avec nous?

— J'ai un engagement, mais je n'en accepte
pas moins volontiers votre aimable proposition.

Mme Trevenock quitta le jardin sous prétexte d'ordres à donner, laissant ensemble le
capitaine et les deux jeunes filles.

Le capitaine trahissait non moins d'embarras
que Barbara; seule, Florence avait un aplomb
expansif et imperturbable. Voilà comment elle
entama la causerie :

— Vous connaissez les Indes, capitaine ; comment trouvez-vous ce pays?

— Je le trouve magnifique; mais il paraî-
trait moins agréable à une jeune personne
élevée dans la civilisation raffinée de...

— Camberwell, dit Florence en l'interrompant.

— Malgré les fatigues d'une vie qui ne m'a
pas laissé un moment de repos, je conserve un
très bon souvenir de ce pays.

— Avez-vous vu beaucoup de batailles?

— J'ai eu d'abord à diriger des travaux pour
l'érection d'un hôpital; j'avais à surveiller des
ouvriers et à leur montrer le maniement de
tel ou tel outil; exposé pendant des journées
entières à l'ardeur implacable d'un soleil dont
le vôtre avec ses faibles lueurs ne peut donner

la moindre idée, n'ayant aucune notion préalable de l'architecture, j'aurais trouvé plus simple de manier le fusil que la truelle ; puis, j'ai tracé des routes ; en un mot, on m'a fait faire tous les métiers. Après ces travaux pacifiques, sont venues les campagnes ; j'ai dû faire la leçon à ma troupe, comme je l'avais faite à mon régiment de travailleurs.

— Vous n'avez jamais embroché personne ? dit Florence, d'un air épouvanté.

— Il faut bien avouer que cela m'est arrivé plus d'une fois ; mais si vous vous trouviez en face d'un sauvage, féroce comme un tigre, et prêt à vous exterminer, que feriez-vous ?

— Je me sauverais.

— Ce n'est pas l'usage ; nous autres militaires, nous ne pouvons que recevoir la mort ou la donner.

Florence semblait se demander *in petto* si elle vivrait jamais en bonne intelligence avec un si grand monstre ; mais la jeune fille, après l'avoir regardé au travers de ses cils dorés, se sentit rassurée ; il avait plutôt l'air d'un héros que d'un loup-garou. Elle se dit aussi que sa sœur jouait un rôle absurde en tirant, par-ci, par-là, des brindilles de vigne vierge, sans prendre part à la conversation. Voilà, pourtant, à quoi aboutit une vie retirée ! Car Barbara est un génie qui connaît par cœur Shakespeare et lord Byron, sans parler des effusions de poésie auxquelles elle se livre elle-même !

— Les Indes sont un pays très étendu, n'est-ce pas?

— Oui; on y a ses coudées franches pour faire la guerre; mais pour vous épargner des descriptions géographiques, techniques et ennuyeuses, voulez-vous me permettre de vous apporter les croquis que j'ai faits pendant mon voyage au pays des cinq fleuves?

Tout en parlant à Florence, le capitaine regarde Barbara d'un air interrogateur; cette jolie bouche ne finira - t - elle donc pas par s'ouvrir?

— Je serais enchantée de les voir, dit-elle enfin; quoique Florence et moi nous soyons d'une grande ignorance sur bien des points, la géographie est encore notre point le plus faible. Ma mère a été notre seul et unique professeur, et, comme elle est l'indulgence même, nous n'avons jamais rien étudié que ce que nous avons voulu, et nous ne voulions pas apprendre la géographie! Si vous me demandiez, par exemple, où est le Kamchatka, je serais en état de vous répondre que c'est dans un pays où il fait un froid des plus rigoureux; mais quant aux degrés de longitude ou de latitude, je n'en ai pas la moindre notion, je l'avoue. C'est beaucoup trop fort pour moi....

— Ne faites pas ainsi les honneurs de notre ignorance, car le capitaine nous prendrait au mot.

Il n'en fallait pas davantage pour rompre

la glace, et on continua à faire quelques tours de promenade dans le jardin, causant de choses et d'autres; puis, la jeune servante vint annoncer que le dîner était servi.

Mme Trevenock avait si libéralement ordonné le menu, que Florence ne put se défendre de se dire à elle-même :

— Si on continue sur ce pied, le capitaine sera la cause de notre ruine! une livre sterling par semaine ne saurait suffire à un tel luxe.

Le capitaine Leland fit les honneurs de sa propre personne avec tant de franchise qu'il semblait, avant la fin du repas, qu'on le connût depuis des années.

— Mon père était dans les ordres; ma mère vit encore; sans fortune, ils ont élevé une famille nombreuse; une bonne éducation est le seul bien dont nos parents nous aient dotés; chacun de nous doit trouver moyen de s'établir et de se suffire à lui-même; deux de mes frères appartiennent au clergé; quatre de mes sœurs sont mariées; l'aînée est une vieille fille et l'ange tutélaire de la maison.

— Qui a pu, alors, vous inspirer le goût d'une profession aussi cruelle? demanda Florence au capitaine. N'avez-vous pas des remords de faire la guerre à des créatures de Dieu?

— Du tout; je suis enchanté de mon sort.

Puis, il leur apprit qu'il était resté huit ans dans l'Inde, après quoi il avait sollicité un

congé d'un an. Les six premiers mois étaient
déjà écoulés; il les avait consacrés à sa famille:
mais il voulait employer les six derniers à l'étude
du sanscrit et des lois indiennes. On resta
longtemps à table; le capitaine avait un appétit de batteur en grange. On passa ensuite
au salon; un piano était placé près de la cheminée; de tous côtés des livres, des fleurs, cent
jolis riens attestaient la distinction et la person-
nalité des maîtresses du logis. Une douzaine
de gravures, d'après les meilleurs maîtres et
que Mme Trevenock appelait sa galerie de tableaux, donnait de la vie aux murs. Le piano
était ouvert. Le capitaine parla musique et
supplia que l'on en fît. Les deux sœurs jouèrent
à quatre mains une sonate de Mozart; la mère
chanta un duo avec Barbara, dont le contralto
bien timbré eût été digne de recevoir des leçons
des plus grands maîtres. Le capitaine écoutait
et admirait; il insinua qu'il avait une voix de
baryton et qu'au besoin il ferait sa partie.

Mme Trevenock ayant été obligée d'aller
tourner les feuillets de la sonate de Mozart,
le capitaine put procéder à un inventaire complet des livres placés autour de lui, pensant
non sans raison que cet examen l'éclairerait
sur le caractère distinct, intime, personnel du
trio féminin chez lequel il se trouvait; il con-
stata que des livres de choix décélaient une éducation cultivée, un esprit élevé et de nobles
aspirations.

— Mme Trevenock est à coup sûr une femme des plus distinguées et l'aînée de ses filles est la plus belle personne qu'on puisse voir. Mais, pensa-t-il en lui-même, en se frappant le front, aurais-je déjà reçu le coup de foudre?... Non pas! non pas! On peut voir une belle personne sans l'aimer du premier coup comme un fou... Non; Dieu merci, je n'ai pas cette faiblesse.

III.

On était au milieu de l'été ; les roses brillaient de tout leur éclat dans le jardin de Camberwell, non pas les roses de nouvelles espèces qui n'ont pour toute beauté que leur rareté, mais la rose moussue, la rose à cent feuilles, la rose capucine.

Le capitaine Leland habite depuis un mois la villa des Roses ; il est bien casanier pour le membre d'un club, car il passe ses matinées dans le jardin, ou sous la vérandah, étudiant le sanscrit, parcourant des journaux, ou faisant la lecture à Barbara et à Florence pendant qu'elles travaillent à de longues bandes de broderie.

Dans l'après-midi, il va passer quelques heures à son club, où il rencontre des camarades, lit les journaux, dîne ; après quoi il revient prendre le thé chez Mme Trevenock, qui préfère cet arrangement à tout autre, puisque cela lui permet de ne rien changer à l'économie ordinaire de sa vie habituelle.

— Eh bien ! j'espère que vous êtes contente de votre pensionnaire et vous devez me savoir

gré de la fameuse annonce dont je me vante
d'être l'auteur! dit Florence à sa mère, un jour
à dîner, d'un ton un peu outrecuidant.

Florence avait la faiblesse de croire que tout
ce qui réussissait avait été projeté par elle;
elle admettait la supériorité de Barbara, sauf
dans les choses de la vie pratique.

— Vous savez bien, dit la mère, qu'il y a
des années que je pensais à prendre un pensionnaire et à utiliser notre grande chambre
inoccupée.

— C'est possible; mais c'est moi qui ai tranché
dans le vif et à qui reviennent les honneurs
du succès. Ah! si tous les pensionnaires ressemblent au capitaine, il est permis d'exprimer
le regret de n'avoir pas six chambres à leur
offrir!

— Permettez-moi, cependant, de vous rappeler que tout d'abord nous n'avons pas jugé
le capitaine très favorablement, dit Barbara à
sa sœur.

— Cela tenait à ce que son appétit me paraissait effrayant; je ne prévoyais pas sa délicatesse ingénieuse: jambon d'York, caisse de
thé, confitures de Goyave, paniers de fraises,
et enfin ce poisson, dit-elle en désignant un
saumon qui n'en était pas à sa première apparition sur la table. Il est incontestable que
les cadeaux faits par les parents riches de Mme
Trevenock pour venir en aide à sa gêne
avaient fini par émousser en elle un certain

sentiment de dignité ; les petits présents du
capitaine, bien loin de la froisser, lui étaient très
agréables. à recevoir.

La mère et les filles restèrent longtemps à
table, non pas tant pour faire honneur au saumon que pour causer de leur pensionnaire. Il
aurait suffi de les entendre cinq minutes pour
se convaincre que la mère et les filles trouvaient le capitaine adorable.

Barbara est incontestablement la plus réservée des trois ; mais, si elle parle peu, ses yeux
en disent plus long que les discours des autres.

Après dîner, on se promène au jardin en
respirant le parfum des fleurs ; puis, on remonte
faire un brin de toilette en l'honneur du capitaine ; chaque jour semble apporter un nouveau charme à ces soirées intimes. On a roulé
le piano sous la vérandah. Mme Trevenock
joue tantôt *Indiana*, tantôt une valse de Strauss,
et le capitaine fait successivement quelques
tours de valse avec Barbara et Florence. Ainsi,
on sait se procurer des amusements innocents,
mais dont on use néanmoins avec modération,
car ils durent à peine une demi-heure. Cependant, aucune des danses que Barbara dansera
dans toute sa vie ne lui laissera d'aussi char-
mants souvenirs que ces valses sur la pelouse
de la villa des Roses. O magie de la jeunesse,
qui peut égaler ta puissance ! Qui peut rivali-
ser avec les impressions d'un sentiment inconnu
jusque-là, de ce premier amour, en un mot,

dont le souvenir refleurit même sur les plus
sombres ruines! Mais c'est surtout George
Leland, le vaillant soldat, l'homme dont le
front s'est plissé sous l'effort de la réflexion,
dont le visage s'est hâlé au soleil, dont les
membres ont bravé tour à tour la chaleur, la
neige, l'orage, la poussière et le vent, qui
jouit de cette douce vie comme quelqu'un qui
rattrape le temps perdu; c'est qu'il y a un an
à peine il était dans un pays sauvage, obligé
d'endosser le harnais militaire, vivant sous la
tente, n'ayant à son service que des Afghans,
loin de toute civilisation, privé de toute société,
de tout regard de femme, des livres, des fleurs,
de la musique, de tout ce qui lui plaisait le
plus au monde après son devoir. Il ne s'était
dérobé à aucune corvée, à aucun péril; il avait
accompli en quelques années aux Indes une
œuvre à laquelle une vie tout entière aurait
à peine suffi.

Il est sept heures et demie. Florence joue
du piano; Barbara se promène rêveuse au jardin. Elle porte une robe de mousseline rose
pâle; dans ses cheveux un ruban bleu; ses
longs cils voilent un regard brillant et sérieux:
il est superflu de dire à qui elle songe. A la
villa des Roses, toutes les pensées suivent le
même cours. Mme Trevenock ne doute pas
qu'il ne demande bientôt la main de Barbara;
mais elle est persuadée que, malgré tous les
dons qui sont départis au capitaine, il n'est

peut-être pas l'égal de Barbara, n'étant ni marquis, ni millionnaire. Florence fait plus d'une fausse note; évidemment, son esprit est ailleurs. Des pas se font entendre, les pas que Barbara reconnaît si bien: le capitaine arrive aussitôt près d'elle.

— Quelle joie, dit-il, de revenir dans cette aimable retraite qui semble une oasis au milieu des horizons brumeux et poudreux de Londres !

— Avez-vous fait beaucoup de choses aujourd'hui?

— Beaucoup. J'ai vu mon agent.

Un sentiment douloureux semble envahir Barbara.

— J'ai fixé l'époque de mon départ, ajoute encore le capitaine.

— Pour l'Inde?

— Pour l'Inde. Je dois m'embarquer sur le *Hesper*, qui quittera Southampton le 4 septembre. Je passerai par l'Égypte et la mer Rouge.

— Vous repartez si tôt?

— Vous trouvez que c'est tôt? J'ai encore deux bons mois de congé et de repos.

— Croyez-vouz avoir encore à faire la guerre quand vous retournerez aux Indes?

— Je le suppose; car les affaires ne semblent pas s'arranger dans le Punjab.

— Vous irez sans doute passer une partie de ce temps dans le Somerset? dit Barbara, après un moment de silence.

— J'irai y passer une semaine pour voir
ma bonne vieille mère; ce sera tout à la fin
de mon congé; elle tient à ce que je lui con-
sacre mes derniers jours.

— Qu'elle doit être inquiète et malheureuse, quand vous êtes si loin et qu'elle vous
sait exposé à tant de dangers!

— J'aime à croire qu'elle ne considère pas
seulement le côté périlleux de ma carrière,
mais qu'il lui est doux de penser que son fils
fait son devoir en servant son pays.

— Sans doute, mais si j'avais un fils placé
dans de telles conditions, ma vie ne serait
qu'inquiétudes et tourments.

Ils se promènent encore quelque temps dans
le jardin et cueillent quelques roses: l'air est
tiède et calme. Barbara reste silencieuse; elle
songe au peu de durée du bonheur. Deux
mois encore et tout sera fini! Deux mois encore
et leur nouvel ami disparaîtra de leur vie comme
l'éclair qui a glissé sur l'horizon; quand le
voyageur voguera sur l'Océan, quand il errera
dans les déserts, quand il bâtira des forts,
quand il fera faire l'exercice à ses soldats,
quand il poursuivra les Afghans, quelle place
le souvenir de la villa des Roses aura-t-il
dans ses pensées? Le calme avec lequel il
parle de quitter sa mère ne permet pas de
douter qu'il déchirera sans regret cette charmante page de sa vie.

IV

Le lendemain il pleuvait.

— Quel horrible temps pour la fin de juin!
dit Florence avec indignation.

Le capitaine, qui ne semble pas le moins du
monde scandalisé du mauvais temps, passe sa
matinée avec les deux sœurs, choisissant tous
les passages intéressants du *Times* pour les
leur lire tout haut. Tandis que Barbara travaille d'une main nerveuse à un ouvrage de
broderie, Florence ne fait œuvre de ses dix
doigts; de temps à autre, elle se lève et
bondit dans l'appartement comme un jeune
cheval qui s'impatiente à l'écurie.

Après avoir suffisamment commenté le *Times*
et parlé de l'Inde, puis de l'Angleterre, du
passé, du présent, de l'avenir, les deux jeunes
filles commencèrent à raconter leur propre
histoire. Elles disent au capitaine qu'elles ha-
bitaient leur petit cottage depuis longtemps
déjà, qu'elles avaient découvert ce logis par
hasard; qu'alors le jardin était à l'état inculte
et que la maison avait besoin d'un nettoyage
autant à l'intérieur qu'à l'extérieur.

— J'ai badigeonné moi-même les plafonds, dit Florence, ce qui n'est pas, croyez-m'en, une besogne agréable; j'avais bien un madras noué sur la tête, mais la poussière ne m'en tombait pas moins toujours dans les yeux.

— Je suppose que vous êtes fixées à Camberwell depuis que vous avez perdu votre père? demanda le capitaine quand on eut épuisé le sujet du badigeon.

— Perdu notre père! s'écria Florence; mais il est encore de ce monde!

— Vraiment! dit George Leland d'un ton stupéfait.

Vivre six mois sous le toit d'une personne qui paraît des plus respectables, croire qu'elle est veuve et ses enfants orphelins, puis apprendre tout à coup le contraire, c'était bien fait pour exciter l'étonnement des gens même les plus sobres de démonstrations.

— Je croyais votre mère veuve, balbutia-t-il.

— Ma mère est d'une réserve exagérée sur ce point, dit Florence; pour ma part, je préfère la franchise absolue; elle a un mari, nous avons un père; mais je dois dire qu'il est loin de réaliser la perfection de l'un ou de l'autre rôle.

Le sujet était grave. Le capitaine ne put cependant s'empêcher de sourire; c'est que Florence lui faisait face, tordait entre ses doigts sa chaîne d'or, avec une expression de physionomie qui n'était rien moins que sérieuse.

— Nous pourrions, au demeurant, dire que
nous n'avons plus de père, car il n'a jamais
rempli vis-à-vis de nous les devoirs d'un père,
ajouta Barbara.

— Ne soyez pas si sévère ; tenez, je vais
vous citer de lui un trait de caractère : je me
rappelle parfaitement que le jour (c'était un
dimanche) où j'ai mis pour la première fois
un tablier avec des poches, il m'a généreusement donné six pences !

— Il aurait mieux fait de payer ses dettes
et de nous assurer un toit que de manger sa
fortune, dit amèrement Barbara.

— Quelle espèce d'homme est donc votre
père ?

— Je vais vous le définir en cinq mots, comme
on me l'a souvent décrit : il n'est l'ennemi de
personne, excepté de lui-même.

— Ah ! dit le capitaine avec l'air d'un homme
qui trouve la situation embarrassante.

— C'est une bonne pâte, comme on dit vulgairement, reprit Florence, et quand parfois il
s'emporte, ses colères ne durent pas. Il me
trouve insupportable, intraitable, impossible ;
et, un jour, il m'a menacée de me jeter par
la fenêtre.

— Vous le voyez donc quelquefois ?

— Oui, nous sommes en relation de visites ;
maman va rarement le voir ; car lorsqu'elle l'a
quitté, il a prétendu avoir le cœur si malade
qu'elle se ferait un scrupule de rouvrir ses

blessures. Mais ma sœur et moi nous le favo-
risons de temps à autre d'une visite; il a un
cabinet d'affaires; il ne réussit que médiocrement, je crois; car, depuis que je vais chez
lui, je ne vois jamais que les mêmes noms
sur les cartons du casier.

— Que vos visites doivent le rendre heureux! dit le capitaine avec conviction.

— Croyez-vous? reprit Florence d'un ton
interrogatif. Il me semble au contraire que
l'impression est loin d'être toujours agréable,
puisque, comme je vous le disais tout à l'heure,
il m'a menacée une fois de me jeter par la
fenêtre...

— Vous a-t-il fait les mêmes menaces? dit
Georges Leland en s'adressant à Barbara, qui
n'a pas levé les yeux de sur sa broderie.

— Non, dit Florence, par la raison toute
simple que Barbara ne demande jamais rien.

— Vous lui demandiez donc quelque chose?

— Oui, je vais vous raconter une de nos
visites: le tableau représente un cabinet d'affaires; dans le fond de la pièce, un homme
d'affaires écrit ou, plus souvent encore, se net-
toie les ongles. Le premier commis, M. Maulford, se lève et dit à l'oreille de son patron:
Mesdemoiselles Trevenock. Deux jeunes filles,
d'une mise simple et élégante, s'approchent du
bureau. Le premier commis s'éloigne, mais
tout en s'arrangeant, néanmoins, pour entendre
la conversation. Ah! c'est vous, dit l'auteur

3*

de nos jours sans lever les yeux. Nous lui
souhaitons le bonjour aussi affectueusement
que les circonstances le permettent. Comment
va votre mère? Nous répondons qu'elle est
souffrante d'une migraine ou d'une névralgie.
Avez-vous des nouvelles de la famille? Nous
lui racontons ce qui peut l'intéresser dans la
lettre de notre tante; il paraît ne pas écouter,
mais il entend. Une seconde pause...; puis, je
commence l'attaque. Papa, dis-je avec douceur
et bonne grâce, ne pourriez-vous pas me donner un peu d'argent? Ma sœur et moi, nous
avons besoin de chapeaux d'été; maman a,
ces jours-ci, à payer l'eau et le gaz; deux ou
trois souverains nous seraient aussi utiles qu'a-
gréables. Mon père lève alors les yeux pour
la première fois; il me demande brutalement
si je m'imagine qu'il n'a qu'à se baisser pour
ramasser de l'or, si je suppose qu'il ait trouvé
la pierre philosophale. (Je crois tout simplement
qu'il doit gagner un peu d'argent.) Les paroles continuent encore quelque temps à tomber
de sa bouche, après quoi il nous donne enfin
un souverain ou deux. Nous le remercions l'une
et l'autre: je m'approche de lui, je l'embrasse,
tandis que Barbara reste immobile comme
une statue. Je lui demande ensuite un peu de
monnaie pour payer notre fiacre, comme si
nous étions susceptibles de telles prodigalités!
C'est simplement sous prétexte de lui tirer
encore un peu plus d'argent. C'est alors que

la moutarde commence à lui monter au nez;
il me reproche de vouloir le dépouiller de tout
ce qu'il possède; de ses vêtements, de ses cheveux, de ses dents! Hi! hi! hi! comme si j'a-
vais besoin de ses cheveux, de ses dents! Malgré
cela il tire encore quelque monnaie de sa poche,
où l'argent sonne comme si elle en était pleine;
il n'y a que les millionnaires pour mettre ainsi
pêle-mêle l'or et l'argent. Je lui demande encore quelques pences pour acheter les gâteaux
de notre goûter; puis, aussi quelque petite
monnaie pour avoir du papier, des plumes, de
la cire à cacheter. La dernière demande est
la goutte qui fait déborder le vase, et provoque
la menace de me jeter par la fenêtre; je n'in-
siste pas davantage et nous nous quittons en
assez bons termes.

— Puis-je vous demander si vos visites
sont fréquentes?

— Si elles l'étaient, riposte Florence, nous
roulerions sur l'or et l'argent. Nous les com-
binons seulement de façon que notre père paye
nos chapeaux, l'eau et le gaz.

— Sa part de responsabilité et ses charges ne
sont pas lourdes. Est-ce indiscret de vous demander encore depuis combien d'années M. et
Mme Trevenock vivent séparés?

— Vous pouvez me faire toutes les questions que bon vous semblera; je suis la franchise
même. Il n'y a jamais eu, que je sache, de
scènes violentes entre nos parents, mais mon

père ne donnait jamais assez d'argent pour le
ménage, et pour les gages des domestiques,
il y avait habituellement une saisie exécutoire
à la maison. Mon père n'en continuait pas
moins à aller à son club, à jouer, creusant
ainsi l'abîme au lieu de le combler. Ma pauvre
mère ne pouvait vivre de cette vie, et un jour,
à bout de patience, elle quitta le toit conjugal
avec nous et après avoir écrit à son mari une
lettre très digne; une pauvre vieille amie de
ma mère nous recueillit toutes les trois. Comme
je vous l'ai déjà dit, nous étions encore tout
enfants : Barbara avait des jambes comme des
balustres. Il n'y a vraiment pas de quoi rou-
gir ainsi, Barbara; il faut bien, en vérité,
avoir des jambes quelconques, il n'y a pas de
mal à dire qu'elles étaient comme des balustres. Depuis ce temps, ma mère ne nous a
jamais quittées un instant. Ma mère seule
nous a appris à lire, à écrire, à travailler. Nous
ne saurions jamais assez reconnaître sa douceur
et sa générosité. Voilà, capitaine, l'histoire de
mon père, de ma mère et la nôtre !

— Je vous remercie de la confiance que
vous me témoignez, dit le capitaine.

— Il n'y a pas de quoi réellement; certains
sujets de conversation conviennent mieux que
d'autres aux jours pluvieux, ajouta Florence;
je parle assez volontiers de mon père quand
le ciel est triste comme aujourd'hui.

— Voudriez-vous venir voir une exposition de

tableaux? continua le capitaine, en quête d'un expédient pour se ménager un tête-à-tête avec Barbara.

— Non, cela entraîne toujours des frais de voiture, dit Florence; il est beaucoup plus raisonnable de rester à la maison.

— Mais le capitaine préfère peut-être aller à son club?

— C'est à lui de décider ce qu'il veut faire; il a la liberté de la parole tout autant que moi, bien entendu. Voici ma motion : Nous resterons tous ici, et le capitaine va nous raconter la guerre des Sikhs.

— Vous devez en avoir par-dessus les oreilles, répondit le capitaine.

— Cela signifie-t-il, au fond, que vous désireriez aller à votre club?

— Pas le moins du monde, car le temps n'invite vraiment pas à aller au West-End.

— Eh bien! alors, capitaine, racontez-nous quelque terrible épisode de la guerre des Sikhs, à moins toutefois que vous ne préfériez donner une leçon d'indoustani à Barbara. Si elle devient un jour gouvernante, ce sera pour elle un grand avantage de connaître cette langue!

— Quant à moi, c'est ce que je préfère à toute chose, répondit le capitaine.

On alla donc chercher la grammaire et un petit vocabulaire de demandes et de réponses; la tête du professeur et celle de l'élève se rapprochent pour lire et rédiger quelques phrases ; mais, en résumé, le capitaine fait la plus grande partie du travail.

Ils étaient comme des enfants et presque aussi naïfs. Florence seule voyait le dessous des cartes, et tandis qu'à l'autre bout de la table elle faisait des dessins à la plume, voire même peut-être des caricatures sur le papier buvard qu'elle avait acheté avec l'argent que son père lui avait donné, elle se disait à elle-même, avec son air espiègle et fin, qu'elle frayait à sa sœur la route de la fortune. Quand le capitaine sera général et que Barbara demeurera dans une belle maison de Portmantsquare, elle aura quelque droit, sans doute, à une haute et magnifique récompense. L'aprés-midi de ce jour pluvieux lui sémble, à dire vrai, plus long qu'à sa sœur et au capitaine. Elle n'en surmonte pas sans effort la monotonie et elle dissimule plus d'un bâillement, en portant à sa bouche la main qui tient la plume ; les roses s'effeuillent sous la pluie ; les toits et les clochers ne présentent à l'horizon que des taches noires sur fond gris ; sauf pour les amoureux, la journée est des plus tristes et maussades ; mais penchés sur la grammaire, absorbés par l'étude de l'indoustani, peu leur importe la pluie. Ils ont en eux l'éternel soleil, le chant des oiseaux, le parfum des fleurs, la magique beauté d'un ciel serein. Quel est donc le pouvoir qui retient ainsi captif ce héros intrépide ? celui qui n'aimait que la vie des camps, les fanfares guerrières, le cliquetis des armes et les courses au désert?

L'amour a apprivoisé le lion; un nouvel Hercule file aux pieds d'Omphale.

— J'aime à croire que maman va nous faire allumer du feu ce soir pour le thé, dit Florence en grelottant. Je suis gelée! dire que nous sommes à la veille de juillet!

Le thé, en effet, tint tout ce que Florence en espérait : feu, gâteau et le reste; puis on se réunit autour du piano pour faire de la musique; enfin on danse un peu et on cause bien davantage encore. La pluie avait cessé de tomber. Les deux sœurs profitent de l'embellie pour aller au jardin avec le capitaine. Les nuages, en s'écartant, laissent voir la lune dans sa mélancolique splendeur.

— J'ai une chose à vous demander? dit le capitaine, en jetant sur la plate-bande son cigare allumé.

— Ciel! se dit Florence, serait-il assez prosaïque pour faire en ma présence une déclaration à Barbara!

— Je suis sûr que nous aurons demain un temps splendide, dit le capitaine ; si vous vouliez, nous irions à l'exposition de tableaux, ensuite, nous nous promènerions un peu au parc, et enfin nous finirions par le traditionnel dîner de Whitebaits, à Greenwich.

— Parfait! s'écrie Florence, sauf la dernière partie du programme. A quoi bon gaspiller

de l'argent pour un dîner de Whitebaits? Je suis
sûre que vous n'y tenez pas plus que nous. Nous
pouvons bien aller à Greenwich, mais en
revenant dîner ici : un gigot. une salade, pas
davantage.

— C'est en effet bien tentant, dit le capitaine, dont les finances, malheureusement,
ne sont pas au-dessus des considérations
économiques : si vous et votre mère l'aimez
autant...

— Non pas autant, dit Florence. mais un
million de fois plus.

Son opinion était toujours censée représenter
celle de sa mère et de sa sœur.

Il fut donc convenu qu'on irait à Londres
le lendemain matin de bonne heure, qu'on
prendrait le train pour Greenwich, et qu'on
reviendrait dîner à la villa des Roses.

V

Il est trois heures de l'après-midi; le temps est splendide; l'azur du ciel semble planer sur un paysage italien, avec ses vignes, ses oliviers et la perspective d'une mer bleu saphir. L'ombre est délicieuse sous les bois qui couvrent la colline de Greenwich, le vent a replié ses ailes, les feuilles sont à peine agitées. Le capitaine et les dames Trevenock ont visité l'exposition; ils sont maintenant dans le parc historique de la reine Élisabeth; il n'est envahi en ce moment par aucun écolier en liberté. La voix de la nature y fait entendre de toutes parts son chant simple et sublime. Le capitaine et Barbara ont pris les devants; Mme Trevenock et Florence forment l'arrière-garde. La mère se traîne plutôt qu'elle ne marche.

— Si nous nous asseyions, maman; je suis sûre que vous vous êtes fatiguée outre mesure avant de sortir.

— Non, ma chérie, j'ai seulement repassé vos deux robes de mousseline.

— S'appeler Trevenock et se voir réduite à de si vulgaires occupations!

— Quand je vivais dans l'opulence, chez mon père, j'étais loin de prévoir ce que le sort me réservait !

— Je ne saurais passer devant la belle maison que vous habitiez jadis sans me dire : C'est là que vivait ma mère; c'est sur cet imposant balcon qu'elle s'appuyait; c'est par ces larges fenêtres qu'elle regardait lorsqu'elle était jeune et jolie; cela ne veut pas dire, maman, que vous ne la soyez plus, car, suivant moi, vous êtes toujours, au contraire, la plus jolie personne que je connaisse.

— A quarante et un ans, ma chérie, il faut mettre de côté toute prétention à la beauté.

— Vous êtes d'autant plus jolie, maman, que vous avez moins de prétention.

Mme Trevenock poussa un soupir de regret en songeant que sa beauté lui avait procuré si peu de joies en ce monde. Elle aperçut en ce moment, au loin, dans la perspective d'une longue allée, à travers le feuillage transparent, le capitaine et Barbara; elle soupira de nouveau en se disant que la beauté de sa fille ne réussirait peut-être pas mieux que la sienne à lui valoir le gros lot à la loterie. J'ai assez souffert de la pauvreté pour désirer que mes filles soient riches, dit-elle plutôt à elle-même qu'à Florence.

Florence, qui, avec son esprit pénétrant, devinait tout à demi-mot, répondit :

— Il est fâcheux que le traitement des officiers de la compagnie des Indes ne soit pas

plus élevé; mais les veuves ont droit, paraît-il,
à de fort belles pensions.

— C'est une assurance contre la misère, voilà
tout. Ah! si la beauté avait quelque prestige
ici-bas, les millionnaires et les ducs devraient
se disputer la main de Barbara.

— Les ducs sont rares, ma mère, la plupart
de ceux que je connais, ajoute-telle avec un
aplomb risible, sont vieux, cacochymes, ou déjà
mariés.

— Le capitaine est l'honneur et la bonté
mêmes; mais j'avais fait pour Barbara des rêves
plus ambitieux!

— Comment ces rêves se seraient-ils réalisés?
qui se doute au monde qu'il existe une belle
jeune fille à Southlane? Hélas! le temps des
fées est passé à jamais. Si Barbara avait débuté
au théatre comme cantatrice ou comme actrice
tragique, ce serait tout différent. La beauté
sous le boisseau est un bien perdu ; ainsi que la
violette sous les feuilles, elle peut naître, s'épa-
nouir, se faner, mourir, sans que personne ait
soupçonné son existence. Songez, ma mère, à
toutes les jolies plantes qui vivent et meurent
dans les forêts : primevères, muguets, violettes;
les papillons aux ailes diaprées, les oiseaux,
les biches et les chevreuils, la nature seule leur
sourit et les admire silencieusement. Notre situation étant donnée, je trouve que c'est une vraie
bonne fortune pour Barbara de devenir la femme
d'un beau capitaine comme Georges Leland.

— Elle pourrait faire un bien plus brillant mariage.

— Plus brillant peut-être, mais pas meilleur certainement. En tout cas, je m'opposerais à la réalisation immédiate de leurs vœux.

— Je crois que le capitaine fera de nécessité vertu, car je lui ai entendu dire une fois qu'il préférait attendre pour se marier, afin de pouvoir donner à sa femme une existence plus brillante et plus confortable. Je suis sûre que pour rien au monde il ne voudrait que sa femme repassât ses robes; sous le climat brûlant des Indes ce serait, du reste, un vrai martyre.

— Georges Leland a toutes mes sympathies, mais je serais désolée s'il m'enlevait ma chère Barbara.

Pendant ce colloque entre Mme Trevenock et Florence, le capitaine et Barbara errent sous les ombrages, aussi heureux du présent que peu soucieux de l'avenir.

— Quelle excellente mère vous avez, dit Georges à Barbara, elle m'a inspiré une véritable sympathie et une vénération profonde, depuis que vous m'avez confié l'histoire de votre famille. J'admire le courage avec lequel elle a soutenu le long combat de la vie; je lui sais gré de la douceur et de la tendresse avec lesquelles elle vous a élevées.

— Le fait est que jamais enfants n'ont été plus heureuses que nous sous l'aile maternelle; l'argent n'est pas tout dans le monde; si nous

avions été plus riches nous n'eussions peut-être
pas été aussi heureuses, aussi tendrement unies
les unes aux autres.

— Tout en ayant l'expérience de la pauvreté,
vous ne croyez pas qu'elle rende le bonheur
impossible?

— Je ne le crois pas.

— Alors vous ne seriez pas effrayée d'épouser
un homme pauvre, si vous l'aimiez? dit le capitaine avec un accent passionné.

Le sens mystérieux, quoique très clair, de ces
paroles, fit tressaillir Barbara, qui devint tour
à tour blanche comme un lys et rouge comme
un coquelicot.

— Ah!... vous avez compris depuis longtemps l'amour que vous m'avez inspiré, cet
amour qui chaque jour s'impose à moi plus
grand et plus fort.

— Eh bien, non, je n'osais m'en flatter, et
parfois si je me laissais aller à cette douce
illusion, je me disais ensuite, que ce n'était
qu'une fantaisie passagère.....

— Non... Barbara. Je vous aime parce que
vous êtes l'être le plus adorable, le plus doux,
le plus modeste, le meilleur de la création.
Je vous aime parce que vous êtes digne de
l'amour le plus ardent, et que la beauté du
ciel semble se réfléchir en vous. Barbara, ren-
dez-moi le plus heureux et le plus fier des
hommes en me disant que je ne vous suis pas
indifférent.

— Ne serez-vous pas scandalisé, quand je vous avouerai que je ne vous connaissais pas depuis plus d'une semaine que déjà je vous aimais passionnément ? faut-il ajouter que vous êtes à peu près le premier qu'il m'ait été donné de connaître, qu'il est tout simple que Florence et moi nous nous soyons beaucoup occupées de vous ?

— Vraiment ! s'écria le capitaine d'un ton un peu humilié ; alors, ma position rappelait celle d'Adam dans le Paradis terrestre. D'après votre dire, je dois croire que si j'étais arrivé en seconde ligne je n'aurais pas eu autant de chance de réussir ?

— Vous savez bien, au contraire, que je n'aurais jamais aimé que vous.

— Oui, dit-il avec ardeur, je veux croire que vous êtes cette autre moitié de moi-même qui s'était égarée depuis le commencement des mondes et que j'ai retrouvée quand je vous ai rencontrée.

— C'était écrit là-haut de toute éternité, j'en suis sûre ; pourquoi auriez-vous lu, s'il n'en était pas ainsi, l'annonce du *Times* ?

— Mes yeux sont tombés dessus et cela m'a suffi.

— Je me flatte d'avoir été pour quelque chose dans la rédaction de cette pièce importante, dit Barbara avec orgueil.

— J'y ai reconnu votre main : c'est un exemple probant des affinités électives.

— Ciel ! s'écria Barbara, nous nous sommes perdus.

— Non, nous nous sommes seulement éga-
rés un instant dans le pays des rêves. Tenez,
voyez-vous là-bas votre mère et Florence?

Ils continuèrent à marcher côte à côte, répétant toujours la même chose : qu'ils s'aiment
et combien ils s'aiment; ils ne font aucun projet d'avenir et planent dans l'éther de l'amour
abstrait. Demain, ils redescendront sur la
terre et considéreront le côté pratique des
choses. Enfin, ils rejoignent Mme Trevenock
et Florence, assises sur un banc; la mère était
profondément endormie, la fille charmait ses
loisirs en perforant avec le bout de son parasol
l'écorce d'un chêne. Elle devina instantanément ce qui venait de se passer.

— N'est-il pas temps d'aller reprendre le
chemin de fer? demande Mme Trevenock en
se réveillant.

— C'est à vous d'ordonner, c'est à moi
d'obéir, répond le capitaine; puis il tire sa
montre et ajoute: Il est quatre heures et demie, le départ est à cinq heures et demie.

— Je voudrais me promener éternellement
dans ce parc, dit Barbara, sur le ton du ravissement.

On décide de se rendre à la station; on monte
en wagon; Barbara s'assied dans un coin et
s'abrite du soleil couchant derrière un store;
elle n'ose lever les yeux, mais elle sait que les
regards du capitaine sont fixés sur elle. Florence parle à bâtons rompus; Mme Trevenock

achève son somme interrompu. On arrive, on
dîne, puis on fait de la musique, on valse;
heureux jour! soirée poétique! jour et soirée
d'un bonheur pur et parfait pour Barbara
Trevenock!

Le lendemain n'est pas un jour sans nuage.
Barbara et le capitaine font solennellement leur
communication à Mme Trevenock. Elle est
fière, très fière sans doute, de l'honneur qu'il
fait à sa fille; elle a de la sympathie et beaucoup de considération pour son jeune pensionnaire, mais elle ne lui cache pas qu'elle avait
rêvé pour Barbara autre chose qu'un mariage
avec un capitaine de l'armée des Indes; il em-
mènera sa fille aux Indes, et c'est à quoi elle
ne consentira jamais; cette jeune fille adorée
qui, il y a deux ans à peine, obéissait encore
à un mot, à un regard de sa mère, aurait-elle
donc la cruauté de briser elle-même le lien
qui les a toujours unies? Barbara pleure en
voyant couler les larmes de sa mère.

— Non, ma mère, non, je ne vous abandon-
nerai pas! Ah! comment pourrais-je payer votre
dévouement d'un tel chagrin? Je vous obéirai
toujours.

Le capitaine prend alors la parole et avoue
que, malgré son ardent désir de devenir l'époux
de Barbara, il ne saurait songer à l'épouser
immédiatement. Il sera certainement appelé à
vivre encore de la vie des camps pendant
quelques années, et il lui semble plus sage de

laisser sa chère Barbara à sa mère que de
l'abandonner seule, sans parents, dans une ville
indienne.

— Il faut encore deux ou trois ans avant
que j'obtienne le grand emploi qu'on m'a promis; c'est long, c'est très long, mais j'aurai
du moins la consolation de savoir Barbara
heureuse; nous nous écrirons, n'est-ce pas vrai,
par chaque courrier?

Cet arrangement agréa à toutes les parties
intéressées. Les vœux de la veille sont rati-
fiés avec le consentement de la mère. On apprend à Florence que le capitaine et sa sœur
sont fiancés.

Les jours passent comme les roses qui s'effeuillent au souffle d'une brise printanière, et
cependant, à travers la douce mélancolie que
tout chante autour d'eux et en eux, une note
triste, douloureuse, revient toujours. Elle retentit sans cesse au fond du cœur de Barbara,
qui s'écrie à la pensée du départ de son fiancé
(départ fixé au mois de septembre):

— Si tôt! si tôt! si tôt!

4*

VI

Par une belle matinée d'août, George Leland entre dans une petite boutique, où il demande le chemin de Saint-Alban's Court; il arrive à la maison qu'on lui a désignée, monte deux étages et frappe; un groom d'une dizaine d'années vient ouvrir.

— M. Trevenock? demande le visiteur.

Mais avant que le groom ait eu le temps de répondre, un commis sort d'une porte voisine. Heureusement que l'amour et l'antipathie à première vue ne se manifestent pas toujours; car, si l'on cédait à l'un ou à l'autre sans examen, l'équilibre du monde pourrait en souffrir. Sans savoir pourquoi, le capitaine Leland éprouva une véritable répulsion pour ce nouveau venu: tout, en lui, lui déplaisait; il est cependant d'assez belle taille; sa mise est irréprochable; ses manières n'ont rien de vulgaire; — mais il a les yeux rouges, le teint sanguin, les lèvres épaisses et sensuelles, les dents larges, les cheveux acajou et huileux; sa physionomie avide et sardonique trahit clairement cette pensée : est-ce un nouveau pigeon à plumer? Qui est-il? Apporte-t-il de l'eau au moulin?

— M. Trevenock? demande de nouveau le capitaine; puis il ajoute: Je n'ai pas de rendez-vous avec lui; mais s'il est seul, j'espère que je pourrai le voir.

M. Maulford, le commis dont nous venons d'esquisser le portrait, fait mine d'hésiter, entre dans une pièce voisine, revient et dit au capitaine:

— M. Trevenock peut disposer, en ce moment, d'un quart d'heure; il attend un client à midi; qui annoncerai-je?

— Le capitaine Leland.

Il lui semble étrange qu'un commis veuille bien daigner remplir ce rôle d'introducteur; ils est évident que le groom et le commis constituent tout le personnel de ce cabinet d'affaires.

George Leland songe à Florence, en apercevant un homme chauve, à larges favoris, assis devant son bureau et tout absorbé par le polissage minutieux de ses ongles en amandes; il songe à Florence en voyant la fenêtre par laquelle on a menacé de la jeter.

— Veuillez vous asseoir, dit M. Trevenock au capitaine.

Il dépose la lime sur la table, en attendant que son nouveau client expose son affaire. C'est vraisemblablement un individu qui a besoin d'argent et qui a entendu parler de l'habileté de M. Trevenock en matière de lettres de change.

— Je dois vous dire que ce n'est pas une

question d'affaires qui m'amène, mais un motif beaucoup plus délicat.

— Ah! se dit M. Trevenock en lui-même : il a besoin d'argent, évidemment.

— J'ai l'honneur depuis quatre mois d'être le pensionnaire de Mme Trevenock.

— Vraiment! répond M. Trevenock; mes filles m'avaient dit, en effet, que leur mère voulait prendre un pensionnaire, ce qui finit infailliblement, ne vous en déplaise, par coûter plus que cela ne rapporte. Ainsi donc, vous êtes l'individu qui avez répondu à l'annonce du *Times;* ma fille cadette m'a parlé de cette affaire.

Le ton de M. Trevenock n'est plus aussi courtois; il suspecte le pensionnaire de la villa des Roses de quelque intention diabolique. Qui sait si ses filles n'ont pas trouvé un nouveau moyen de l'exploiter; il reconnaît bien là une des machinations de Florence.

— Permettez-moi de vous demander ce qui m'attire l'honneur de votre visite.

— Je suis venu vous dire que votre fille, Mlle Barbara Trevenock, a agréé favorablement la demande que je lui ai faite de devenir son mari; Mme Trevenock a ratifié nos vœux, et j'ai cru qu'il était de mon devoir de me présenter chez vous pour vous apprendre cette nouvelle avant mon départ pour les Indes.

— Vous allez aux Indes ?

— Très prochainement.

— Ma fille vous accompagnera-t-elle?

— Non; l'état du pays où je suis appelé ne
me permet pas, malheureusement, de pouvoir
réclamer cette faveur. Nous attendrons des
temps moins troublés. Il faudra peut-être deux
ou trois ans avant que nous puissions réaliser
nos vœux les plus chers. Mme Trevenock en
a fait une condition formelle. J'espère qu'alors
je pourrai offrir à ma femme des jours de paix
et de bonheur et une existence confortable.

Le capitaine baissa la voix en prononçant
ces derniers mots, s'imaginant que peut-être
M. Trevenock était blessé de cette temporisa-
tion, lorsque, lui-même, avait laissé tomber sa
femme dans la misère et l'avait forcée à déroger.
M. Trevenock écouta le capitaine d'un air aussi
placide que s'il n'eût pas eu le moindre reproche
à se faire.

— J'avais, en effet, ce me semble, quelque
droit à cette confidence, si tardive qu'elle soit;
mais je suis forcé de vous avouer que je ne trouve
pas cet horizon brillant pour ma fille Barbara,
qui est une personne douée de tous les dons,
et qui peut porter ses regards très haut.

Le capitaine se demanda dans son for intérieur vers quel point élevé elle pourrait diriger
ses regards, si ce n'était l'impériale de l'omnibus
de Camberwell.

— Cette union vous semble évidemment au-
dessous des mérites de Mlle Barbara; sa beauté
et ses charmes sont exceptionnels, comme vous

le dites; mais elle mène une vie retirée, obscure, ignorée, et j'ai l'honneur d'être le premier qui ait aspiré à l'honneur de sa main.

— Je pense qu'il est absurde à son âge de s'enchaîner ainsi. Je regrette de vous blesser, capitaine; mais je ne saurais donner mon approbation à un projet qui, à mes yeux, ne se recommande que par l'imprudence. Se fiancer à dix-neuf ans à un officier qui part pour aller faire la guerre aux Sicks, qui peut être tué dans quelques mois, qui peut revenir où ne pas revenir dans trois ou quatre ans, c'est de la folie.

— Barbara ne doute pas plus de ma constance que moi de la sienne; il m'a semblé qu'il était de mon devoir de ne pas quitter l'Angleterre sans me présenter chez vous; mais moi qui sais votre indifférence radicale pour le sort de vos enfants, je m'étonne, permettez-moi de vous le dire, de trouver chez vous cette opposition à un projet qui n'a rien que d'honorable.

— C'est une impertinence, monsieur! dit M. Trevenock en ressaisissant d'une main nerveuse sa lime à ongles. Oui, je vous le répète, j'avais pour ma fille de plus hautes ambitions.

— Votre sollicitude pour son avenir aurait de quoi la surprendre.

— Je n'étais pas tenu, que je sache, de lui révéler mes espérances; mais, après tout, puisqu'elle a choisi sa voie, eh bien! qu'elle la suive.

Je vous souhaite toute prospérité dans votre
carrière militaire, capitaine, et une inviolable
fidélité à un projet que je considère, à la fois,
comme prématuré et inconsidéré.

— J'espère que l'avenir vous donnera tort.

Le capitaine ouvrit la porte avec tant de précipitation, qu'il se trouva nez à nez avec le
commis si bien dressé qui l'avait introduit dans
le cabinet de M. Trevenock.

— Cet animal-là écoutait aux portes, se dit
à lui-même le capitaine en descendant quatre
à quatre l'escalier.

Il avait donné rendez-vous aux deux sœurs
chez un pâtissier, et il les trouva installées devant une table de marbre, dégustant lentement
deux glaces panachées fraises et vanille.

— Eh bien? dit Florence au capitaine d'un
ton interrogatif. Barbara ne soufflait mot;
ce fut néanmoins à elle qu'il s'adressa en disant :

— Votre père a des vues plus élevées sur
vous, Barbara.

Elle ouvrit les yeux démesurément et répondit :

— Qu'a-t-il voulu dire par là?

— Que vous êtes assurée de trouver une position plus brillante que celle que je puis vous
offrir et un mari plus sûr de son avenir que
ne l'est un officier de la Compagnie des Indes.

— Je dirais que mon père déraisonne s'il
était permis de parler aussi peu respectueusement de l'auteur de nos jours.

— Rassurez-vous; je lui ai fait entendre que

nous sommes fiancés et que nous n'attendrions pas son consentement pour nous marier.

Tout à coup Florence demanda au capitaine :

— Que pensez-vous du commis de papa?

— Et vous-même, qu'en dites-vous?

— Je le déteste.

— Pourquoi?

— Je n'en sais rien, mais je le déteste, dit-elle, en accentuant chaque syllabe et en laissant voir ses dents serrées les unes contre les autres.

— Et moi aussi, à tort ou à raison, reprit le capitaine ; il m'a inspiré une antipathie instinctive ; je ne sais pourquoi, je me méfie de ce garçon-là.   Y a-t-il longtemps qu'il est chez votre père?

— Trois ans.

— Mon père a, je crois, l'intention de l'intéresser dans ses affaires ! Depuis que je fréquente ce cabinet, je n'y ai jamais rencontré qu'une femme âgée portant un chapeau qui ressemble à un seau à charbon éprouvé par un long service.   Papa dit qu'elle a eu jadis une immense fortune dont elle a été dépossédée injustement et dans laquelle il veut la faire rentrer. Mais, connaissant l'homme et son commis comme je les connais, le sort de cette pauvre femme me rappelle celui de la reine Jézabel, «que des chiens dévorants se disputaient entre eux.»

— Ce pourrait être une affaire beaucoup plus importante qu'on ne le suppose, dit le capitaine, sur qui l'impression produite par son futur beau-père n'était rien moins qu'agréable.

— Pourvu que cette entrevue avec mon père ne vous ait pas découragé, balbutia timidement Barbara.

— Quand on aime comme je vous aime, il ne pourrait y avoir d'ombre au tableau.

— Que vous êtes bon !

— Non, ma chère, dites que je vous aime.

VII

C'est le jour fixé pour le départ de George Leland. Le steamer le *Hesper*, de la Compagnie Péninsulaire et Orientale, doit quitter Southampton de bonne heure.

Barbara a mal dormi ; des rêves pénibles ont agité son sommeil toute la nuit ; elle se réveille et entend le balancier de l'horloge ; puis cinq heures sonnent au *coucou* appendu au mur de l'antichambre.

— Il serait encore temps ! pense-t-elle en elle-même ; sœur Florence dort profondément. Je me demande s'il serait très inconvenant.... Lui, à coup sûr, ne saurait me blâmer ; ma mère, qui commencerait peut-être par là, m'aurait bientôt pardonnée. Oui, c'est inconvenant, je le sais, mais je le ferai. Je ne conçois même pas comment j'ai hésité un moment. Que puis-je faire mieux que de faire une folie pour lui ? N'ai-je pas quelque droit à le voir jusqu'au dernier moment ? Le souvenir sera pour moi comme le rayon de soleil entre les nuées orageuses, et il m'aidera à supporter le fardeau d'inquiétudes et d'ennuis de cette longue séparation.

Barbara s'assied devant son bureau, écrit deux mots à sa sœur, attache le pli sur la pelote avec une grosse épingle à châle; un miroir sur lequel elle lève ses yeux lui renvoie son image troublée par le combat inté-rieur qui se livre en elle.

Un tremblement involontaire l'agite; le grand air pourra lui faire du bien.

Elle part et marche d'un bon pas; mais à mesure qu'elle approche de la station, la crainte invincible de commettre une inconséquence reprend le dessus; elle se demande si cette démarche ne lui nuira pas dans l'estime de son fiancé; elle parlemente avec elle-même, le pied sur la première marche de l'escalier de la gare; elle en est encore à ce point de préoccupation lorsqu'elle entend le sifflet de la locomotive.

— Ah! se dit-elle à elle-même, s'il m'aime il me pardonnera. Elle monte en courant, prend son billet et se précipite dans un wagon dont la portière n'est pas encore fermée.

Une jeune mère de famille y est installée avec ses cinq enfants.

Il est encore de bonne heure quand la locomotive haletante s'arrête à la station de Southampton.

Barbara descend du wagon; un sentiment de tristesse inénarrable l'envahit. C'est la première fois qu'elle voyage seule; il lui semble qu'elle est l'objet de tous les regards. Elle s'assied sur un banc et relit la dernière lettre du capitaine.

Pourtant, il dit bien qu'il partira de Taunton de bonne heure pour arriver à Southampton vers midi ; il est midi passé et il n'est pas là ! Barbara se décide à demander à un employé à quelle heure arrive le train de Taunton. On ne connaît pas cette station ; mais on lui dit que le train de Salisbury arrive à une heure et demie. Allons, encore un peu de patience.

Barbara attend encore ; puis, un coup de sifflet aigre, prolongé, impitoyable, pénètre dans ses oreilles ; une émotion invincible la saisit ; elle tient les yeux fixés sur la multitude de voyageurs qui débordent de tous côtés ; mais la pauvre enfant, prise de vertige, s'évanouit ; quand elle reprend ses esprits, George Leland est à ses côtés ; il lui a donné quelques gouttes de cordial ; mais l'expression ardente de ses yeux noirs, l'harmonie de sa voix, sa sollicitude passionnée, sont encore plus puissantes pour la ranimer.

— Quelle surprise ! quelle joie de vous voir ici ! Qui donc vous a amenée ? s'écrie-t-il.

— Personne ; je suis venue seule ; j'avais un si ardent désir de vous voir encore une fois ! Vous ne m'en voulez pas ?

— Combien, au contraire, puis-je assez vous remercier de cette chère folie ? dit-il, en déposant sur le front de Barbara un baiser brûlant de désespoir et d'amour.

A ce moment, et sans qu'ils s'en doutent,

un individu portant à la main un petit sac de
nuit passe près d'eux; s'arrête un instant, les
observe et disparaît.

— Que vous êtes pâle, ma bien-aimée! dit
George Leland à sa jeune fiancée.

Barbara déclare en balbutiant qu'elle est
encore à jeun et qu'une tasse de thé lui ferait
du bien.

— Une tasse de thé, oui; mais avec un
déjeuner plus solide, dit le capitaine. Il hèle
un fiacre, dit au cocher de le conduire à l'hôtel
du Dauphin. Il entre avec Barbara dans un
petit salon, commande du thé, du café, du poulet froid, du jambon et des œufs. En attendant
le déjeuner, le capitaine et Barbara s'assoient
à la fenêtre.

— Que votre mère est bonne de vous avoir
permis de venir!

— Personne, dit-elle, ne m'a permis de venir; mais, cette nuit, j'ai rêvé que vous m'ap-
pelliez; je suis venue sous cette impression.
J'espère que je n'ai rien fait de repréhensible
et que cette démarche ne saurait me nuire
dans votre estime.

— Ah! chère enfant! comment vous en
voudrai-je! mais c'est le meilleur gage que je
puisse emporter de votre fidélité et de votre
constance; maintenant, je n'en saurais jamais
douter.

— Quoi! en douter? mais je ne saurais vivre
sans vous aimer; je vous ai aimé dès la

première fois que je vous ai vu ; tandis que Florence, elle, riait de votre teint bronzé, de vos moustaches noires, de votre tournure militaire, moi, je vous trouvais un air noble, sérieux et chevaleresque qui réalisait mon idéal d'un héros, c'est-à-dire un homme fait pour combattre et pour vaincre. Maintenant, ce n'est pas que je veuille médire de votre profession, mais je voudrais que vous fussiez tout au monde plutôt qu'un héros !

— Épicier, par exemple ?

Barbara fit une moue adorable.

— Ce que je veux dire, répondit-elle, c'est qu'il est trop triste de vivre sans vous !

Enfin, on apporte le déjeuner ; mais, contre son habitude, le capitaine n'a pas faim et Barbara ne veut prendre que du thé.

— La traversée offre-t-elle de grands dangers ? dit-elle au capitaine ; les naufrages sont-ils fréquents ?

— J'ai ouï dire qu'il n'y en avait jamais eu dans le service de la Compagnie Péninsulaire et Orientale, répond le capitaine avec un aplomb imperturbable.

— Est-ce bien à trois heures que part le paquebot ?

— Hélas ! oui ; il en est deux ; il est temps de se rendre à bord.

Barbara se lève aussitôt et demande à accompagner son fiancé jusqu'au navire.

Il vaut mieux que je vous reconduise à la

station, dit-il; je ne puis supporter l'idée de vous laisser seule ici.

— Non! s'écrie-t-elle, les larmes aux yeux; je veux rester avec vous et ne me séparer de vous qu'au dernier instant.

Il consulte derechef l'indicateur. Barbara, en prenant le train de quatre heures et demie, pourrait être à Camberwell à huit heures.

Le capitaine paye la note de son hôtel et se rend au débarcadère avec Barbara. Pour la distraire des tristesses du présent, il parle de l'avenir, évoquant des rêves de bonheur; elle l'écoute sans rien dire et son silence entrecoupé de soupirs est plus éloquent que les paroles. Enfin, les voilà sur le paquebot. George Leland est obligé de laisser Barbara assise sur un pliant, tandis qu'il va surveiller l'embarquement de ses bagages. Il revient ensuite près d'elle et lui dit:

— Dans cinq minutes, le paquebot lèvera l'ancre; il faut que je vous reconduise sur le quai.

— Ah! s'écrie-t-elle d'un ton déchirant et comme s'il s'agissait de se séparer d'elle-même.

Le capitaine la saisit dans ses bras, la tient étroitement serrée et l'embrasse tendrement sans songer aux regards qui sont fixés sur eux.

— Que Dieu vous bénisse, ma bien-aimée! dit-il en quittant sa fiancée, des yeux de laquelle coulent des torrents de pleurs.

— Que de telles séparations sont cruelles!

reprend un vieillard, s'adressant au capitaine Leland; votre jeune femme semble profondément affligée, ajoute-t-il, en regardant du côté de Barbara avec une longue-vue; mais heureusement qu'elle n'est pas seule.

George Leland braque sa lorgnette dans la même direction et voit, en effet, M. Maulford qui paraît s'occuper de Barbara avec une sollicitude empressée.

— Par quel hasard se trouve-t-il. ici à pareille heure? se demande à lui-même le capitaine.

— Je ne comprends pas, dit M. Maulford à Barbara, comment j'ai eu l'heureuse chance de vous trouver ici. Quel hasard! J'étais venu passer ici la journée pour affaires, et, pouvant disposer d'une heure avant le départ du train, je me suis dirigé vers le quai pour dégourdir un peu mes jambes et mon cerveau. Permettez-moi de vous accompagner à la station. Je vais vous choisir un compartiment; j'ai encore le temps de prendre un autre billet pour vous. On est beaucoup plus confortablement en première.

— Je me trouve plus chez moi en troisième, dit Barbara; en venant, j'ai fait le voyage avec une jeune mère de famille, ses cinq enfants, une cage et un chat.

— Si vous tenez à ce vacarme harmonieux, j'essayerai de vous procurer une société aussi avenante.

Barbara s'asseoit sur le banc même où elle

avait attendu l'arrivée de son fiancé; elle
suit dans son imagination le paquebot comme
elle l'avait épié des yeux peu d'instants auparavant sur la mer houleuse.

M. Maulford revient obligeamment à Barbara dire qu'il a réussi à découvrir un compartiment où se trouve une famille au grand
complet; c'est une voiture de seconde classe,
ajoute-t-il.

Tout en se demandant de quel droit il lui
impose ainsi sa volonté, Barbara monte dans
le wagon qui lui est désigné.

— Me permettez-vous de monter avec vous?
dit-il d'une façon obséquieuse.

— Oh! non, reprit-elle avec fermeté; je vous
l'ai déjà dit: j'aime mieux voyager seule.

— Puisque telle est votre volonté, je me
soumets; mais vous me permettrez du moins
de vous mettre en voiture quand nous arri-
verons à Londres.

— Je vous supplie de ne pas vous occuper
davantage de moi, dit-elle avec un vrai déplaisir.

La pauvre Barbara se met à regarder tristement le paysage qui fuit, comptant ce qui lui
reste de jours mauvais à subir avant qu'il lui
soit donné de réaliser le rêve de sa vie. Les
heures passent, la locomotive sillonne l'espace,
on arrive; avant l'arrêt complet du train,
M. Maulford se présente à la portière et offre
la main à Barbara pour descendre. Elle se
dit qu'il a dû risquer sa vie pour être là en

ce moment; puis, il l'invite à monter dans un
cab, paye le cocher et dit à Barbara du ton le
plus flegmatique et le plus protecteur : — Je
vous ferai observer que j'ai payé cet homme;
les cochers exploitent toujours les femmes
seules. Adieu.

Barbara le regarde avec étonnement et mauvaise humeur; mais il lui fallut renoncer à
exprimer son mécontentement à ce protecteur
obstiné, car il a disparu aussitôt.

Barbara s'enfonce dans un coin de la voiture
et pleure; enfin, elle approche de la villa des
Roses; de loin Barbara aperçoit sa mère et sa
sœur qui l'attendent sur le seuil de la porte
et qui lui font des signes de joie et d'amitié.
C'est le retour de l'enfant prodigue, avec le
thé à discrétion en guise de veau gras.

VIII

Florence, qui brûle du désir d'avoir une aussi heureuse fortune que Barbara, tâche de persuader à sa mère et à sa sœur de prendre un nouveau pensionnaire; mais elle en est pour ses frais d'éloquence, car sa mère et sa sœur préfèrent vivre d'économies et de privations plutôt que de recourir à ce genre de ressource. Depuis un an le capitaine écrit par chaque paquebot, non pas une lettre, mais un journal; il met en œuvre tous les moyens pour se rapprocher en imagination de celle qu'il aime. Barbara lit, relit les lettres de son fiancé, et son plus grand chagrin, c'est de ne pouvoir partager les dangers du capitaine.

Elle lui répond longuement, quoiqu'elle n'ait aucun évènement à raconter. Elle a trop de bonheur à causer avec lui pour perdre une seule occasion. Les jours du courrier de l'Inde sont sacrés à la villa des Roses. Mme Trevenock et Florence abandonnent alors le salon à Barbara, et pendant qu'elle écrit à George Leland elles passent leurs journées à examiner des hardes qui sont enfermées depuis un temps immémorial dans les coffres.

— Encore une nouvelle réquisition du percepteur des taxes, dit Mme Trevenock un matin à ses filles en dépouillant son courrier.

— J'en serai quitte pour aller chez mon père une fois de plus, reprit Florence avec son sans-gêne habituel.

— Je suis d'avis que vous y alliez ce matin même, vous et Barbara.

— Ah! oui, Barbara! riposte Florence d'un ton dédaigneux; la cinquième roue de mon carrosse! C'est elle qui ne souffle jamais mot! C'est elle qui ne viendrait pas à la rescousse dans un moment difficile. Moi, j'ai du courage moral, de l'indépendance d'esprit; je procède hardiment; c'est, je crois, du reste, la seule manière de réussir. Cependant Barbara me sert de contenance... comme un parapluie ou une ombrelle, et je tiens à l'emmener.

Les deux sœurs s'empressent d'aller faire leur toilette et deux heures après elles arrivent chez leur père.

— M. Trevenock a un client en ce moment, dit le groom.

— Il faut faire une croix à la cheminée, murmure tout bas Florence à sa sœur.

— Si vous voulez, je vous annoncerai; c'est encore le meilleur moyen de faire lâcher prise au premier occupant.

Avant qu'elles aient eu le temps de répondre oui ou non, le groom annonce à haute voix: Mesdemoiselles Trevenock!

Un individu est debout près de leur père, une main appuyée sur le bureau ; Barbara trouve qu'on ne saurait imaginer un type de laideur mieux caractérisé : osseux et fortement charpenté, traits réguliers mais vulgaires ; si sa physionomie est rustique, son costume l'est encore davantage. Ses cheveux incultes sont parsemés de gris, ses sourcils en broussailles font ombre sur ses yeux ; ajoutez qu'il ne porte pas de gants, que son chapeau est posé en arrière, que ses chaussures sont épaisses et tachées de boue.

A la vue des jeunes filles il ôte son chapeau, vrai réceptacle de vieux gants et de papiers d'affaires.

— S'ils ne peuvent payer, il faut qu'ils partent ; que m'importe qu'ils soient là depuis soixante-dix ans ! Est-ce que cela met de l'argent dans ma poche ? le sentiment ne donne pas de l'argent.

— Aucunement, répond M. Trevenock.

Le client prend sa canne, grosse comme un jeune arbre, et se dirige lentement vers la porte ; mais en ce moment il aperçoit Barbara et ses pieds semblent cloués au sol ; il n'a jamais étudié le beau dans les arts, ni dans la nature ; mais il a une idée instinctive que rien ne peut surpasser la beauté de Barbara ; il revient dire encore quelques mots à M. Trevenock, puis il se décide à prendre le chemin de la porte. A peine est-il parti que Florence s'écrie :

— Quel homme affreux! repoussant...

— Vous ne diriez pas cela si vous saviez qui il est, répond M. Trevenock.

— Rien ne saurait modifier mon impression. Quels cheveux! quelles mains! quelle toilette! quelles chaussures! quel chapeau! Je suis sûre que j'en aurai le cauchemar cette nuit. Est-ce que tous vos clients sont de ce genre-là?

— Je ne demanderais pas mieux, je vous assure.

— Si l'on juge du tout par la partie, cela donne une triste idée de votre clientèle, car il est évident que cet individu ne peut même pas s'acheter une paire de souliers.

— Il achèterait plus facilement mille acres de terre, Florence, que vous un chapeau!

— En bonne conscience, on ne devrait pas laisser entrer à Londres des gens aussi mal tournés, il devrait y avoir un bureau d'inspection dans chaque gare; qui est-il, en résumé?

— C'est un des plus riches habitants du Cournouailles; il est propriétaire d'ardoisières qui lui rapportent plus de quatre mille livres sterling par an; son père a été trois fois membre du Parlement, il s'appelle Vivien Penruth; voulez-vous encore quelque autre détail?

— Oui, je voudrais savoir le nom de son tailleur, afin de n'être pas exposée à m'adresser à cet artiste, si je dois jamais me commander un habit de cheval.

— Ah! dit M. Trevenock en regardant ses ongles avec une scrupuleuse attention, si votre sœur pouvait épouser ce riche client, cela vaudrait mieux pour elle que son pauvre capitaine.

— Une tête couronnée ne saurait me faire renoncer à mon capitaine, s'écrie Barbara avec fermeté. J'aimerais mieux mourir de faim avec George Leland que de vivre dans l'opulence avec ce grotesque individu.

— Vous n'avez pas à refuser M. Penruth, répond M. Trevenock, il est arrivé à l'âge de quarante-huit ans sans songer au mariage ; il n'est pas probable qu'il aliène sa liberté maintenant.

— Quarante-huit ans ! s'écrie Florence ; je lui en aurais donné quatre-vingt-seize plutôt que quarante-huit ; c'est un fossile.

— On le serait à moins, il a vécu presque toute sa vie dans un vieux château situé au milieu d'un vieux parc, à l'ombre de vieux arbres, il n'a jamais eu d'autre société qu'un père et une sœur, d'autres occupations que de monter à cheval et de se promener sur ses terres.

— Pourquoi se résigne-t-il à cette vie modeste et retirée ? Pourquoi n'a-t-il pas une maison à Londres ? pourquoi n'a-t-il pas un yacht, une écurie de course, que sais-je encore ?

— C'est un homme de goûts tranquilles ; il est attaché à sa maison comme un cloporte à un vieux mur, mais il ne faut pas croire pour cela qu'il soit dépourvu d'intelligence.

— Le tout est de savoir l'apprécier, répond Florence. Puis elle se décide à risquer sa requête d'un ton modeste. M. Trevenock l'écoute avec une bienveillance inaccoutumée et tire de sa poche trois souverains qu'il met sur son bureau au milieu de ses papiers. Florence les prend délicatement et remercie son père.

— Allons, dit-elle en le cajolant, encore un peu de monnaie pour notre fiacre, et encore quelques pences pour acheter du papier, des plumes, de la cire.

— Connu, connu, reprend-il en l'interrompant. Il donne ces petits suppléments à Florence sans menacer de la jeter par la fenêtre et dit à ses filles:

— Allons, adieu, mes enfants, je suis très pressé aujourd'hui.

— Qu'est-ce que ma mère deviendrait sans moi? se demande Florence, avec son petit orgueil habituel.

IX

Trois jours après la visite que Mlles Trevenock avaient faite à leur père, Barbara recevait une lettre contenant un coupon de loge
pour l'Opéra. C'était un fait sans précédent
à la villa des Roses et qui défraya la conversation depuis la réception de la loge jusqu'au
lever du rideau. Le premier acte fini, les deux
sœurs, rayonnantes de fraicheur et de beauté,
s'amusent à examiner la salle, non pas avec
une lorgnette, mais avec des yeux pleins de
vivacité. Il leur semble soudain qu'on frappe
à la porte de la loge.

— C'est le marchand de lorgnettes, dit Florence, je vais le remercier de son obligeance.

Elle ouvre aussitôt la porte et se trouve
face à face avec M. Penruth, le client du
Cornouailles.

— Je vous ai aperçues, dit-il, de l'autre
côté de la salle, et j'espère que je peux sans
indiscrétion venir vous présenter mes hommages.

— Maman... M. Penruth, un des clients de
mon père... M. Penruth..., ma mère.

Barbara tressaille, se lève et rougit, mais
ce n'est pas de plaisir évidemment.

— Que pensez-vous, madame, de ce premier
acte? dit-il, en s'adressant à Mme Trevenock ;
puis il prend un siége comme un homme qui
est chez-lui. Ces demoiselles sont-elles satis-
faites ? ajoute-t-il en regardant Barbara.

C'est, comme toujours, Florence qui répond :

— Comment voudriez-vous que nous ne
fussions pas ravies? je ne sais d'où est venu
à mon père la bonne inspiration de nous envoyer ce billet.

— Quand je suis à Londres, j'ai très souvent des loges et je m'estimerais trop heureux
de pouvoir vous en offrir si vous vouliez bien
m'y autoriser.

— J'imagine donc que c'est vous qui avez
donné ce coupon à mon père.

— Oui, c'est moi qui le lui ai envoyé sans
savoir le bon usage qu'il en ferait.

L'habit noir, la cravate blanche, les gants
paille, les bottines vernies, prêtent une certaine
élégance à l'aspect si vulgaire de M. Penruth.

La toile se lève; l'attention de Florence est
partagée entre le théâtre et l'étranger, qui, ne
pouvant arracher un mot à Barbara, fait d'autant plus de frais pour sa mère. Le spectacle
terminé, M. Penruth offre le bras à Mme Trevenock, puis la fait monter en voiture ainsi que ses
filles; il donne leur adresse au cocher, qu'il paye
malgré les protestations de Mme Trevenock.

— Eh bien ! maman, que dites-vous de ce
personnage saugrenu?

— Moi? je le trouve charmant, répond la mère avec son enthousiasme habituel.

— O maman ! s'écrie Barbara d'un ton indigné.

— Il gagnera certainement à être vu une seconde fois et nous enverra encore des billets, soyez en sûres.

— Vous ne savez pas combien il m'est antipathique, reprend Barbara ; je suis résolue, du reste, à ne plus mettre le pied dans ses loges.

— Quelle exagération ! Pourquoi se monter ainsi contre les gens qui peuvent vous être utiles et agréables. Je suis plus conciliante.

Deux jours après cette soirée passée au théâtre, M. Penruth se présente à la villa des Roses ; il vient offrir à ces dames un billet pour l'Opéra.

— Comme c'est aimable à M. Penruth, dit Mme Trevenock en s'adressant à ses filles.

Barbara reste silencieuse, Florence rougit de plaisir en balbutiant :

— C'est précisément l'opéra que je désirais le plus entendre.

— Je suis heureux, répond-il, de pouvoir satisfaire vos désirs.

M. Penruth prolonge un peu sa visite ; mais il bat en retraite sans avoir entendu Barbara prononcer une seule parole.

— Tu n'es vraiment pas assez polie, dit Florence à sa sœur.

— Je n'ai que faire, moi, de ses prévenances et de ses amabilités. Ne voyez-vous donc pas que c'est papa qui lui a donné notre adresse ?

— Cela montre en tout cas, chez lui, plus d'instinct paternel que je ne lui en supposais.

— J'appelle cela, moi, une cruelle insulte, car c'est la preuve qu'il nous croit capables d'épouser un homme uniquement pour sa fortune ; il n'a pas le droit d'envoyer ici cet individu.

— Il a parfaitement le droit de témoigner de l'intérêt à ses filles.

— C'est après qu'il les a laissées croître comme de l'herbe sauvage !...

— Tu t'imagines, parce que tu es fiancée, que personne ne doit songer au mariage.

— Florence, tu ne consentirais jamais à épouser un homme aussi grotesque ?

— Ce n'est pas mon idéal, mais tout une vie peut se passer à la recherche de l'idéal, et je crois qu'il est toujours prudent d'accepter le premier millionnaire qui se présente.

La visite de M. Penruth a jeté le désaccord dans le trio féminin. Mme Trevenock et Florence ne parlent que de leur nouvelle connaissance, tandis que Barbara ne peut même pas en entendre prononcer le nom. Elle se refuse obstinément à accompagner sa mère et sa sœur à l'Opéra et elle reste seule à la villa des Roses.

— Quel malheur que Barbara soit fiancée au capitaine Leland ! dit Mme Trevenock à Florence quand elles sont en tête-à-tête.

— Pourquoi, maman ?

— Parce qu'elle aurait certainement pu épouser M. Penruth.

Il y a à peine une heure que Barbara est seule à la villa des Roses quand elle entend sonner, c'est le facteur. Elle se précipite vers la porte et reconnaît au crépuscule l'écriture du bien-aimé George Leland. Elle rentre dans le salon en courant, se tient debout dans l'embrasure d'une fenêtre, brise le cachet de la précieuse épitre et lit :

„Je vous écris ces lignes, ma bien-aimée Barbara, pour vous dire adieu ; un nouveau courant s'empare de moi, des évènements de force majeure ne me permettent plus de poursuivre la réalisation de nos vœux. Je dois le dire en homme d'honneur. Une ombre s'étend sur ma carrière, une ombre si épaisse que je ne puis accepter qu'elle tombe sur vous. A quoi bon entrer dans les détails ? Vous ne sauriez me comprendre ; hélas ! Je ne comprends pas moi-même ce qui m'arrive. Que Dieu veille sur vous, ma bien aimée ! Si plus tard on parle mal de moi, l'humiliation d'entendre calomnier votre mari vous sera du moins épargnée. Adieu, Barbara, je vous rends votre liberté. Ne me considérez plus que comme un vieil ami ; mais permettez-moi de vous renouveler l'assurance d'un amour qui ne finira qu'avec la vie.

.„GEORGE LELAND."

Uu sentiment d'effroi inénarrable s'empare

de Barbara; elle demeure terrifiée, les yeux attachés sur cette fatale lettre, cherchant à s'expliquer cette épouvantable énigme. Il la prévient qu'elle entendra mal parler de lui.... le scandale a donc été bien grand! Elle sent l'aiguillon de la honte, la torture de l'inconnu! Pourquoi ce mystère? Quelle en est l'incroyable raison? Son amour pouvait tout entendre, tout supporter.... l'honneur lui interdit de se marier... Ah! sans doute, elle doit accepter ce sacrifice, mais non sans protester contre la rigueur du sort.

Barbara s'assied devant son bureau et écrit:

„Votre lettre m'a brisé le cœur.... Si vous ne m'aimez plus, il ne me reste qu'à courber la tête sous votre arrêt... Mais, si vous m'aimez encore, rien au monde ne saurait me détacher de vous. Que m'importe ce qu'on peut penser? Je méprise toutes les attaques qu'on pourrait diriger contre mon héros. Je vous estime, comme je vous ai toujours estimé: je vous aime, comme je vous ai toujours aimé; je vous admire, comme je vous ai toujours admiré. George, ayez foi en moi, comme a foi en vous

„BARBARA."

Quelques larmes tombèrent des yeux de Barbara en écrivant ces lignes; ne voulant pas confier à sa mère ni à sa sœur ses chagrins, elle remonte dans sa chambre; les voiles impénétrables de la nuit sont ce qui convient le mieux à sa douleur.

X

Après avoir reçu cette lettre, Barbara se
mit au lit avec la fièvre; sa vie ne fut pas
en danger, elle n'eut pas le délire, ses forces
étaient abattues, ses traits étaient flétris, elle
était faible comme un enfant. Sa mère la
comblait de soins, d'attentions, l'encourageant
de l'espoir d'une guérison prochaine. Son dévouement triompha du silence de Barbara, qui
finit, au bout de quelques jours, par avouer à
sa mère que le chagrin, plutôt que la maladie,
la consumait. Elle lui ouvrit tout son cœur
et termina sa confidence en disant:

— A quoi bon vivre maintenant, sans espérance, sans avenir?

— Mais à quoi bon mourir quand on est
si aimé? répondit Mme Trevenock, en serrant
tendrement sa fille dans ses bras; d'abord,
tout vaudrait mieux que d'épouser un homme
qu'on ne peut estimer.

— Ah! je l'aime et l'estime toujours. Je
lui ai écrit que je ne faisais aucun cas de
l'opinion du monde et que je ne reprendrai
ma liberté que si je savais qu'une autre femme
m'a supplantée dans son cœur.

— N'envoyez pas cette lettre, de grâce, ma chère eufant; à en juger par ce que vous venez de me dire, la lettre du capitaine Leland doit vous faire supposer qu'il a manqué à l'honneur; hélas! les officiers dans l'Inde se jettent souvent à l'étourdi dans des embarras inextricables et qui compromettent à jamais leur réputation. Vous ne pouvez pas épouser un homme ayant commis une mauvaise action; que dirait votre tante Sophie? Laissez-moi écrire au capitaine, il est des choses que je lui dirai mieux que vous. J'en prends la responsabilité. On peut à la rigueur épouser un homme pauvre, mais il n'est pas permis d'épouser un homme qui a donné prise à la médisance.

— Je croyais que George Leland avait toutes vos sympathies; vous m'en parliez toujours comme un type de délicatesse et de loyauté.

— Oui, mais je n'ai jamais approuvé un mariage à si longue échéance. Je tiens à lui écrire que tout est rompu.

— Je ne saurais m'y résoudre, ma mère. Je lui enverrai ma lettre... Je ne puis partager vos appréhensions, vos sinistres conjectures, et si George m'aime encore, je suis prête à partager sa mauvaise fortune.

La mère et la fille causèrent ainsi longtemps: Barbara la tête appuyée sur le bord du lit, Mme Trevenock carressant le front soucieux de la jeune malade. Tout à coup on entend monter l'escalier avec précipitation; Florence fait irruption dans la chambre, tenant dans sa main un élégant panier rempli de roses et de raisins.

— Regarde... dit Florence à sa sœur avec ravissement, vois combien le client de papa est aimable pour nous! il vient d'apporter ce panier et nous demande s'il nous serait agréable d'assister à la dernière représentation de l'Opéra-Italien de Covent-Garden. Voudriez-vous descendre, maman, pour recevoir M. Penruth.

— Que lui dirai-je? demande Mme Trevenock à Barbara.

— N'importe quoi, pourvu que, moi, je n'aie pas à profiter de cette loge.

Florence fait à ce moment un haussement d'épaule significatif et dit:

— Est-il possible d'accueillir avec autant de mauvaise grâce des attentions aussi aimables!

— Tu es libre de les accepter si cela convient à ma mère et à toi; mais pour moi, je ne vais pas à l'Opéra avec M. Penruth.

— Tu penses bien que l'on ne peut continuer à se montrer aimable vis-à vis d'une famille dont un membre vous témoigne une antipathie aussi persistante, cela finira par le décourager. Comment le remercier de ces roses et de ce raisin? Il les a apportés à ton intention.

— Comme bon te semblera.

— Alors je vais dire que les roses et le raisin sont tes fruits et tes fleurs de prédilection.

Le lendemain était jour de courrier de l'Inde; Barbara n'étant pas encore assez forte pour aller jeter sa lettre à la poste, confia à Florence cette importante mission.

— Je ne crains pas d'affirmer que ce dépôt sacré ne peut être remis en de meilleures mains, dit Florence; à bientôt, ma chérie, je vais prendre les ordres de ma mère, car elle m'a prévenu que j'aurais des commissions à faire chez tous nos fournisseurs. Voilà ce que c'est que de se dévouer aux affaires du ménage.

Mme Trevenock charge en effet Florence de faire de nombreuses acquisitions. Elle écoute sa mère, tout en comptant sur ses doigts ce qu'elle a à acheter.

— Il vaudrait mieux faire une liste de tous ces objets, dit Mme Trevenock.

— C'est inutile, répart Florence, ma mémoire est infaillible; de plus, je suis pressée par l'heure, il faut que la lettre de Barbara soit mise avant quatre heures à la poste.

— Sa lettre pour l'Inde?

— Oui, c'est le jour du courrier.

Mme Trevenock poussa un profond soupir, en donnant un peu d'argent à Florence pour faire ses différents petits achats.

— J'espère, dit-elle, que Barbara ne sera pas comme moi toujours dans la gêne. La vie

semble un si long voyage quand on doit cal-
culer le prix de chaque pas. Combien je voudrais qu'elle épousât un homme riche!.

— Et moi aussi je le désire beaucoup pour
elle et un peu pour moi! riposte Florence;
puis elle embrasse sa mère et part légère et
gracieuse comme un papillon. Son costum
correct et simple fait ressortir sa taille élégante et fine.

Florence est une personne *pratique*, comme
elle le dit elle-même, il faut qu'elle mène de
front les affaires et les plaisirs; il faut qu'elle
butine sur son chemin, non pas le miel,
mais des distractions; il faut qu'elle flâne aux
devantures de tous les magasins; elle examine
avec la même attention les flacons d'odeur,
les pots de pommade, les boîtes de conserve,
les pelotons de laine, les joujoux, les bijoux
faux, les chapeaux, les gants, les parapluies,
les parasols et les fleurs artificielles de France,
à trois *pences* la botte! Elle songe chemin
faisant à tout ce qu'elle achèterait si elle pouvait dépenser un *souverain* pour elle! Elle est
déjà loin de l'épicier, quand elle s'aperçoit
qu'elle a oublié le peko à pointes blanches
que sa mère lui avait spécialement recom-
mandé d'acheter; elle retourne sur ses pas,
puis s'écrie:

— Et la lettre!

Elle se dirige alors en toute hâte vers la
poste et cherche la lettre, mais de lettre point!

Elle retourne son sac, il ne contient pas de
lettre ; ses yeux cherchent par terre, elle ne
voit rien sur les pavés....; elle pousse un
profond soupir et le front chargé d'un épais
nuage; elle va de nouveau dans tous les magasins
où elle est déjà allée, demander si on n'aurait pas
trouvé une lettre : personne ne sait ce qu'elle
veut dire; elle en est partout pour ses pas et
démarches. Elle repart désolée; elle ne conçoit
pas comment une chose pareille peut arriver!
Barbara ne lui pardonnera jamais ; quelles explications pourra-t-elle lui donner? Florence
revient le cœur si triste et si humilié qu'il
est facile de voir qu'elle est sous le coup de
quelque grande contrariété et tourmentée par
une idée pénible.

— Je suis sûre que vous avez perdu de
l'argent? dit Mme Trevenock à Florence dont
le trouble est évident.

— De l'argent! répond-elle, il ne me restait qu'un shelling quand toutes les notes ont
été acquittées.

— Pour l'amour de Dieu, parlez Florence,
qu'avez-vous?

— J'ai perdu la lettre de Barbara!

Mme Trevenock ne répond mot; puis, après
un moment de réflexion, elle dit:

— Si vous ne racontiez pas à Barbara ce
qui est arrivé?

— Mais ce pauvre George Leland...

— Florence, des raisons de la plus haute

importance font qu'il vaudrait beaucoup mieux
que cette lettre ne parvint jamais à George
Leland. Je suis obligée de vous confier un
grand secret. George Leland que nous aimions
tant est, paraît-il, compromis dans une affaire
très grave. Dieu seul sait comment cela
finira; il a rendu à Barbara sa liberté et
la pauvre enfant, malgré cela, a fait la folie
de lui écrire que rien ne pourrait changer ses
sentiments pour lui et qu'elle lui serait éternellement fidèle.

— Est-ce possible! s'écrie Florence, que ce
soit la lettre que j'ai perdue? En vérité, re-
prend-elle avec véhémence, ce que je me re-
prochais comme une maladresse est un trait
de génie! donnez-moi votre bénédiction, dit-elle
à sa mère, en la saluant jusqu'à terre; Barbara
sera Mme Penruth; Barbara aura une des
grandes fortunes du Cornouailles! Barbara
vivra dans l'opulence! On a une destinée ou
on n'en a pas...

Cependant Barbara, elle, se demande ce que
le sort lui réserve; elle compte les jours, les
heures qui la séparent du prochain courrier
à recevoir de l'Inde. Cette attente l'aide à
vivre; mais les jours passent, les mois s'écoulent, les feuilles tombent, le ciel s'obscurcit,
le soleil pâlit sans que la réponse si désirée
arrive. Barbara s'attriste et se décourage, il
est évident pour elle que George Leland a
donné son cœur à une autre! il voulait être

libre; il le lui a indiqué clairement; il ne lui
reste qu'à se soumettre et à comprendre ce
qu'il voulait dire! Mais aussi comment aurait-
elle pu douter de son amour! Elle reste comme
écrasée sous le coup qui la frappe... tout
est fini.

Mme Trevenock et Florence redoublent de
sollicitude et d'attentions pour Barbara, mais
elles n'ont garde de vouloir pénétrer ses
secrets.

Florence affecte une sérénité inaltérable; elle
fait de temps à autre des allusions au client
du Cornouailles, à ses ardoisières, à ses domaines.
à ses voitures, à ses serviteurs, à ses loges et
à son admiration évidente pour Barbara. On
ne prononce plus jamais le nom de George
Leland. Mme Trevenock et Florence sentent
bien qu'elles ont eu tort; mais elles cherchent
à étouffer leurs remords en se disant que la
fin justifie les moyens. C'est avec anxiété, sans
doute, qu'elles constatent que Barbara, lasse
de se tourmenter dans le vide, s'étiole et pâlit;
mais, en même temps, l'idée que la réponse
du capitaine n'aurait pu que lui causer de nouveaux chagrins leur donne beaucoup à penser.
En outre, Mme Trevenock, se répetait que le
sort le plus triste et le plus malheureux est
encore d'épouser un homme qui a manqué à
l'honneur. Puis elle se disait aussi que la jeunesse et la santé reprennent toujours leurs droits
et que souvent les pensées douloureuses finis-

sent par lâcher prise. Barbara se remet, en effet, peu à peu du coup qu'elle a reçu. Son front cesse d'être aussi rembruni, la fraîcheur reparaît sur ses joues pâlies. Elle ne se révolte plus contre les plaisanteries de Florence. Bientôt elle s'abandonne à de douces effusions avec sa mère et sa sœur : La victoire est gagnée ; la bonne harmonie régne de nouveau parmi le trio féminin de la villa des Roses.

XI

Mme Trevenock et ses filles causent gaiement près du feu ; il fait trop sombre pour travailler sans lumière et trop clair pour allumer la lampe. Nous sommes en décembre ; M. Penruth fait son apparition à Southlane entre chien et loup. Il est venu à Londres, dit-il, à l'occasion d'une exposition de volailles et d'animaux gras, non pas qu'il porte un intérêt particulier à ces sortes de choses, mais à la requête d'un de ses amis du Cornouailles qui est, lui, grand connaisseur et amateur.

C'est une excuse, dit Florence, qui vous épargnera mes reproches et mes railleries ; du reste, j'aurais dû savoir qu'un client de mon père ne pouvait avoir des goûts aussi naïfs.

— Comment va M. Trevenock ? répartit son client ; je suis arrivé hier soir seulement et je n'ai pas encore eu le temps d'aller le voir.

La mère et les filles se jettent à la dérobée un regard significatif ; il y a deux mois que Barbara et Florence ne sont allées chez leur père.

— Il était en excellente santé la dernière fois que je l'ai vu, dit Florence avec aplomb.

M. Penruth subjugué par la beauté de Barbara qu'il contemple avec une admiration passionnée, se borne à répondre quelques mots insignifiants aux questions que lui adresse Mme Trevenock sans songer à entretenir la conversation.

— Le Cornouailles doit être bien triste à ce moment de l'année, dit Mme Trevenock.

— Nous avons souvent de la pluie; mais rarement de la neige.

— J'adore la pluie! s'écrie Florence, c'est frais et pur.

— A quelle distance êtes-vous de la mer?

— Sept ou huit milles.

— C'est trop loin pour s'y rendre à pied, à moins d'être un très bon marcheur.

— J'y vais de temps en temps.

— Alors vous êtes un marcheur infatigable.

— Mes ardoisières étant situées sur le chemin qui conduit à la mer; cela m'y mène naturellement.

— Vous vous occupez de l'administration de vos ardoisières?

— Mon frère Mark en a la direction; il paye les ouvriers, tient les livres; c'est un excellent homme d'affaires. Je ne sais vraiment pas ce que je deviendrais sans lui; j'ai horreur des plumes, de l'encre, du papier; mais je n'aimerais pas que mes ardoisières fussent à la merci d'un étranger.

— Et votre sœur, ajoute Mme Trevenock

qui croit qu'à la longue son interlocuteur mordra un peu à la conversation.

— Elle tient ma maison.

Rebutée par l'insuccès de ses tentatives. Mme Trevenock finit par offrir du thé à M. Penruth; il est neuf heures lorsqu'il prend congé du trio féminin de la villa des Roses.

Avant de partir, il demande l'autorisation de renouveler sa visite pendant la semaine qu'il compte passer à Londres, autorisation que Mme Trevenock lui accorde d'autant plus volontiers qu'elle espère toujours que l'admiration de M. Penruth pour Barbara finira par vaincre la froideur de cette dernière.

Dès qu'il est parti, Barbara se lève brusquement et s'assied au piano; ses doigts modulant une romance de Mendelssohn pleine de passion et de mélancolie; Florence s'approche de sa mère et dit:

— Je crains que cela ne puisse jamais réussir; il est clair que Barbara éprouve pour lui une antipathie manifeste. C'est inutile de vouloir lui faire épouser un homme aussi ennuyeux.

— Mais, d'abord, qui sait s'il la demandera jamais; j'avais fait pour elle des rêves d'ambition; une grande fortune, une grande position. Ah! qu'elle s'entendrait bien à tenir un salon.

— Si le capitaine pouvait enfin lui devenir indifférent!

— Elle paraît plus calme depuis quelque temps.

— Oui, à la surface; mais je suis sûre qu'elle conservera toujours le même amour au fond du cœur.

— Ne craignez rien, dit Mme Trevenock à Florence; je ne voudrais certes pas lui imposer un mari pour lequel elle ne saurait avoir que de l'éloignement.

Les jours se suivent et se ressemblent à Southlane; le vent siffle, la pluie ruisselle sur les carreaux; les visites de M. Penruth sont devenues quotidiennes. Il ne laisse échapper aucun moyen d'être agréable à Mme Trevenock et à ses filles; ce ne sont que loges sur loges, bouquets sur bouquets... Il est resté à Londres quatre semaines au lieu d'une, n'ayant d'autre raison de prolonger son séjour que le charme qui l'attire et le rive à Southlane. Enfin, la veille du jour fixé définitivement pour le départ de M. Penruth, Barbara reçoit de son père une lettre ainsi conçue:

„Venez demain chez moi sans Florence, il s'agit d'une affaire très importante.

„Votre père dévoué,

„TREVENOCK."

— Sans Florence! s'écrie celle-ci avec indignation; comme je dois être touchée de cette marque de confiance. Je n'ai plus à faire acte

de chaperon ; c'est à tes risques et périls,
Barbara.

— Mais comment voulez-vous aller seule ?
c'est impossible ! dit Mme Trevenock à Barbara.

— Je m'établirai de planton dans le voisinage, dit Florence. Tout s'arrangera ; mais
que peut-il avoir à te dire ?

— Tout bonheur est perdu pour moi sans
retour.

— C'est peut-être un héritage.

— C'est aussi invraisemblable que la pièce
que nous avons vu hier soir.

— Ah! si la vie ressemblait au cinquième
acte d'une pièce !

— Mes enfants, votre père attend évidemment Barbara ce matin, il faut partir.

Les deux sœurs se mettent en route et, en
descendant d'omnibus, elles se donnent rendez-
vous chez un pâtissier.

Dès que Barbara arrive chez son père,
M. Maulford qui avait fait probablement le guet
derrière un rideau, ouvre la porte et attache
sur Barbara un regard inquisiteur qui semble
vouloir lire jusqu'au fond de son âme. Il la
conduit dans le cabinet de M. Trevenock qui
se lève et la reçoit avec une cordialité qu'elle
ne lui avait jamais vue.

— Que vous êtes pâle, dit M. Trevenock à
sa fille ; êtes-vous souffrante ?

— Non, mon père.

— Asseyez-vous — et votre mère ?

— Elle va bien.

— Avez-vous reçu de récentes nouvelles de la famille?

— Ma tante Sophie a écrit dernièrement à ma mère.

Barbara tourne et retourne son manchon de fausse loutre.

M. Trevenock regarde ses ongles.

— Eh bien! ma chère enfant, j'ai une grande nouvelle à vous apprendre.

— Vraiment !

— Florence m'a dit que tout était rompu entre vous et le capitaine...

— Le capitaine Leland, c'est vrai; tout est fini entre nous.

— Tant mieux! tant mieux! s'écrie M. Trevenock; suivant moi, c'eût été pour vous un déplorable mariage. Aujourd'hui, j'ai à vous faire part d'une communication très importante: un homme d'une excellente famille, d'une immense fortune, m'a demandé votre main, vous comprenez certainement de qui il s'agit: M. Penruth est venu me trouver dans l'après-midi; il m'a déclaré que vous lui inspiriez une passion des plus vives et, emporté par un mouvement irrésistible de confiance et d'espoir il m'a chargé de vous demander de changer votre nom de Trevenock pour celui de Penruth. Je ne dois pas vous taire ses généreuses intentions à votre égard; si vous agréez ses vœux, il est résolu à vous faire don d'une

terre dont le revenu annuel s'élève à 600
livres. Considérez que vous pourriez répandre
l'or à pleines mains sur votre mère et votre
sœur et vous passer, en outre, mille et mille
fantaisies. Certaines insinuations me donnent
aussi à penser, qu'il serait disposé à vous léguer
la plus grande partie de sa fortune. Si vous
avez des enfants, c'est votre fils aîné, bien
entendu, qui sera son héritier naturel. Je remets
maintenant à votre conscience le soin de décider.

Barbara avait écouté en silence le discours de
M. Trevenock ; mais, sans hésiter, elle répond :

— Je suis très reconnaissante à M. Penruth
de ses généreuses intentions, mais je ne puis
agréer ses vœux.

— Vous refusez ! s'écrie M. Trevenock sur
le visage duquel la réponse de sa fille répand
la surprise et la consternation.

— Je refuse, répond Barbara avec fermeté.

— Quelle folie ! songez-vouz que vous refusez
de passer de la pauvreté à la richesse, d'épouser
un homme qui baiserait l'empreinte de vos pas ;
que vous refusez, écoutez bien ceci, de donner
au lieu de recevoir.

— Je ne sais si je m'abuse, mais je ne vois
dans ce refus rien qui doive jamais exciter
mes regrets. Je sens que je n'aimerai jamais
M. Penruth.

— Qui vous parle de l'aimer ? Il ne s'agit
pas d'un mariage d'inclination, mais de
raison. Le dévouement, la fidélité, l'abnégation

suffisent à garantir la vertu d'une femme élevée comme vous l'avez été.

— Je me marierai jamais dans de semblables
conditions.

— Alors, vous n'êtes qu'une égoïste ; il est
des circonstances dans la vie où il faut savoir
vaincre ses répugnances. La conscience d'avoir
agi comme on le doit, tient lieu de bonheur,
mais que vous importe...

— Je me déclare prête à subir toutes les
privations plutôt que d'accepter cette opulence.

— Ah ! surtout ne vous avisez pas maintenant de venir me demander de l'argent pour
payer vos chapeaux et vos impositions. Je vous
jette par la fenêtre, vous et votre sœur, si vous
tentez jamais de faire un appel de fonds.

— Nous tâcherons de nous tirer d'affaire
sans avoir recours à votre bourse.

— Sachez bien que je n'entends plus recevoir votre impertinente sœur.

— Ni ma mère, ni Florence, ni moi ne vien-
drons dorénavant frapper à votre porte.

— Vous persistez dans votre résolution ?

— Oui, car je ne puis faire que j'aime
M. Penruth.

— Après avoir prononcé ces derniers mots,
Barbara, pâle comme la mort, descend l'escalier. M. Penruth qui monte, lui prend les
deux mains et lui dit en fixant sur elle son
regard passionné :

— Vous venez de voir votre père ?

— Il m'a transmis l'expression de vos voeux ; mais je ne peux y répondre que par un refus.

— Barbara ! Barbara ! s'écrie M. Penruth ; pourquoi prononcer si vite cet arrêt ?

— Parce que ma résolution est inébranlable.

— Je ne puis me résoudre à ne pas espérer, car je vous aime, Barbara ; je vous aime, et j'ai foi dans mon amour pour triompher de votre résistance.

— Adieu, murmure faiblement Barbara, en retirant ses mains des mains de M. Penruth, et en sentant ses lèvres effleurer ses doigts glacés.

XII.

Rien de plus pénible que de sentir contre soi ceux qui vous entourent: cette épreuve était réservée à Barbara à la suite de son entrevue avec son père. Dès qu'elle est de retour chez elle, elle raconte à sa mère et à sa sœur l'entretien avec M. Trevenock, et elle leur déclare franchement qu'elle a refusé les millions de M. Penruth.

Mme Trevenock et Florence, sur qui la pauvreté pèse lourdement, ne comprennent pas le refus de Barbara; mais ce qu'elles regrettent encore plus, c'est qu'elle ait ainsi sacrifié la réalité à un vain fantôme.

— J'aurais tant aimé voir Barbara dans une situation brillante, dit Mme Trevenock à Florence.

— Nous serions allées en villégiature à Penruth-place, respirer le grand air, nous promener au bord de la mer.

— Oui, cela eût été délicieux, reprit Mme Trevenock, qui n'avait pas quitté Camberwell depuis sept ans.

L'hiver est des plus rigoureux; le combustible coûte cher; la vie est difficile pour Mme Trevenock et ses filles. Barbara se rappelle

7*

la tendresse de Ruth pour Noémi, et elle se dit qu'il ne tiendrait qu'à elle d'entourer sa mère de confort et de luxe. Cette pensée lui serre le cœur.

— Ma mère! parfois s'écrie-t-elle, en serrant Mme Trevenock dans ses bras, j'ai été égoïste, je le sens. Je n'avais qu'un mot à dire pour nous épargner bien des privations.

— Ma chère enfant, repart Mme Trevenock, comment pouvez-vous croire que j'aurais consenti à vous imposer pour l'amour de moi, un mari qui vous déplait; que m'importe la vie! malgré toutes les épreuves dont elle a été remplie pour moi; j'ai été bénie dans mes chères filles. Tout ce que j'aurais voulu, c'était de savoir votre sort et celui de votre sœur assuré.

— Ah! ma mère, que j'ai mal su reconnaître votre tendresse et votre dévouement! je n'ai songé qu'à moi et qu'à un amour qui n'est plus qu'un malheur pour moi!

Mme Trevenock secoue tristement la tête et se prend à pleurer.

— Ma chère, dit-elle, vous ne pouviez épouser un homme qui n'est pas digne de vous; ne me parlez pas de lui, cela m'est trop pénible.

Peu de jours après cette conversation Mme Trevenock tombait malade. C'était la conséquence des fatigues qu'elle s'imposait depuis longtemps sans consulter ses forces. Pour la première fois de leur vie Barbara et Florence virent un médecin franchir le seuil de leur

maison. Dès que l'homme de l'art fut sorti de
la chambre de leur mère, elles le prirent à
part et lui demandèrent avec anxiété comment
il trouvait sa malade. Il ne leur dissimula pas
que son état était très grave; mais il leur fit
espérer aussi que tout était réparable avec un
bon régime, un repos complet, du vin vieux,
des gelées de viande, l'air de la mer, et la
tranquillité de l'esprit; puis, en les quittant il
leur dit : à demain.

Que faire? demanda Florence à Barbara.

— Sauver notre mère à tout prix, répond
sa sœur avec une voix suffoquée par les sanglots.

— Surtout il ne faut pas qu'elle s'aperçoive
que nous avons pleuré.

Barbara monte chez sa mère; Florence, sans
plus tarder, prend le parti d'aller chez son
père; coûte que coûte, sa mère aura ce que le
médecin a prescrit.

Quand Mme Trevenock s'éveilla, Barbara
est assise près du lit de sa mère.

— Le docteur me trouve-t-il très malade?
demande-t-elle, d'une voix faible à sa fille.

— Non, ma chère mère; mais il a ordonné
plusieurs choses que je dois aller chercher immédiatement. Désirez-vous que je dise à Amélie
de venir près de vous?

— Non, je préfère rester seule jusqu'à votre
retour; vous ne serez pas longtemps, n'est-ce
pas? Je suis si heureuse de vous voir à mon
chevet.

Barbara va ensuite chercher la bourse qui contient leurs réserves, hélas! elle est presque complètement vide.

— Ah! que la pauvreté est un pesant cauchemar, se dit-elle; je ne l'ai jamais senti comme aujourd'hui. Que faire? elle ouvre un tiroir et fixe les yeux sur un petit écrin.

Que contient-il? Helas! son seul trésor, la bague que George Leland lui a donnée; c'est un cercle plat avec un brillant pour chaton; Barbara s'était promis de la garder aussi longtemps qu'elle resterait fidèle au capitaine, ou autant qu'il ne la lui redemanderait pas; mais si douloureux que soit le sacrifice, il faut se séparer de ce souvenir du moins pour un temps.

Barbara dirige ses pas vers un magasin aux vitrines duquel elle et sa sœur avaient bien souvent jeté un coup d'œil : montres, chaînes d'or, pièces d'argenterie éblouissantes y sollicitent les regards des passants. Sur le côté se trouve une petite porte mystérieuse par laquelle Barbara se glisse furtivement. Une Irlandaise maigre, pâle et aux yeux noirs brillants d'un feu sombre, est debout au fond d'une pièce près d'un paquet de hardes qu'un jeune homme examine dédaigneusement, en attendant l'offre du vendeur. Il laisse l'Irlandaise à ses réflexions, et vient demander à Barbara ce qu'elle souhaite.

Maintes fois de jolis visages se sont faufilés dans cette antre: néanmoins le marchand semble stupéfait de la beauté de Barbara.

— Je désire savoir si vous pourriez me
prêter quelque argent sur cette bague, dit-elle,
en affectant de parler avec autant de sang-froid
que si elle avait l'habitude des transactions de
ce genre.

— Cela dépend de la valeur de la bague et
de la somme que vous demanderez.

Barbara dépose la bague sur le comptoir :
le marchand prend le bijou entre le pouce et
l'index, le recule, puis le rapproche ; il examine
le diamant, souffle dessus, le mouille avec le
bout de sa langue, le frotte avec une peau et
semble enfin convaincu que c'est bien un véritable diamant.

Les minutes semblent des siècles à Barbara.

Deux livres dix shillings? dit-il, d'un ton
interrogatif; je ne peux vous donner davantage.

— J'aurais désiré plus; néanmoins, j'accepte
votre offre; elle tend la main pour avoir de
l'argent; mais il lui faut attendre que l'on
fasse un reçu en règle. Elle a la mortification
de constater que le marchand l'observe avec
une malicieuse attention, tout en écrivant le
duplicata. Enfin, il lui remet l'argent et lui
serre le bout des doigts. Barbara retire sa
main avec indignation; ses traits sont contractés
par toutes les tortures de l'orgueil humilié.
Sa bague de fiançailles ainsi livrée et supporter
en outre un pareil affront! Mais le souvenir
de sa mère raidit cette âme froissée et donne
un autre élément à ses pensées; la victoire que

le dévouement lui a fait remporter sur elle-même l'indemnise de ses mortifications et de ses regrets.

Elle va bravement acheter de vieux vin de Porto, un poulet, que sais-je encore?

A son retour, Florence raconte à Barbara que c'est seulement au prix d'efforts inouïs qu'elle a réussi à extorquer 25 shillings à son père et qu'il a juré ses grands dieux que ce sont ses dernières libéralités.

— Qu'a-t-il dit en apprenant la maladie de ma mère?

— Il a dit qu'il le regrettait vivement, mais que n'ayant pas le privilège de battre monnaie, il serait, lui, réduit à l'hôpital s'il venait à tomber malade. Il ne tenait qu'à votre sœur de vous donner le bien-être, a-t-il ajouté; elle a préféré la pauvreté; eh bien, qu'elle s'y tienne! Il ne te pardonnera pas d'avoir refusé M. Penruth; j'oubliais de te dire qu'il est à Londres.

Barbara ne répond rien; mais son beau visage porte l'empreinte d'une mélancolie navrante. Les jours s'écoulent tristement à la villa des Roses; on arrive au mois de février; la tante Sophie a envoyé un peu d'argent à ses nièces; ce n'est qu'à force de privations personnelles qu'elles sont parvenues à faire face à tout ce que la santé de leur mère réclame.

Un certain jour Barbara est assise près de

la fenêtre pendant que sa mère sommeille; ses yeux aiment à se reposer sur la nature si sombre qu'elle soit.

— N'y a-t-il pas, se dit-elle, un mystérieux rapport entre les brouillards et les brumes qui ferment les horizons et l'état de mon âme; les arbres sans feuilles, le ciel sans soleil, la terre sans fleurs, ressemblent à mon cœur sans espérance et sans bonheur.

C'est sous le coup de ces réflexions attristées que Barbara remarque un individu de haute taille qui s'approche de la grille de la villa des Roses. Il n'y a qu'un pauvre ou un millionnaire qui puisse porter un chapeau et un paletot aussi râpés. Oui, c'est bien lui !... son premier mouvement c'est d'aller donner à Amélie la consigne de ne pas recevoir; mais elle se rappelle que sa mère est malade et se ravise en pensant que M. Penruth, dès qu'il le saura, lui enverra du raisin et du gibier. La pauvreté pousse souvent à bien des extrémités; elle se résigne donc à recevoir M. Penruth ! Il s'informe avec un sympathique intérêt de la santé de Mme Trevenock et demande ce qu'il peut faire pour elle.

— Je vous serais très reconnaissante si vous vouliez bien lui envoyer du raisin.

— Permettez-moi d'y joindre des fleurs, dit-il, pour parer la chambre de votre mère malade.

— Ah ! que vous êtes bon ! dit-elle, en lui tendant la main et les yeux pleins de larmes.

— Je vois à quelles douloureuses pensées vous êtes en proie et combien vous souffrez de ne pouvoir procurer à votre mère tout ce que vous voudriez; me pardonnerez-vous de vous demander encore si vous voulez échanger la pauvreté contre la richesse; si vous voulez être la maitresse d'une véritable fortune; si vous voulez être la femme d'un homme qui vous adore?

— Je ne puis accepter une offre aussi généreuse.

— Vous me détestez?

— J'ai donné mon cœur à un autre, et si je consentais à vous épouser, ce ne serait que par l'effort suprême d'un dévouement héroïque pour ma mère et pour ma sœur. Voudriez-vous m'épouser, je vous le demande, dans de telles conditions?

— Oui, pourvu que tout soit fini entre vous et celui que vous aimez. Sans être jaloux par nature, je sens que j'éprouverais pour lui une haine sauvage.

— Il est bien loin et tout est fini entre nous, quoique je ne puisse jamais l'oublier.

— Barbara, le temps et mon amour vous aideront à triompher de ce souvenir; voulez-vous être ma femme, dites, Barbara, y consentez-vous?

— Vous savez quelle sera la cause de mon consentement, mon respect du devoir restera ma seule sauvegarde et la vôtre.

— Je ne vous demande rien de plus en retour de mon amour. Vous ne savez pas Barbara, ce que c'est pour un homme de mon âge
que d'aimer comme je vous aime! Ce serait
encore trop peu dire que de dire que mon
amour pour vous est plus ardent que la flamme,
plus fort que l'acier. Je ne vous parlerai jamais de celui qui vous a leurrée d'un fol espoir;
de même ne prononcez jamais son nom devant
moi; c'est tout ce que je vous demande.
Acceptez-vous ce pacte?

— Oui, dit-elle en soupirant.

Quelques instants après M, Penruth s'empare
de la main de Barbara, la porte respectueusement
à ses lèvres, puis lui dit:

— Je compte rester à Londres jusqu'au ré-
tablissement complet de votre mère; nous
fixerons alors le jour du mariage.

— Sitôt! s'écria-t-elle. Oh! non pas cette année.

— Pourquoi attendre? Je ne vous connaî-
trai jamais mieux; je ne vous aimerai jamais
davantage.

En prononçant ces mots, M. Penruth passe
son bras autour de la taille fine et souple de
Barbara et dépose sur son front un baiser brûlant, il lui dit en la quittant:

— A demain, à toujours.

Il part heureux comme un roi, laissant Barbara la mort dans l'âme.

— Ah! que je suis faible, se dit-elle à elle-
même les yeux fixés à terre, car la pensée de

ma mère est impuissante à me réconcilier avec
la résolution que j'ai prise!

Barbara monte à la chambre de Mme Trevenock, et reste silencieuse près de son lit.

— Pourquoi êtes-vous si taciturne depuis
quelque temps, ma chérie? Auriez-vous de
nouveaux chagrins? Si c'est la volonté de Dieu
que je meure, j'espère qu'il ne vous abandon-
nera pas et que sa protection se montrera sous
la forme de bienfaiteurs ou d'amis. Parfois, en
pensant à votre avenir, ma pauvre tête se monte
à un tel diapason que mon cerveau se trouble.

— Ma mère, vous n'avez plus à vous inquiéter
de notre sort; guérissez-vous, recouvrez la santé
et des forces, c'est tout ce que je demande à Dieu.

Puis, s'approchant d'elle, elle lui dit à voix
basse et d'un air mystérieux: — Un jour viendra
où nous serons tous riches, très riches et où
je serai la femme la plus riche du Cornouailles.

— Comment? dit Mme Trevenock en passant
sa main amaigrie sur son front.

— Je serai Mme Penruth!

— Mon ange! s'écrie Mme Trevenock en
pressant sa fille sur son cœur; maintenant,
je puis mourir et mourir heureuse.

— Non, ma mère, il faut que vous viviez;
je le veux, dit-elle, en tombant à genoux près
du lit de sa mère et la tête à motié cachée
sous les couvertures, elle ajouta:

— Oui, je le veux, car c'est à vous seule
que je me sacrifie!

XIII

Florence est ravie d'apprendre l'engagement pris par sa sœur et M. Penruth. Amélie s'associe à sa façon à la joie de sa jeune maitresse en chantant chaque jour une chanson plus gaie que la veille.

Devant sa mère, Barbara joue le calme; elle s'efforce même de sourire. Mais, en réalité, la perspective de l'avenir est pour elle un véritable épouvantail. Elle témoigne à M. Penruth une politesse glaciale qui aurait rebuté tout autre que lui; mais il accepte l'indifférence comme quelqu'un qui ne peut espérer mieux.

Les demandes de fonds à M. Trevenock n'ont pas plus maintenant de raison d'être que les autres expédients auxquels il avait fallu avoir recours, car M. Penruth a remis à sa fiancée 100 livres pour faire face aux exigences du moment. Barbara s'est empressée d'envoyer Amélie retirer sa bague de chez le prêteur sur gages, et elle a écrit à la mère de G. Leland en la priant de faire parvenir à son fils ce précieux bijou; des larmes de regret coulent de ses yeux sur la lettre.

Le raisin, le vieux vin, les primeurs, les fleurs arrivent à profusion à la villa des Roses; mais toutes ces douceurs sont moins efficaces pour rendre la santé à Mme Trevenock que la quiétude dans laquelle elle nage depuis qu'elle sait le sort de ses filles assuré.

Une semaine se passe sans que Barbara reçoive de réponse à sa missive; enfin, arrive une lettre bordée d'une large bande de deuil.

«Chère mademoiselle Trevenock.

„Je ne doute pas que vous appreniez avec peine la perte douloureuse que nous avons faite. Notre mère bien-aimée nous a été enlevée après une courte maladie au mois de novembre dernier.

„ C'est un cruel chagrin pour nous.

„J'enverrai la bague par le prochain courrier.

„Je regrette que tout ait été rompu entre vous et George, quoique ce soit peut-être un bonheur pour tous les deux. Mon frère n'a pas eu de chance dans l'Inde, et il n'est pas dans une position qui lui permette de penser au mariage.

La nouvelle que vous êtes fiancée lui causera certainement une grande surprise.

„ Bien à vous,

„Marie LELAND"

Un nuage passa devant les yeux de Barbara.

— Il n'a pas eu de chance dans l'Inde, repête-t-elle en soupirant. C'est sans doute là ce qui l'a décidé à me rendre sa parole. S'il m'avait véritablement aimée, il ne m'aurait pas quittée ainsi ; mais tout est fini et je dois l'oublier. Elle fait tour à tour appel à son courage et à sa raison, trouvant à la fois bien longs et bien courts les jours qui la rapprochent du moment où il lui faudra prononcer le mot suprême et définitif. A mesure qu'elle voit arriver l'instant où elle devra quitter sa mère, sa tendresse filiale s'exalte de plus en plus. La pensée d'aller s'établir à Penruth-place semble lui faire éprouver un sentiment de terreur.

Le printemps se décide enfin à tenir ses promesses, le frais bouton d'avril s'est épanoui ; l'amandier est en fleurs, le lilas bourgeonne, le bouton d'or scintille dans l'herbe verte, Mme Trevenock peut maintenant descendre au jardin pour prendre le soleil, pendant une ou deux heures, Barbara ne la quitte pas plus que son ombre :

— Je ne sais, ma mère, lui dit-elle un jour en levant vers elle ses beaux yeux humides de pleurs, ce que je deviendrai sans vous.

— Mais, ma chérie, vous aviez bien accepté jadis d'aller aux Indes ; Cornouailles n'est pas aussi loin, ce me semble ? puis, M. Penruth, est si bon qu'il ne peut manquer de nous inviter souvent à vous aller voir.

— La vie ne me sera supportable que lorsque vous serez près de moi.

— Je suis navrée de vous entendre parler ainsi ; si vous sentez que vous ne pouvez être heureuse avec M. Penruth, eh bien, alors il faut rompre ce mariage.

— Non, ma mère, un mariage rompu suffit dans ma vie. Mais vous ne supposez pas,
n'est-il pas vrai, que je l'aime passionnément?

— Ma chère enfant, j'espère pourtant que
vous serez une bonne et heureuse femme.

— Quand on a obtenu ce qu'on désirait le
plus au monde, on n'a pas le droit de se
plaindre, je le sais; mais, en dehors de la joie
inénarrable que j'éprouve à vous voir renaître
à la vie, ma destinée me semble bien cruelle.

— C'est une destinée que quatre-vingt-dix-
neuf femmes sur cent vous envieraient.

— Autant dire que quatre-vingt-dix-neuf
femmes sur cent sont prêtes à se sacrifier à
des avantages pécuniaires.

— Oui, ma chère enfant, c'est possible quand
elles ont fait comme vous la douloureuse expérience de la gêne et de la pauvreté.

— La douloureuse expérience? Ah! ma
mère! mais ces jours-là seront toujours, quels
que soient ceux que le sort me réserve, les
plus doux et les plus heureux de ma vie.

Tout est arrangé; le jour du mariage est
fixé au 20 mai. Ce point décidé, il s'agit de
s'occuper du trousseau et de la toilette de la
mariée. Barbara ne se prête à ces préparatifs qu'avec une suprême indifférence; en résumé, c'est Florence qui choisit et qui décide
tout.

— Il y a des gens, dit-elle. qui ne font
pas cas de la toilette et qui n'y entendent

absolument rien. Eh bien, Barbara est de ce
nombre; c'est un don qui lui a été refusé... Il
te faut quelques costumes de dîner, reprend-
elle en s'adressant à sa sœur, puis une robe de
velours; l'auras-tu noire ou grenat?

— Je la préfère noire.

— Mais tu es donc vouée au noir, car tu as
déjà plusieurs robes noires.

— J'aime le noir.

M. Penruth demande que la cérémonie du
mariage soit tout intime. Quand un homme
de mon âge, dit-il, épouse une jeune fille, il
ne tient pas à se donner en spectacle. Il in-
siste aussi pour que M. Trevenock remplisse
son rôle de père à la cérémonie.

On croyait généralement, à Camberwell, que
Mme Trevenock était veuve; aussi, du moment
que son mari doit reparaître à la surface, elle
renonce facilement aux invitations, aux voitures de gala et au lunch après la cérémonie.
Il est convenu que Barbara sera mariée en
costume de voyage, qu'elle se rendra avec son
mari de l'église au chemin de fer, en route
pour Paris, où ils doivent passer leur lune
de miel.

Le 20 mai arrive fatalement, bien que Barbara eût vécu jusque-là en se berçant du fol
espoir que quelque événement étrange, extraordinaire, viendrait s'opposer à l'accomplissement
de cet horrible mariage. Elle songe à l'histoire
d'Iphigénie, et se rappelle que la déesse apaisée

a envoyé un cerf à l'autel du sacrifice, et que la douce victime a été emportée sur un nuage au séjour d'une éternelle félicité. Elle se flatte que George Leland tombera du ciel ou de l'Inde pour la sauver ; elle rêve qu'un héritage phénoménal va leur procurer la fortune et lui rendre la liberté.

Il y a des malheureux qui peuvent dormir la veille de leur exécution, mais Barbara n'est pas de ce nombre. La nuit du 19 au 20 n'a été pour elle qu'une longue insomnie, elle se lève sans avoir goûté un instant de repos ; elle passe une robe de chambre de cachemire blanc et va s'asseoir devant un petit bureau où elle a serré les lettres de George Leland ; le moment est venu de se séparer pour toujours de ce trésor si cher ! Elle allume une bougie et se prépare à réduire en cendres ces doux témoignages d'un pur et ardent amour, mais tout à coup son courage s'évanouit, une pensée traversant son esprit la retient. L'horloge sonne six heures et demie.

— Allons, dit-elle, j'ai encore le temps, personne ici ne se lève avant sept heures. Je ne veux pas brûler ces lettres, mais les enterrer.

Elle les met toutes sous une même enveloppe, les cachette et écrit dessus : «Lettres de G. Leland, 1855.» Puis, après y avoir déposé un long baiser, elle les renferme dans une boîte de fer-blanc et descend dans le jardin.

Elle va chercher une bêche dans la serre, creuse avec rapidité un trou entre des caïeux de lis et des racines de figuier; lorsqu'il lui semble suffisamment profond, elle s'agenouille et met la petite boîte dans son tombeau, puis elle la recouvre de terre, l'arrose de larmes et appuie dessus son petit pied.

— L'année prochaine, se dit-elle, les lis croîtront sur la fosse où repose mon bonheur. Ah! qui sait si, dans ma vieillesse, je n'aimerai pas à revenir aux souvenirs de mes premières amours? Barbara rentre dans la maison; il est sept heures, elle tremble comme une feuille.

— Grand Dieu! qu'as-tu s'écrie Florence assise sur son lit et la tête couverte de grandes épingles en écaille à onduler les cheveux.

— Je suis allée cueillir un lis pour mon bouquet de mariée, répond-elle à sa sœur d'un ton dégagé et presque gai; tous les ans je me rappellerai à pareil jour cette promenade matinale.

Elle s'habille avec autant de tranquillité que si la cérémonie du mariage était l'événement le plus ordinaire et le plus simple de la vie. Elle descend dans le parloir où le thé est servi; Mme Trevenock, pâle et amaigrie, porte un costume classique de faille grise. Elle se demande comment M. Trevenock va l'aborder: voilà douze ans qu'ils ne se sont vus! Florence semble agitée par la pensée que sa coiffure est manquée et qu'elle eût beaucoup mieux fait de ne pas forcer la nature.

Barbara est la plus calme des trois; ses joues sont légèrement colorées, ses yeux ont un éclat inaccoutumé.

— Je ne vous ai encore jamais trouvée aussi belle, dit Mme Trevenock à sa fille; votre toilette fait ressortir votre teint si mat et si blanc.

On avait fini par obtenir de Barbara qu'elle ne se mettrait pas en noir le jour de son mariage. Elle portait un costume grenat foncé de la plus élégante simplicité, son chapeau ne dénotait pas la moindre prétention à l'effet.

— Comment pas un brin de fleur d'oranger? dit Florence à sa sœur.

— Mais regarde un peu ce beau lis, répond Barbara en montrant à sa soeur celui qu'elle avait attaché à son corsage.

Nous sommes en mai, le ciel est gris comme au mois de mars. Mme Trevenock et ses filles quittent la villa des Roses en voiture de place; M. Trevenock les attend sur le seuil de l'église. Près de lui se tient M. Maulford. Une vive contrariété perce en ce moment dans la contenance de Barbara; la présence de cet individu lui faisait l'effet d'une insulte. Elle sait qu'il n'est venu là que pour lui rappeler Southampton. M. Trevenock échange avec sa femme une poignée de mains et lui demande de ses nouvelles; il semble se dire qu'il a agi au mieux des intérêts de ses filles, et que tout autre eût été arrêté par tant de difficultés. En homme habile et persévérant il a fait en sorte que Barbara est déjà en possession, par contrat rédigé en bonne et due forme, d'une propriété évaluée à 12,000 livres sterling au bas mot!

La cérémonie s'accomplit promptement. Un ministre âgé unit, sans s'en douter, la richesse à la pauvreté.

George Leland ferait-il en ce moment son apparition, fût-il même riche, triomphant et toujours fidèle... tout est consommé, Barbara Trevenock est désormais Mme Penruth.

XIV.

Un plateau couvert de fougère dominant le sommet de montagnes exposées aux grandes brises de l'Atlantique, un sol rongé par l'air salin, une herbe verte et molle ; des fougères immenses s'échappant par toutes les fentes de blocs pierreux ; la bruyère revêtant de ses reflets de pourpre les masses grises des rochers qui surgissent de terre comme des fleurs, tel est l'aspect que présente la région appelée les landes de Gorse, qui s'étend jusqu'à Lanevet, près de Bodmin. Au loin, se dessinent comme des lions accroupis, les formes massives des montagnes de Cornouaille, Rough Tor et Brown Willy. On les aperçoit de tous côtés quand on regarde vers l'ouest.

C'est un lieu sauvage, solitaire et solennel entre tous.

Les parties de ces landes qu'on a arrachées à la stérilité, n'en conservent pas moins leur cachet d'âpre solitude, les traces ineffaçables de leur origine.

La présence de l'homme ne se manifeste pas plus que sa voix ne s'y fait entendre, mais

tous les bruits de la nature y ont leur écho;
la lointaine vibration de la mer, le bourdonnement de l'abeille dans la bruyère, le cri mélancolique des mouettes et le chant joyeux de
l'alouette.

Sur la frontière de Cornouaille, s'élève Penruth-place, château massif, qui date de 1650,
mais qui semblait antérieur à cette époque.
Dans ce manoir sont nés, ont vécu, sont morts
tous les Penruth depuis plus de deux siècles.
Le plan architectonique en est lourd et sévère;
en vain, le temps a marché; en vain, le vent
du progrès a soufflé; la construction primitive
a tenu bon.

Il est vrai que toute amélioration est coûteuse et que le goût de thésauriser est un des
traits du caractère des Penruth.

Au reste, l'intérieur révèle le même respect
du passé et le même dédain du présent. Les
meubles de chêne sculptés, noirs de vieillesse,
remontent au temps des Stuart, sauf quelques
cabinets japonais, incrustés de nacre, rapportés
des Indes par un Penruth aventureux. Les
grandes salles de réception sont vastes, mais
trop basses; les autres pièces étroites manquent
d'air; la plupart des fenêtres sont condamnées;
les autres ne s'ouvrent qu'à demi; mais l'orne-
mentation des plafonds sculptés et dorés fait
compensation à cette tristesse apparente; leurs
corniches bien fouillées présentent aux angles
les armoiries des Penruth. L'escalier est de

proportion monumentale ; il conduit à une longue
galerie de bal où personne n'a jamais dansé et
à laquelle succède une autre galerie de tableaux
où, sur deux rangées, les portraits de famille
se regardent d'un air sévère.

Le château est situé assez loin de la route
carrossable tracée à travers la montagne jusqu'au
village de Sainte-Colomb. Il y a un pavillon au
bord. du chemin où demeure le jardinier de
M. Penruth ; plus loin une prairie traversée
par un chemin, à laquelle on peut donner le
nom de parc ; plus loin encore, des jardins et
des vergers d'une grande beauté ; car dans ces
régions il suffit d'un écran de tamarins et de
sapins pour permettre à la terre de se parer
de toutes les grâces de la rose, du myrte, du
jasmin, du magnolia, de la clématite, du chè-
vrefeuille et de l'hortensia.

Mlle Penruth a le goût de l'horticulture et sa
collection de dahlias lui inspire un naïf orgueil,
mais c'est plutôt un amusement qu'une passion ;
elle est dévote, mais la dévotion ne l'a pas
toujours à ce point absorbée qu'elle n'ait éprouvé
le besoin d'être admirée ; elle a été plusieurs
fois sur le point de se marier, mais les longs
délais des fiançailles qu'elle a imposés à ses
prétendants ont toujours fini par les décourager.
Le jour vint où elle fut réduite à serrer dans
une malle de camphre sa blanche toilette de
mariée ! Elle se donne parfois la triste satisfaction de regarder ces vêtements immaculés,

de défroisser les jupes de soie et de replier les
délicates mousselines, en soupirant. Sa piété
de puritaine avait successivement fait reculer
un jeune docteur et un ministre anglican; elle
s'en consolait en se disant qu'elle était sans
doute destinée à quelque meilleur parti, car la
défection de ses fiancés n'était jamais à ses
yeux que la preuve de leur peu de valeur.

Elle avait hérité très jeune d'une jolie fortune de sa mère, et bien qu'elle ne détestât pas
dépenser un peu d'argent pour satisfaire ses
goûts, elle n'eût pas admis qu'un mari exploitât
sa fortune à elle, pour son profit à lui.

Habitant chez son frère, Mlle Penruth voyait
son capital grossir chaque année. Les aumônes
dont elle se faisait la dispensatrice, lui valaient
à bon marché le titre de Madame la Charité.
Au fond, elle n'était peut-être pas fâchée d'avoir
échappé aux écueils contre lesquels on se heurte
sur le chemin de la vie conjugale; mais il est
difficile néanmoins de renoncer à toute idée de
bonheur, sans qu'il reste au cœur quelque trace
d'amertume et sans que l'aigreur ne s'insinue
comme un venin dans le caractère.

La nouvelle du mariage de Vivien fit à
Mlle Penruth l'effet d'un coup de foudre;
épouser à cet âge une jeune personne de vingt
ans, que l'on connaît seulement depuis quelques
mois et sans demander préalablement conseil
à sa famille, était le fait d'un cerveau malade
assurément.

La vieille fille avait décidé que son frère mourrait célibataire. Elle se flattait également que Mark suivrait l'exemple de son aîné, car il avait largement passé la trentaine sans paraître songer au mariage.

Mlle Penruth avait donc arrangé que la fortune de Vivien passerait à un cousin dont les opinions religieuses, d'une parfaite orthodoxie, étaient en tout point conformes aux siennes. Elle se demandait si elle pourrait maintenant continuer à tenir à Penruth-place le sceptre de l'autorité et du commandement, comme elle l'avait tenu depuis tant d'années. Telles étaient les pensées qui s'agitaient dans son cerveau tandis qu'elle arpentait la terrasse du château dans l'attente des nouveaux époux dont l'arrivée ne pouvait plus tarder.

La soirée était belle. Tout en cherchant à distinguer au loin le bruit des roues, Mlle Penruth entendit le joyeux carillon des cloches.

— Quelle idée a eue mon frère de donner tant d'éclat à ce mariage! Il épouse une jeune fille qui n'a rien, qui n'est rien, et moins on fera de bruit autour de ce mariage, mieux cela vaudra. On en glosera bien assez dans le pays!

Elle marchait lentement; s'arrêtant de temps à autre pour regarder à l'horizon si elle n'apercevait pas la voiture des nouveaux époux. Mlle Penruth avait mis ce jour-là sa plus belle robe, sa plus belle chaîne d'or, ses plus belles boucles d'oreilles. Dans cette circonstance, il

ne s'agissait pas de se laisser écraser par sa
jeune belle-sœur et de ne lui montrer qu'une
beauté déjà flétrie. Mais Mlle Penruth aurait
en vain paré sa beauté, rien ne pouvait la
rendre sympathique. Son front altier dénotait
l'ambition contrariée; son nez aquilin et pointu,
une force de volonté peu commune; son regard,
une sûreté impitoyable pour découvrir les dé-
fauts du prochain; ses lèvres rigides, une dureté
cruelle. C'était une grande personne hautaine
et froide, ayant toujours l'air de remplir un
rôle majestueux; mais son calme apparent la
faisait respecter de ceux-là mêmes qui étaient
le moins disposés à l'aimer.

La lune de miel s'était prolongée bien au
delà du temps que M. Penruth lui avait assigné
primitivement; car à peine arrivée à Paris, Barbara fléchissant sous le découragement et le
désespoir, tomba malade. Les conseils des hommes de l'art et le dévouement de son mari
finirent par triompher du mal; dès que sa femme
fut en état de supporter le voyage, M. Penruth
l'emmena en Suisse, dans l'espoir que l'air
vivifiant des montagnes rendrait à la jeune
convalescente santé, force et fraîcheur.

Il s'était bien gardé de s'expliquer sur ce
contre-temps dans ses lettres à sa sœur; et il
affectait d'y prendre le ton dégagé et gai qui
convient à un nouveau marié.

Mlle Penruth est toujours absorbée par l'attente des voyageurs; tout à coup, elle entend

le bruit de la porte ouverte dans le mur tapissé
de lierre et elle voit s'avancer Mark Penruth,
celui qui a la haute main sur la direction des
ardoisières. On disait généralement qu'il menait joyeuse vie, quoiqu'il n'eût d'autre corde
à son arc que les émoluments de sa place de
directeur et qu'il fût par conséquent dans la
dépendance absolue de son frère. Le mariage
de Vivien lui coupait évidemment l'herbe sous
le pied dans le présent et dans l'avenir; aussi
la nouvelle ne pouvait lui en être rien moins
qu'agréable. Un frère cadet ne compte pour
rien, se disait Mark en allant voir ses chiens
à l'écurie. Il avait la passion des chiens et
des chevaux; c'était souvent un sujet de querelle entre lui et sa sœur; elle lui répétait à
satiété que chaque chose doit être à sa place,
que les hommes sont faits pour vivre dans
leurs habitations et les chiens dans leurs
chenils.

Mark suivait l'allée sablée en faisant crier
le gravier sous ses pieds; sa démarche était
lente, anomalie bizarre chez un homme d'affaires,
qui doit mieux et plus qu'un autre avoir des
habitudes d'activité et connaître le prix du temps.

Il n'y avait aucun rapport entre le physique
de Vivien et celui de Mark, dont les yeux
étaient bleus, les cheveux noirs et les traits
réguliers; mais son menton, partagé par une
fossette, indiquait de la faiblesse, et son regard
avait quelque chose d'oblique qui manquait de

franchise. On disait que Mark Penruth aurait
pu faire un très bon mariage s'il n'eût été pris
depuis longtemps dans des liens dont il ne
pouvait se dégager. Cette histoire était connue
de tout le monde, sauf de Vivien et de sa sœur.

Il avait de beaux appointements, trois ou
quatre chevaux à sa disposition et autant de
chiens qu'il en pouvait souhaiter. Bien que
sa vie semblât devoir être très agréable, il n'avait
pas l'air d'un homme qui suit le chemin du
bonheur.

— Que vous paraissez absorbé, dit Mlle Penruth à son frère, pendant qu'il marchait à côté
d'elle le long de la terrasse.

— J'ai été accablé de préoccupations et de
tourments depuis quelque temps, dit-il.

— Vous, Mark?

— Oui, je fléchis sous le poids de mille
tracas; mes derniers achats de chevaux ont été
désastreux; mon dernier pur sang est cornard.

— Pourquoi acheter tant de chevaux?

— Je ne pourrais vivre dans cette geôle
sans chevaux et sans chiens. Je n'ai pas comme
Vivien des sacs d'or à compter pour me distraire, et vous voyez néanmoins qu'il a fait
une folie insigne... épouser une personne de
vingt ans!

Mlle Penruth ne répondit mot, Mark lui
inspirait trop peu de considération pour qu'elle
daignât lui dire ce qu'elle pensait du mariage
de leur frère.

C'était, du reste, un sujet qu'elle n'avait encore abordé avec personne, de peur de manquer à la prudence qui convient à une chrétienne.

Bientôt enfin, on aperçut la voiture qui se rapprochait du perron.

Vivien se hâta de descendre afin d'offrir la main à sa femme avec la plus affectueuse sollicitude.

— Comment vas-tu, Priscille ? et toi, Mark ? dit-il à son frère et à sa sœur.

Mlle Penruth restait immobile comme une statue ; c'était le regard inerte d'une personne dont le cœur est fermé ; rien ne trahissait sur sa physionomie ni intérêt ni même curiosité.

La jeune femme descendit de la voiture d'un pas hésitant, appuyée sur le bras de son mari ; Mark recula d'étonnement à la vue de ce visage émacié, aux yeux dont l'éclat extraordinaire rappelait l'incendie qui dévore. Barbara tendit la main à sa belle-sœur ; celle-ci la serra avec autant de froideur que l'on peut en mettre en pareille occasion. Mark y mit au contraire la plus grande cordialité en disant :

— Soyez la bienvenue à Penruth-place. Puis il lui prit le bras.

— Permettez-moi, ajouta-t-il, de vous conduire au salon pendant que Vivien donne quelques ordres ; vous avez l'air un peu souffrant.

— Elle est extrêmement fatiguée, dit Vivien ; Paris était trop bruyant pour elle, la

Suisse trop calme; j'espère que l'air de Cornouaille lui conviendra mieux.

Embrassant d'un coup d'œil l'aspect du château et du pays, Barbara dit, en levant sa main décharnée vers l'horizon, comme si elle eût voulu repousser les montagnes :

— Que c'est grand, beau et solitaire !

— Cela ne ressemble pas à l'animation de la grande route de Camberwell, riposta Vivien.

— Oh non, s'écria-t-elle avec un sourire mêlé de regret, qui voulait dire que ce souvenir était pour elle comme un oasis dans le désert.

— Mark, dit Vivien à son frère, emmène ta belle-sœur au salon, puis que Priscille la conduise dans ses appartements; j'espère que tout a été préparé à souhait.

— Vous ne m'avez envoyé aucune instruction à cet égard.

— Comment! Mais votre propre instinct était le meilleur guide !

— Je ne pouvais deviner les goûts, les habitudes et les fantaisies de Mme Penruth, retorque Priscille d'une voix âcre et mordante.

Barbara jeta sur Mlle Penruth un regard d'une mélancolie navrante; il était évident que sa belle-sœur serait pour elle une ennemie au lieu d'une amie, comme elle l'avait espéré. Mais que lui importait une goutte de plus ou de moins dans la coupe si amère de la vie !

— J'espérais, reprit Vivien en s'adressant

à sa sœur, que vous auriez rajeuni quelque peu ce vieux cadre. Après tout, à quelque chose malheur est bon, car Barbara sera souveraine maîtresse d'arranger les choses à son goût.

— Vous êtes bien bon, Vivien; mais je suis sûre d'avance que je ne ferai aucun changement.

— Je ne suis pas aussi persuadé que vous, car vous n'avez pas d'idée combien tout est suranné ici; les choses sont comme elles étaient il y a cent ans.

On était arrivé au vestibule, salle immense et sombre, revêtue de panneaux en chêne, sur lesquels étaient appendus des trophées de guerre et de chasse; à l'extrémité se projetait une cheminée capable d'engloutir une forêt. Barbara n'avait pas les nerfs assez bien trempés pour ne pas se sentir glacée par la tristesse imposante de cette résidence quasi féodale; cette impression lui rappela celle qu'elle avait éprouvée le jour où le capitaine Leland l'avait conduite à la Tour de Londres.

Le crépuscule rendait plus lugubre encore la longue galerie que traversèrent Barbara et Mlle Penruth, et sur laquelle s'ouvraient les chambres. Celle qui était destinée à Mme Penruth était longue et étroite, avec deux larges fenêtres encadrées dans des baguettes de fer forgé, autour desquelles s'enroulaient des myrtes et des roses; des poutres

gigantesques se déployaient dans toute la lon-
gueur du plafond; de grands sièges de chène,
recouverts de haute lisse, des tapis et des tentures
de teinte neutre; des tapisseries de Flandre sur
les murs; un lit immense à baldaquin riche-
ment sculpté et à colonnes en chêne tournées
en spirale; tous ces monuments des siècles
passés étaient vieux et tristes; Priscille marchait devant sa belle-sœur comme le geôlier
chargé de conduire un prisonnier à sa cellule.

— Cette chambre a toujours été celle de
Vivien, dit-elle avec une raideur implacable;
mais si vous préfériez la mienne, je la mets à
votre disposition.

— Comment pouvez-vous supposer que je
consentirais à vous causer le moindre dérangement; je voudrais tant que nos relations s'éta-
blissent sur le pied d'une affectueuse intimité.

— Il ne tiendra qu'à vous, répondit Mlle
Penruth; néanmoins, je dois dire que je suis
assez rebelle aux amitiés nouvelles. J'ai vécu
solitaire et *j'ai bâti très haut.*

Elle vit que cette phrase était inintelligible
pour Barbara, puis elle ajouta solennellement,
les yeux à demi fermés, en citant un de ses
poètes favoris: „J'ai bâti l'édifice de mes espérances au-dessus de ce monde et les amitiés
terrestres ne peuvent avoir de prise sur moi."

A peine cette phrase achevée, Mlle Penruth
sortit; Barbara alla s'asseoir sur un tabouret
recouvert de velours d'Utrecht placé dans

l'embrasure d'une des fenêtres, réchauffée encore
par un dernier rayon solaire; la brise tiède,
embaumée du parfum des fleurs, faisait ondoyer
légèrement la chevelure de Barbara.

Mme Penruth ne se doutait pas que maintes fois, pendant les heures de la fièvre, sa tête
exaltée par le délire avait subi l'obsession ardente de ses souvenirs et que son mari, assis
à son chevet, en écoutant sa respiration, avait
entendu sa femme appeler George Leland et
s'écrier en suivant d'un œil hagard sur le mur
un point qu'elle croyait être le *Hesper*: „O cruelle
mer! pourquoi le ravir ainsi à mon amour?"

C'est alors seulement que Vivien avait compris combien Barbara avait aimé son fiancé et
combien la source de cet amour était intaris-
sable; mais ne le lui avait-elle pas avoué
franchement et loyalement? Il voyait clairement au fond de l'abîme, et pourtant il ne
désespérait pas de le combler à force d'amour
et de dévouement.

— Oui, disait-il, le noble besoin de la reconnaissance finira par me gagner le cœur de
Barbara.

En effet, rien ne pouvait égaler sa sollicitude pour elle: il semait l'or sous ses pas. Il
réalisait aux yeux des garçons d'hôtel et des
femmes de chambre le type le plus accompli
du mylord anglais. Il cherchait, il essayait,
il imaginait tous les moyens d'être agréable
à sa chère jeune femme qui, morne, affaissée,

les joues amaigries, n'avait plus rien qui pût
justifier aux yeux des indifférents le mariage
d'élection qu'il avait fait en épousant Barbara.
Dès qu'elle se trouvait seule, elle restait longtemps plongée dans ses rêveries, se demandant
si elle pourrait jamais supporter la tristesse
de ces landes incommensurables, de ces chênes
sans vigueur, de ces gens sans charme, car
même son mari, si bon qu'il fût pour elle, avec
son air morose et sévère lui inspirait plus de
terreur que d'amour.

XV

Comment Mark Penruth prendra-t-il le mariage de son frère? telle était la question que chacun s'adressait à Camelot, petit village situé sur le côteau, dans un pli de terrain, au delà du pont.

Aux yeux du voyageur habitué aux cités populeuses, Camelot n'est qu'un misérable petit trou; mais pour les gens du pays, c'était un monde en petit, avec toutes ses passions et ses tourmentes. Mark passait une partie de son existence à Camelot, plus à portée des ardoisières que Penruth-place. Après être resté tard plongé sur ses livres de compte, il préférait passer la nuit au village, où il y avait une bonne taverne, plutôt que de traverser la lande pour aller coucher au château; ses seuls vrais amis, du reste, étaient de Camelot. Il avait bien quelques relations à Launceston, mais c'était trop loin, ses amis étaient l'élite de Camelot. Tous les soirs ils s'assemblaient à la taverne des *Armes du Roi*; aussi étaient-ils tellement habitués à être ensemble qu'ils se comprenaient au moindre signe, ou au moyen

de phrases à moitié finies et dans un argot qui
eût été incompréhensible à tout autre. Du reste,
entre eux, pas d'effusion, pas même de poignée
de mains. Il est vrai de dire, néanmoins, que
si l'un d'eux eût été enlevé, tous auraient vivement ressenti cette perte et aucun nouveau
venu n'eût été appelé à occuper la place de
l'absent.

Pour être vu d'un bon œil à Camelot, il
fallait y avoir de profondes racines. Peu importait la valeur qu'avait pu avoir votre grand-
père ou votre père; quand même ils auraient
été des gredins et quand même vous leur eussiez
ressemblé, la sympathie générale vous était
acquise par le seul fait que vos ascendants
étaient des indigènes de Camelot. Dans ce petit
pays, les vices, pourvu qu'ils fussent du cru,
jouissaient d'une indulgence exceptionnelle.

Mark Penruth était très populaire à Camelot,
tout le monde le connaissait; les gens dans la
force de l'âge se le rappelaient tout enfant, et
même les vieillards se souvenaient de son père
et de son grand-père. Il ne s'absentait jamais
longtemps et semblait faire partie du village,
comme l'horloge sur la place du marché ou
l'enseigne des *Armes du Roi* au-dessus de la
porte de la taverne. Cela aurait suffi pour assurer
sa popularité; mais on se l'expliquera encore
mieux lorsqu'on saura que Mark était généreux,
excellent cavalier, bon juge de chevaux et de
chiens et qu'au jeu de billard et de boules, il

avait une supériorité réelle sur tous ceux qui
se mesuraient avec lui. Ces talents le recom-
mandaient à la sympathie du public, et on
pensait généralement que le titre de *squire* eût
été beaucoup mieux porté par lui que par le
taciturne et grave Vivien.

A mesure que les années s'écoulaient, il semblait de plus en plus probable que Vivien mourrait célibataire, laissant à Mark toute sa fortune :
on entrevoyait qu'il y aurait alors à Camelot
un millenium pendant lequel les habitants
jouiraient de toutes sortes de délices ; mais
comme Mark avait seulement sept ans de moins
que son frère, cela n'eût pas laissé une grande
marge au millenium si on ne se fût flatté que
Vivien ne ferait pas de vieux os, comme on
dit vulgairement et que Mark allait devenir
bientôt propriétaire des ardoisières, du château,
du parc, des chevaux, des chiens et du reste ;
mais le fait du mariage de Vivien avec une
jeune femme, réduisait à zéro les chances de
la fortune de Mark.

Le lendemain du jour où les nouveaux époux
étaient arrivés à Penruth-place, il faisait une
chaleur accablante, on était au mois de juillet :
à peine pouvait-on respirer.

Assis devant la terrasse, à l'enseigne si connue
des *Armes du Roi*, sont attablés : Marton, avocat ;
Diccott, chirurgien et médecin de la localité ;
il a succédé à son père par le droit impres-
criptible de l'hérédité, guérissant ou tuant les

gens, non parce qu'il est savant ou ignorant, mais parce qu'il est le fils de son père; Joseph Nichols, vétérinaire, comme on l'est de père en fils dans sa famille depuis un temps immémorial; à la porte de la taverne, moitié dehors, moitié dedans, se tient Guillaume Lanherne, propriétaire de l'établissement; il jouit d'une importance réelle dans le village, où il représente le parti conservateur sous la forme la plus obstinée. C'est lui qui a combattu le plus vivement le projet d'un tracé de chemin de fer passant dans le voisinage de Camelot; c'est lui qui s'est opposé à la construction d'une chapelle réclamée en vue d'éviter aux gens de faire une course de plusieurs milles pour se rendre à l'église paroissiale; c'est lui qui a repoussé l'installation de becs de gaz; c'est lui qui hausse les épaules en parlant du *Workhouse*; du temps de son père, on vivait bien sans toutes ces innovations.

— On ne m'ôtera pas de l'esprit qu'il savait tout depuis six mois, dit Lanherne, en continuant une conversation sur Mark Penruth. Ce n'est pas d'hier que je m'aperçois qu'il a du souci. Dame! la déception de se voir ainsi frustré de toutes ses espérances!

— Ne pensez-vous pas, dit Nichols en se retournant, qu'il a autre chose ou plutôt quelqu'autre personne, ajouta-t-il en désignant d'un signe de tête une rue qui montait.

— Ah! pas du tout! s'écrie l'hôtelier, c'est une vieille histoire maintenant.

— Sans doute, mais si quelque jour le *squire*
est mis au courant de la situation, il rompra
avec son frère?

— Je ne vois pas pourquoi, répond l'avocat
d'un ton sentencieux, cela ne le regarde pas:
si Mark l'avait épousée, à la bonne heure! on
comprendrait que son frère aîné lui coupât les
vivres.

— Ah! répond l'hôtelier, ce serait fâcheux
pour Mark; cauteleuse comme elle l'est, je ne
doute pas qu'elle fût arrivée à ses fins si elle
eût voulu devenir Mme Penruth par devant
notaire; je suppose qu'elle n'y tenait pas.

— Depuis son départ vous n'avez pas eu
une servante comparable, dit un des interlocu-
teurs à Lanherne; la maison a perdu la moitié
de son animation.

— Ah! c'était une fine lame, reprend l'hôtelier, vive, accorte et la langue bien pendue,
hein? Mais un caractère infernal, diabolique.
Ah! vrai, je n'envie pas le sort de Mark.

— Il lui semble très sérieusement attaché,
reprend l'avocat, car voilà dix ans que cela
dure. Il est vraiment étrange que le *squire* ne
s'en soit jamais douté.

— Que vous êtes naïf, Marton! le *squire* en
sait là-dessus autant que vous et moi; mais
il ne croit pas avoir le droit de s'en mêler et
il ferme les yeux. Mark est un homme d'affaires
des plus fins, c'est tout ce qui importe à son
frère. Pauvre Mark! Ah! c'est bien à lui qu'on

peut appliquer le proverbe : Comme on fait son lit on se couche! Jamais elle ne le lâchera, jamais! jamais!

Les quatre individus en question secouent la tête, froncent le sourcil et envoient de longues bouffées de fumée aux quatre vents du ciel. Le soleil se couche derrière le vallon sur lequel s'élève l'unique maison dont Camelot eût le droit d'être fier ; les étoiles se montrent une à une, puis, bientôt innombrables sur la voûte céleste.

C'était l'heure de se renfermer entre quatre murs pour jouer au billard. Mark, arrivé depuis un moment seulement, se joint à Marton, Diccott et à Joe ; on fit d'interminables parties et des carambolages à perte de vue, causant peu, mais en revanche buvant force grogs, où il entrait plus d'eau-de-vie que d'eau pure.

Au bout d'une heure et demie, Mark dit à ses partners qui, ne pouvant gagner, lui demandaient sans cesse leur revanche :

— Allons ! c'est assez pour ce soir ; remettons la partie à demain ; puis, il avale à la hâte un dernier verre de grog et disparaît.

Il prend un chemin qu'il semble bien connaître et se dirige à la lueur des étoiles vers un cottage situé à mi-côte, à la jonction de deux routes ; l'une des fenêtres projette la faible lueur d'une lampe allumée ; il continue à marcher jusqu'à la grille, l'ouvre comme quelqu'un qui entre chez lui, referme rapidement la porte, monte l'escalier et entre dans la pièce où il y avait de la lumière.

— Plus tard encore que de coutume et toujours imprégné des vapeurs de la taverne! s'écrie en guise de salutation la personne qui occupe cette chambre.

C'est un accueil peu engageant; mais M. Penruth semble avoir l'habitude de tenir tête à ces bourrasques. Il se jette sur un sofa foncièrement usé; les ressorts cèdent si bien sous le poids de Mark Penruth qu'il a l'air de tomber dans le vide. Il s'empare avec vivacité des coussins posés sur ce sofa, les froisse, les jette les uns contre les autres, comme un dérivatif à sa mauvaise humeur.

— De grâce! n'abîmez pas ainsi mes coussins, Mark! dit la perssonne qui vient de l'apostropher avec tant d'âpreté et d'une voix si aigre qu'elle doit faire, aux oreilles de Mark, l'effet d'une pomme verte sous la dent. — Mais cette voix est celle d'une femme au visage d'une fraîcheur éblouissante; son noir sourcil, son grand œil de feu ont une expression singulière; son front élevé dénote une nature altière et jalouse; ses cheveux fins et noirs s'enroulent en tresses soyeuses; ses mains et ses pieds sont petits et bien faits. C'est une jolie femme, dans toute l'acception du mot et de plus une femme coquette qui sait tout le pouvoir de ses charmes et qui a foi dans le droit divin de la beauté.

Mark prit tout son temps pour formuler sa réponse pendant que Mme Peters ferme sa boîte à ouvrage avec un mouvement d'impatience bien marqué.

— J'ai fait plusieurs parties de billard; j'ai avalé plusieurs verres de grog; j'ai fumé plusieurs pipes. Y a-t-il, en vérité, de quoi jeter les hauts cris et m'invectiver comme vous le faites?

— Vous auriez dû revenir ici hier soir.

— Cela ne m'était pas possible; je ne pouvais pas me dispenser de souhaiter la bienvenue à Vivien et à sa femme.

— Eh bien! comment est-elle?

— D'une beauté remarquable, si son visage n'attestait pas la souffrance.

— Ce sont les remords de sa conscience qui auront altéré sa santé; on n'épouse pas impunément un vieillard qu'on ne peut aimer. Elle a, à mes yeux, l'immense tort de s'être mise entre mes enfants et leurs droits; aussi, je la déteste. Ah! si on savait ce que c'est que la haine d'une femme... si je pouvais entrer chez elle,... j'aurai mon tour, dussé-je l'attendre dix ans!

— Mariette, vous oubliez la parole que vous m'avez donnée.

— Ah! oui, repart-elle sur le ton de l'ironie; la promesse de rester muette comme un coffre tant que vous ne vous déciderez pas à me donner le droit de parler; mais que vous importe les mortifications dont je suis abreuvée tous les jours!

— Qui vous a jamais témoigné aucun mépris? Qui vous a jamais adressé un mot offensant?

— Je ne fais pas allusion à ce qu'on dit, mais à ce qu'on pense.

— Pourquoi vous inquiéter de ce qu'on pense? N'avez-vous pas tout ce qui fait la vie douce et agréable? jolie maison, domestique, toilette, voiture au besoin? Dites-moi, aviez-vous tout cela à votre disposition quand vous étiez servante à la taverne des *Armes du Roi?*

— On m'appréciait alors à ma juste valeur.

— Votre juste valeur? répète Mark avec un dédain méprisant et ironique, c'est-à-dire que jamais jolie fille ne vous a surpassée en agaceries et en hardiesse.

— Soyez juste, Mark; vous ne pouvez nier que vous êtes le premier et le seul que j'aie jamais consenti à suivre dans les sentiers fleuris où vous aimiez à m'entraîner.

Mark soupire; hélas! il se souvien des promenades qu'il a faites pour la première fois, il y a onze ans, avec la jolie servante de la taverne des *Armes du Roi;* il se souvient des compliments qu'il lui avait adressés sur ses yeux, son nez, sa jolie bouche; il se souvient, hélas! comment les compliments avaient dégénéré en baisers, les baisers en promesses, jusqu'à une fatale promesse qui, depuis lors, avait toujours pesé sur Mark comme un fardeau et une tache.

Mariette avait cru surmonter toutes les difficultés en quittant le pays pendant quelque temps; puis elle revint s'installer dans un joli cottage bien meublé; elle dit à ses connaissances qu'elle était restée quelque temps à Plymouth, et que là, elle avait épousé un voyageur de commerce; puis, à ses amis, elle présenta un baby rose dans une bercelonnette recouverte de cachemire rose: une perle dans un écrin!

Ce M. Peters voyageait sans doute comme le vent, car personne ne put jamais l'apercevoir lors des visites qu'il était censé faire à sa femme. Deux babies succédèrent à l'aîné, tous trois étaient beaux comme l'amour.

— Mon mari est très sauvage, dit un jour Mme Peters à Mme Plumtree du *Lion d'Or*.

— Ah! oui, s'écria Plumtree, lorsque sa femme lui rapporta ce propos, si sauvage en effet que personne ne l'a jamais vu. Voilà un gaillard qui sait se rendre invisible! Un de mes amis qui habite Plymouth m'a affirmé qu'il n'avait jamais entendu parler de ce nom-là; si vous demandiez à Mme Peters de vous montrer son acte de mariage, vous la mettriez, je crois, dans un furieux embarras.

— Qu'ai-je besoin de preuves? je la crois sur parole.

— C'est ainsi qu'on est souvent dupe,

répondit-il; Mme Peters me fait l'effet de ces oiseaux qui s'imaginent que personne ne les voit quand ils se cachent la tête dans le sable. Peters, le commis-voyageur, n'est autre que Mark Penruth, tout le monde sait cela à Camelot, comme on sait que l'horloge y est de vingt minutes en retard sur l'heure de Londres. D'aucuns prétendent qu'ils sont mariés, mais Mark, si insensé qu'il soit, n'est pas capable de faire une folie pareille!

Telle était généralement l'opinion exprimée sur Mme Peters quand il était question d'elle à Camelot; elle ne se faisait pas d'illusion à ce sujet, et elle en éprouvait un violent dépit.

— Comment vont les enfants? dit Mark.

— Ils vont assez bien, Dieu merci; pauvres innocents, ils ne se doutent pas que leur oncle est marié et que ce mariage ruine toute espérance de les voir en possession d'une des plus grandes fortunes de Cornouaille.

— Ils n'ont pas le droit de se plaindre, ce me semble?

— Eh bien! je le prends, moi, car je ne puis faire si généreusement le sacrifice de mes espérances, pour ne pas dire plus. Qui sait si, dans un an, un héritier ne sera pas né à Vivien Penruth? Pourquoi, en définitive, dissimulerais-je plus longtemps la vérité? Si vous vous amusez, Mark, moi je m'ennuie!

— Que Dieu vous garde de parler, car si vous faites une telle folie, je perdrai

immédiatement ma position de directeur des
ardoisières.

— Les enfants apprendront un jour la vérité et ce sera pour eux un coup de massue.
Enfin !... Mais, au moins, Mark, mettez-moi
au courant de vos affaires, je ne puis me résoudre à n'être qu'un zéro.

— Je n'ai rien de nouveau à vous apprendre ;
je ne suis guère moins contrarié que vous de
ce malencontreux mariage.

— Ce serait peut-être le moment d'apprendre à votre frère notre position... Son mariage
le rendrait peut-être plus traitable.

— Je ne le lui dirai jamais, Mariette ; vous
m'avez promis de garder le secret tant que
Vivien vivra ; sachez que si vous tentez de me
pousser à bout, je me jetterai à la mer pour
noyer mes chagrins et en finir avec l'existence.

XVI

L'air vivifiant de l'Atlantique, la vie tranquille que menait Barbara à Penruth-place,
furent plus puissants que l'oxygène des rives
du lac Léman et des vallées vaporeuses d'In-
terlaken pour rendre à Barbara toute la fraîcheur de ses joues, la vivacité de son regard.
Elle s'abandonna à son sort avec résignation
et vécut. La vie manquait pour elle d'intérêt;
sans doute elle admirait le grand château du
temps de Cromwell, mais comme on admire un
tableau dans un musée; cette splendide demeure
l'oppressait; elle n'y trouvait aucun des charmes qu'avait pour elle la villa des Roses avec
ses petites chambres, son petit jardin et les
meubles familiers au milieu desquels s'étaient
déroulés les jours bénis de son enfance. Son
mari était bon pour elle, tendre même, malgré
son ton bourru qui la faisait tressailir quand
elle était malade. Elle avait compris que Vivien l'aimait passionnément depuis qu'il lui avait
raconté qu'étant en proie au délire, elle avait
prononcé maintes fois le nom du capitaine
Leland.

— Ah! je crois que si j'avais su à quel point
vous l'aimiez, je n'aurais pas été assez fou pour
vous épouser.

— Ne vous ai-je pas avoué que je l'aimais
de toute mon âme?

— Oui; mais j'étais convaincu que vous ne
l'aimiez plus.

— C'est un rêve à jamais évanoui; le délire
seul a pu faire palpiter mon cœur éteint; le
passé et le présent se mêlaient dans mon esprit.
Maintenant que je suis de sang-froid...

— Allons, n'y pensons plus; mais notre lune
de miel n'a pas été brillante.

— Je regrette les mauvais moments que je
vous ai fait passer.

— L'amour, Barbara, n'est pas la paix. Je
n'ai garde de vous dire que je ne voudrais pas
vous avoir épousée; mais, pourtant, il me semble que j'étais plus heureux avant de vous
connaître.

Barbara, impassible, écoutait ces propos, somme
toute, peu aimables. Vivien avait cédé à une
fascination, à un entraînement plus fort que
lui; mais il s'en voulait à lui-même: il se faisait
l'effet d'une victime de la fatalité; si Barbara
l'eût aimé, il eût béni son esclavage; il eût
alors été le plus aimable et le meilleur des
maris. Ce vieux chêne, à l'écorce épaisse et
rugueuse, se fût courbé comme un jeune arbre;
mais, hélas! Barbara ne l'aimait pas, et sa
franche et honnête nature lui interdisait de

feindre un amour qu'elle ne pouvait éprouver. Elle était reconnaissante des bontés de son mari; mais elle ne s'imaginait pas que le devoir lui imposât plus que de la reconnaissance.

Barbara tenait son nouveau rang avec une modestie qui aurait dû lui gagner tous les cœurs; sa conduite échappait aux critiques mêmes de sa belle-sœur, bien qu'elle eût été obligée de lui faire l'abandon de ses précieuses clefs et de renoncer à ce rôle de maîtresse de maison qu'elle avait rempli depuis des années.

Tous les serviteurs, qui étaient sous le joug de Mlle Penruth avaient vu, avec plus ou moins de satisfaction, l'autorité passer à une jeune femme qui leur rendrait certainement la main. Il y avait tout un monde de serviteurs des deux sexes à Penruth-place; c'était un luxe que Mlle Penruth reprochait souvent à son frère, en lui disant que sa maison contenait plus de chats que de souris.

— Eh bien! j'aime les chats, répondait-il; et que vous importe d'ailleurs, puisque c'est moi qui les nourrit!

— Ma conscience me fait un devoir de songer aux dangers que la paresse fait courir aux âmes?

— La paresse? reprit Penruth, mais il n'y a personne d'aussi paresseux que vous dans la maison; vous ne faites jamais œuvre de vos dix doigts; vous passez tout votre temps à lire des ouvrages de piété.

— Je me prépare pour un monde meilleur.

La seule jouissance de Barbara à Penruth-place était de soigner son jardin et de vivre au milieu des myrtes et des roses; elles rayonnait au milieu des fleurs et souriait à leur beauté; quand son mari s'aperçut qu'elle aimait l'horticulture, il lui donna un jardinier spécial et lui proposa de faire construire une serre.

— Puisque vous ne voulez faire aucun changement dans l'intérieur de la maison, dit-il, il faut au moins vous passer quelque fantaisie au dehors. Vous rappelez-vous, lui demanda-t-il un jour, des premières roses que je vous ai envoyées quand vous étiez malade? C'était le »Maréchal-Niel», n'est-il pas vrai? Que je voudrais vous voir heureuse, mon enfant! ajouta-t-il, en l'attirant vers lui et en fixant sur elle un regard tendre et profond. Enfin, ce qui me tranquillise un peu pour le présent, ce qui me fait espérer un peu pour l'avenir, c'est que ma vieille maison, mes vieux meubles, paraissent ne pas trop vous déplaire.

— Me déplaire, à moi! Avez-vous donc oublié le modeste mobilier de la villa des Roses, de ce cher petit coin béni auquel je suis restée attachée comme l'oiseau à son nid; car si frêle que soit l'édifice, c'est la sécurité, c'est l'espoir, c'est l'avenir!

— J'espère que vous finirez par aimer autant Penruth-place que Camberwell.

10*

— Peut-être avec le temps; mais il faut
m'y accoutumer.

— J'ai commandé hier une nouvelle voiture
pour vous, Barbara, un landau; puis je compte
vous offrir aussi un panier attelé de quatre petits poneys lilliputiens avec des harnais danois;
cela vous amuserait-il de conduire à quatre?

— Que vous êtes bon! s'écrie-t-elle, comme
ma mère et Florence seront heureuses quand...
si... elles viennent jamais me voir.

— Mais, au fait, je suis sûr que vous désirez leur visite: écrivez-leur donc tout de suite
que nous les attendons.

— Ah! tenez, Vivien, je ne connais rien de
meilleur que vous, dit Barbara en lui donnant
pour la première fois un baiser spontané. Bien
vrai, cela ne vous contrarie pas?

— Moi? mais qu'elles viennent demain si
cela peut vous être agréable. Je serai si heureux de vous entendre rire, de ce bon rire que
j'ai entendu autrefois quand j'étais blotti derrière vous dans une loge au théâtre.

— Tant de choses se sont passées depuis lors.

— Lesquelles?

— J'ai beaucoup vieilli.

— Dans l'espace d'un an? N'espérez pas me
tromper, dit-il, c'est que vous vous ennuyez.

Mais le front de Barbara s'est éclairci et
elle lui répond presque gaiement:

— Je vous promets, Vivien, que je ne m'en-
nuierai plus.

Là-dessus, elle le quitte pour aller écrire la lettre sur laquelle elle fonde un si doux espoir. Une des consolations de Barbara était d'écrire tous les jours à sa mère. Elle lui avait déjà dépeint le château, le parc, le jardin, les montagnes, la fougère, le granit et presque toutes les pierres du vieux château ; puis la bonté de son mari et même celle de Priscille ; mais, à la pensée de revoir bientôt sa mère et sa sœur, son âme débordait littéralement.

« Je me demande quel effet vous fera mon vieux castel, où il y a des domestiques sans nombre, où personne en dehors d'eux ne se permettrait d'enlever un grain de poussière, où le jardin est grand comme un parc, où le parc est grand comme un désert. J'entends d'ici Florence s'extasier sur mes fleurs ; cependant je crains qu'elle ne trouve la vie triste à Penruth-place, où nos bruyères ne sauraient répondre à son immense besoin de flânerie, et qu'elle ne se fatigue promptement la vue de ces deux géants qui semblent toujours nous adresser ce propos écrasant : « Créatures de rien, « nous étions ici avant le déluge, nous serons ici « au jour du jugement. » Surtout ne vous occupez pas de la question toilette et ne perdez pas votre temps à faire des combinaisons et des préparatifs qui vous retiendraient à Camberwell ; j'ai de l'argent plein mes tiroirs, et nous irons à la ville acheter ce dont vous aurez besoin ; venez sans tarder, car je perds

patience; prenez le train le plus direct, le plus
rapide, la vapeur ne marchera jamais assez
vite au gré de mes désirs. »

Quel beau jour à Camberwell que celui où
le facteur apporta cette lettre! Florence, au
comble de la joie, va de suite faire l'acquisi-
tion de caisses de dimensions respectables, pendant que sa mère, aidée par Amélie, empèse,
repasse, gaufre et tuyaute. Quarante-huit heures
après, Mme Trevenock et sa fille quittent la
villa des Roses dans un fiacre à galerie pour se
rendre à la gare.

— Première classe? demande Florence à sa
mère.

— Si nous allions jusqu'à Exeter en seconde
classe, répond celle-ci, puis, là où nous devons
changer de train, nous reprendrions des billets
de première.

— Cela peut se faire, mais c'est bien mes-
quin, et si nous rencontrons des personnes de
connaissance...

— Nous connaissons si peu de monde!

Florence va au guichet, mais, toute réflexion
faite, elle demande deux billets de première
classe, remet pêle-mêle à sa mère la monnaie
qu'on vient de lui rendre. On part, on est parti!

Barbara a envoyé sa voiture à Launceeston,
la station où doivent descendre sa mère et
sa sœur; c'est un briska contemporain de
l'arche; Mme Trevenock et Florence s'instal-
lent au fond du véhicule antédiluvien; puis,

elles arriment en face d'elles le carton à chapeau, les parapluies, les parasols et les imper-
méables, pas diluviens !

— La Providence a béni tous nos vœux,
s'écrie Mme Trevenock en levant les yeux au
ciel, je suis dans la voiture de ma fille. Mon
rêve est enfin réalisé !

— Eh bien ! quoique je ne sois pas digne
de délier les cordons des souliers de Barbara,
je vous prie ma mère de rêver pour moi quelque chose de moins rudimentaire que cette
patache !

On traverse la ville, Florence passe la tête
par la portière, elle étudie les étalages. Puis
viennent les puissantes montagnes des Cornouailles. Mme Trevenock, en contemplant en
silence ces pics lugubres, ne peut se défendre
d'un sentiment de désolation, mais Florence ne
se laisse pas impressionner pour si peu et elle
s'écrie :

— Quelles grosses masses stupides !

— Florence, dit sa mère, vous n'aimez, en
fait de paysage, que les décors d'opéra-comique,
que les chaumières !

— C'est vrai, répond-elle en riant, je reconnais que je ne suis pas à la hauteur des montagnes.

Après une demi-heure de causerie entre la
mère et la fille sur les sentiments que ces immenses silhouettes éveillent dans l'âme, la voiture franchit la porte du parc. Mme Trevenock

éprouve d'abord une déception, car elle s'attendait à voir des arbres centenaires et des chênes dont la cime touchait au ciel; en revanche, le château était encore bien plus grand, plus majestueux, plus imposant qu'elle ne l'avait imaginé. Bientôt elle découvre quelque chose qui la touche au cœur, Barbara, vêtue de blanc, attendant sur le perron l'arrivée des voyageuses. Elle court ouvrir la portière de la voiture et avant même que le cocher ait le temps d'arrêter les chevaux, elle est dans les bras de sa mère pleurant et riant tout à la fois!

— Quel siècle! quelle éternité depuis que nous ne nous sommes vues, mais vous avez une mine charmante et Florence aussi.

— Et vous, ma chérie, répond Mme Trevenock, vous n'avez jamais été plus belle. Puis, elle ajoute: Quelle habitation! quel parc! quels jardins! c'est splendide!

Barbara, radieuse et douce, prend le bras de sa mère sous le sien, s'empare des deux mains de Florence, puis, ainsi enlacées, leurs pas légers font doucement craquer les parquets. Elles traversent une enfilade de salons. Mme Trevenock regarde tout, éblouie et ravie; Barbara avait mis des fleurs partout, procédé infaillible de rajeunissement et de gaieté.

— Que vous devez être heureuse, mon enfant! s'écrie Mme Trevenock.

— Oui, répond-elle; puis elle ajoute, sinon avec entraînement, du moins avec conviction:

Mon mari est si bon! Florence, dit-elle en
s'adressant à sa sœur, je compte sur toi pour
te faire violence à l'égard de Mlle Penruth et
pour tâcher de vivre en bonne intelligence
avec elle; ce n'est peut-être pas toujours facile, mais tu n'en auras que plus de mérite.

Enfin, on arrive aux appartements destinés à
Mme Trevenock et à Florence; Barbara sonne;
une femme de chambre jeune et accorte qui
répond au nom de Gilmore, apporte le plateau
pour le thé avec tout l'appareil nécessaire à
la réfection des voyageuses.

— Ma mère, dit Barbara, Gilmore est pré-
posée spécialement à votre service pendant le
temps de votre séjour ici; c'est la fille de la
femme de charge.

— Avoir une femme de chambre pour soi
seule! s'écrie Florence, que dirait Amélie!

Barbara s'empresse près de sa mère, lui
offre du thé en appelant Mme Trevenock des
noms les plus doux.

Celle-ci, plongée dans un vaste fauteuil, se
laisse aller à toutes les joies de cette nouvelle
existence; elle contemple à travers les fenêtres
ouvertes l'horizon où se dessinent les hauts
sommets des montagnes. Elle respire à pleins
poumons l'air salin de la mer, le parfum des
fleurs qui monte comme l'encens jusqu'à elle;
elle ne peut se défendre d'une réminiscence
biblique en comparant Barbara à une nouvelle
Esther.

— Quelle magnifique argenterie tu as! dit Florence à sa sœur. Ce platèau est-il d'argent massif?

— Ici, l'adage: Tout ce qui brille n'est pas or, est faux; car l'argenterie des Penruth est toute d'argent massif au premier titre.

— Cela doit peser un poids énorme! Te rappelles-tu, Barbara, notre caisse d'argenterie à Camberwell? Six cuillères à thé dans une petite boîte!

Les mois de septembre et d'octobre passent comme un rêve pour Barbara. Elle ne prend qu'un intérêt relatif à la guerre lointaine qui tenait alors tous les cœurs en suspens, et elle lit les récits des combats toujours cruels et sinistres sans qu'on puisse découvrir la moindre altération dans ses yeux ou dans sa voix. L'amour lui inspire cette philosophie égoïste; Barbara sait que son héros n'est pas là, et cette pensée semble la rendre insensible à la pitié et à l'effroi.

Sébastopol tombe; toute l'Angleterre retentit des volées joyeuses de cloches et s'empourpre à la lueur des feux de joie. La présence de Mme Trevenock apporte à sa fille une telle dose de bonheur, qu'elle reste aussi indifférente au son des cloches qu'aux réjouissances publiques.

Vivien ne peut douter que Barbara lui est profondément reconnaissante, mais il sent cependant que son cœur lui est aussi fermé que le jour même de leurs fiançailles.

Mlle Penruth reste plus que jamais plongée dans ses lectures pieuses; les longues promenades en voiture avec sa belle-sœur, Mme Trevenock et Florence ne la tentent pas. Elle a, dit-elle, mieux à faire qu'à gaspiller sa vie sur les grandes routes.

— Il faut bien tuer le temps, dit Barbara avec un soupir.

— Je suis sûre, ajoute Florence, qu'on ne nous reprochera pas au ciel les heures que nous aurons passées ici-bas à admirer les magnificences de la nature.

— Tout cela est creux et vide, rétorque Mlle Penruth d'un ton irrité.

Florence et Priscille étaient à couteau tiré; une antipathie mutuelle leur fournissait mille sujets d'attaque, de discussion, pour ne pas dire de querelle. Mark, au contraire, était charmé de la vivacité des reparties de Florence, dont les traits d'esprit ne tombaient jamais dans le vide, et il ne comprenait pas que Vivien eût pu donner la préférence à Barbara. Qu'importe un peu plus ou moins de beauté pour le bonheur domestique? Mark, par sa propre expérience, savait qu'une humeur égale, une âme noble, un esprit charmant, une bouche qui sourit quand on gronde, sont de meilleurs garants pour parcourir d'un pas léger l'âpre sentier de la vie, pour rendre les jours meilleurs, que la régularité du visage, ou la finesse des traits.

—. Je commence à croire que votre belle-
mère et votre belle-sœur sont fixées à Penruth-
place pour la vie, dit Priscille à Vivien, un
jour que sa femme était partie de bonne heure
pour aller passer la journée au bord de la mer
avec sa mère et sa sœur; puis elle ajoute:
Mme Penruth a l'air tellement heureux de la
présence de Mme Trevenock et de Florence,
qu'au fond il vaudrait peut-être mieux qu'elles
y restassent toujours!

— Oui, elle paraît très heureuse depuis leur
arrivée à Penruth-place, répond Vivien d'un
ton mélancolique.

— Comptiez-vous qu'elles viendraient vivre
ici, quand vous vous êtes marié?

— Qui vous a dit qu'elles y resteront éternellement, répond Vivien à sa sœur, elles parlent déjà de quitter Penruth-place dans quinze
jours?

XVII

Sans être avare, Vivien Penruth estime sans contredit la richesse à un haut degré. A l'occasion il dépense volontiers, mais il n'admet pas qu'on lui fasse tort d'un seul schelling. Ses fermiers le trouvent très dur, il n'y a nulle compensation à attendre de lui lorsque la grêle, la foudre ou les inondations compromettent leurs récoltes; en vain ils l'assiègent de leurs condoléances, il ne veut jamais entendre à rien.

— Je ne suis pas venu sur la terre, dit-il, pour supporter la mauvaise fortune des autres.

Il était possesseur d'une grande fortune en fonds de terre et en ardoisières; ces dernières avaient été pour lui pendant des années comme des mines d'or, mais depuis quelque temps les revenus diminuaient sensiblement; aussi Vivien Penruth arrivait, pour la première fois de sa vie, à mettre en doute la capacité de Mark comme homme d'affaires, et à se demander à quoi bon tant de chevaux et tant de chiens?

— Je ne puis imaginer d'où vous vient cette passion pour les chevaux, dit un jour

Vivien à son frère en le trouvant dans l'écurie occupé à discuter les mérites d'un jeune poulain, avec le vétérinaire dont nous avons fait la connaissance à la taverne des *Armes du Roi*. Vous êtes le premier des Penruth qui ait la passion des chevaux. J'espère, du moins, que vous ne pariez pas?

— On peut aimer les chevaux, sans être un homme du turf, repartit Mark. Dans une thébaïde comme Penruth-place, il faut bien trouver moyen de se distraire d'une façon ou d'une autre.

— Si tout ce que j'entends dire est vrai, vous vous amusez de plus d'une façon, répondit brusquement Vivien en tournant les talons sur cette désobligeante observation.

Barbara et Vivien étaient mariés depuis deux ans lorsque eut lieu cette conversation. Mme Trevenock et Florence avaient fait, chaque année, un séjour à Penruth-place; mais, à la seconde visite, Mlle Penruth avait esquivé le danger, en quittant le champ de bataille avant l'arrivée de l'ennemi, plutôt que de se trouver face à face avec Florence, et elle partit pour Bath, afin d'y suivre, prétendait-elle, les sermons d'un prédicateur en vogue. Mark, en revanche, paraissait de plus en plus sensible aux charmes de Florence à laquelle il trouvait autant d'esprit que de naturel. Il lui donnait des leçons d'équitation, et bientôt l'élève fut en état de galoper pendant une heure

ou deux, dans l'intérieur du parc, avec son
professeur. Elle cherchait à le consoler de
toutes ses infortunes en tant que maquignon,
et cette compassion inspirait à Mark une reconnaissance très vive. Rien n'altérait la douceur de cette intimité et chacun commençait
à goûter un bonheur parfait à Penruth-place,
lorsqu'un de ces méchants oiseaux palmés qui
traversent aussi bien la campagne que la ville,
s'abattit sur un certain cottage situé à Camelot. Dès que ce délateur se fut suffisamment
fait comprendre, les leçons d'équitation et les
promenades cessèrent immédiatement. Mark
prétendit qu'il était retenu pour ses affaires à
son logement de garçon fort tard, et il ne fit
plus que de rares apparitions à Penruth-place.

— Sais-tu que la désertion de ton beau-frère
se fait vivement sentir ici? dit Florence à Barbara. Dans tout autre endroit son absence n'aurait probablement pas été remarquée; mais, ici,
étant seul de son espèce, nous perdons tout en
le perdant.

Un an se passe encore; aucun enfant n'est
venu égayer le foyer de M. et Mme Penruth;
le ciel leur refuse cette douce bénédiction.

Nulle allégresse maternelle n'est venue prendre dans le cœur de Barbara la place de l'amour
absent. Son mari se renferme dans son orgueil
comme dans une citadelle; cependant il n'a pas
lieu de se plaindre, si ce n'est de la joie exu-
bérante que témoigne Barbara quand sa mère

et sa sœur viennent à Penruth-place et de la mélancolie excessive dans laquelle elle tombe après leur départ. On dirait une lampe qui s'éteint faute d'huile.

— On prétend qu'une bonne fille fait toujours une bonne femme. Ah! s'il en était ainsi, quel heureux mari je devrais être! se disait souvent M. Penruth.

Un jour, vers la fin du mois de mai, arrive la nouvelle de l'insurrection de Meerout. La rébellion ne prit pas tout à fait à l'improviste ceux qui connaissaient les ferments de mécontentement qui allaient croissant toujours dans l'armée de la Compagnie des Indes; mais la nouvelle éclata en Angleterre comme un coup de foudre. En lisant le récit de cette insurrection des troupes indigènes, Barbara tremble de trouver le nom de son bien-aimé parmi ceux des officiers tombés sous les coups de leurs soldats. Elle guette l'arrivée du facteur avec une fiévreuse impatience, tout en s'efforçant de cacher son anxiété à Vivien, qui aurait soupçonné bien vite le motif de ses émotions et de ses inquiétudes. Heureusement pour elle que Mlle Penruth ne sait rien du roman ébauché par Barbara et le capitaine Leland à la villa des Roses.

— Vous semblez prendre un intérêt bien vif à la guerre des Indes, dit un soir Priscille à Barbara.

Pendant que Vivien, de son côté, dînait à

Launceston, sa femme lit attentivement le
Times, au lieu de faire la conversation avec
sa belle-sœur.

— C'est si horrible de penser au sort des
femmes et des enfants qui tombent entre les
mains de ces misérables!

— Que peut-on attendre d'autre des Hindous
et des musulmans? Si on s'était d'abord occupé de les convertir, cela ne serait peut-être
pas arrivé.

— Je ne crois pas, d'après ce que j'ai entendu dire, qu'il soit si facile d'en faire de bons
chrétiens, murmure Barbara.

— Cela tient à ce que les vrais moyens n'ont
pas encore été employés, repartit Mlle Penruth
avec autant d'assurance que si elle eût eu en
sa possession un spécifique infaillible pour la
conversion des infidèles.

Barbara laisse tomber la conversation et continue sa lecture; elle ne passe pas un mot, pas
une ligne, pas une réflexion ayant trait aux
affaires de l'Inde. N'ayant pas trouvé le nom
du capitaine George Leland, elle adresse à Dieu
des actions de grâces, mais la crainte s'est emparée de son cœur. Pour la première fois de
sa vie, Barbara ne semble pas souhaiter la
visite de sa mère et de sa sœur à Penruth-
place; elle remet de ·mois en mois, tantôt sous
un prétexte, tantôt sous un autre, l'invitation
attendue. On arrive aux premiers jours du
mois d'octobre et, quand la lune des chasseurs

éclaire d'une lueur mélancolique le profil des
montagnes; quand la saison du labourage est
arrivée, quand la bruyère rougeâtre se fane et
sèche, quand les travaux rustiques marchant
aussi régulièrement que si une tragédie san-
glante ne se jouait pas sous le ciel bleu des
Indes, le nom si cher, paraît dans les journaux!

Le capitaine Leland connu par sa bravoure
et son énergie, bien que dernièrement victime
d'une disgrâce, avait reçu l'ordre de lever un
régiment de cavalerie irrégulière qui devint
bientôt historique sous le nom de: „la troupe
de George Leland"; il prit une part héroïque
au siège de Delhi et à la capture des trois
princes, tigres à figure humaine, qui s'étaient
signalés entre tous par leurs cruautés lors du
massacre des femmes et des enfants.

George Leland à la tête d'une poignée
d'hommes, une centaine peut-être, s'était mis
en marche vers la tombe d'Houmayoun où se
trouvaient encore cinq ou six mille soldats, serviteurs de la cour.

Après de longs pourparlers, les princes s'étaient
rendus sans conditions. George Leland escortait
avec quelques hommes le petit chariot du pays
qui portait les trois princes. Bientôt un flot
humain furieux se presse autour du véhicule,
en brandissant des armes et en poussant des
cris frénétiques. L'attitude de la foule devient
de plus en plus menaçante; George Leland
comprend alors qu'il n'a pas une minute à

perdre, et, à bout portant, tue les trois princes de sa propre main avec son revolver.

Il n'y a pas dans l'histoire romaine de fait plus émouvant, plus héroïque que la prise de la tombe d'Houmayoun. L'Inde rebelle n'a jamais reçu une leçon plus cruelle que celle qui lui fut infligée ce jour-là par un capitaine anglais, agissant sous sa propre responsabilité.

Barbara lit ces lignes et frissonne à la pensée des périls et du courage de son bien-aimé!

— O mon héros! mon héros! s'écrie-t-elle, quelle femme pourrait ne pas envier celle que vous aimez! et vous m'avez aimée jadis d'un amour vrai, vrai comme votre épée, vrai comme votre fidélité à la patrie!

Tous les journaux parlent et reparlent de George Leland et renseignent le monde entier sur le passé de ce nouvel Achille. On apprend que, lorsqu'il commandait un détachement de guides sur les frontières, on l'avait alors accusé de négligence dans l'administration de fonds qui lui avaient été confiés. Dans son empressement à prendre la succession de son prédécesseur, il ne s'était pas préalablement enquis de la situation financière qu'on lui laissait, et il s'était trouvé aux prises avec un désordre inextricable. N'ayant pu réussir à rétablir l'ordre dans ce chaos, un tribunal militaire avait été chargé de vérifier les chefs d'accusation qui pesaient sur le capitaine; mais, par une suite de machinations malveillantes, le rapport avait

11*

mis un an à parvenir au gouverneur général.

Un second rapport demandé par lord Dalhousie,
mais retardé par une intrigue, ne parvint encore
à destination qu'après le départ du gouverneur
général. Plus tard, deux généraux, qui étaient
en même temps deux habiles administrateurs,
ayant fait une enquête sur la comptabilité du
régiment, démontrèrent la parfaite probité du
capitaine et conclurent en rendant toute justice
à son honneur, à sa droiture et à son zèle.

Mais il n'en est pas moins resté trois ans
sous le coup d'un soupçon outrageant, remplis-
sant une modeste position régimentaire et ayant
perdu toute chance d'avancement. Blessé au vif
par l'injuste accusation qui pesait sur lui, il
se disposait à partir pour Calcutta, afin d'y
tenter un dernier appel à la justice, lorsque les
chances de la guerre appelèrent inopinément à
un poste important dans l'état-major du com-
mandant en chef l'officier disgracié. L'insurrection de Meerout fit donc regagner d'un bond
à George Leland tout ce qu'il avait perdu.
L'Inde était en feu; un chef intelligent n'aurait
pu renoncer au concours d'un homme d'une
bravoure aussi reconnue que celle de George
Leland; sa conduite avait prouvé que le poste
auquel on venait de le nommer n'aurait pu
échoir à des mains plus dignes et plus expéri-
mentées. Le danger et les difficultés l'avaient
rendu capable d'efforts surhumains; son influence

sur les soldats était prodigieuse; sa présence parmi eux ranimait tous les cœurs. Tel était le major Leland de la cavalerie irrégulière, fameux, maintenant, de Caboul à Calcutta et dont les journaux racontent à l'envi les hauts faits.

Barbara passe sa vie sous l'impression des correspondances de l'Inde publiées par les journaux; elle n'a d'autre pensée, d'autres soucis! Elle tient maintenant la clef de l'énigme qui lui a fait perdre son bien-aimé et elle sait du moins que le cœur de George Leland ne lui a pas été ravi....

— Et ma lettre? se dit-elle en se frappant le front. N'ai-je donc pas su lui dire clairement que je ne craignais ni la mauvaise fortune, ni la disgrâce, ni les orages...? Pourquoi cet acte d'abnégation suprême? Partagés avec lui, le malheur, la misère, les fatigues, eussent été encore préférables aux jours filés d'or et de soie qu'on passe à Penruth-place!

Le mois de décembre arrive; Mlle Penruth part pour Plymouth, et Vivien consent ou plutôt se résigne à la troisième visite annuelle Mme Trevenock et de Florence.

Depuis quelque temps Vivien semble ressentir l'indifférence de Barbara comme un affront auquel il n'était pas préparé. Priscille ne manque pas, il faut bien le dire, de jeter de l'huile sur le feu toutes les fois qu'elle en trouve l'occasion, non pas en formulant une seule accusation sérieuse contre Barbara, la calomnie eût été par trop révoltante, mais en répétant sur tous les tons à son frère : « Si je m'étais mariée, j'aurais voulu trouver chez mon mari autre chose que ce que vous avez trouvé chez votre femme.»

Mlle Penruth a enfin quitté la place, avec deux caisses grandes comme des voitures de déménagement et des cartons à bonnets destinés à faire tourner toutes les têtes de Plymouth et des alentours.

Mme Trevenock et Florence sont de nouveau installées à Penruth-place; mais le bonheur d'avoir près d'elle sa mère et sa sœur est impuissant à combattre ses préoccupations et les inquiétudes qui la dévorent.

Les journaux se font l'écho de bruits qui annoncent le siège prochain de Lucknow; puis, ils contiennent le récit douloureux, jour par jour, des travaux de l'attaque et de la défense, ainsi que des efforts devant lesquels venait se briser l'indomptable énergie du général. Le héros qui, aux yeux de Barbara, représente tout ce que la terre peut produire de plus vaillant, semble avoir disparu de la scène où se joue cette terrible tragédie; ne sachant pas qu'il est avec son régiment en marche sur la ville assiégée, accomplissant en route des prodiges de valeur; elle tremble de voir le nom du major Leland sur la liste des morts.

Mme Trevenock et Florence se font une loi

de ne jamais prononcer le nom du major Leland
devant Barbara ; elles détournent brusquement
la conversation toutes les fois qu'il est question
des affaires de l'Inde, bien que les pensées de
tous les Anglais ne pussent avoir une autre
direction. C'était à croire que Mme Trevenock
et Florence ignoraient l'existence de Campbell,
d'Havelock et qu'elles n'avaient jamais entendu
parler de Lucknow.

Un de ces crimes qui semblent un attentat
contre la société tout entière venait d'être
commis. Florence en était particulièrement
émue et ne parlait pas d'autre chose. Elle ne
disait jamais mot de l'Inde, et lorsqu'on discutait
les nouvelles en sa présence, elle rompait
immédiatement les chiens par quelque question
de ce genre :

— Croyez-vous que ce soit un espion ?

— Qui cela ? Havelock ? mais c'est le fils
d'un constructeur de navires....

— Qui vous parle d'Havelock ? je veux dire
la victime qu'on a trouvée coupée en morceaux
dans un sac sur la grande route.

— Quel intérêt prenez-vous à ce meurtre,
Florence ? dit Vivien d'un ton calme ; puis il
ajoute : si meurtre il y a.

— Comment, si meurtre il y a ? Que vous
faut-il, juste ciel ! Cela m'exaspère quand
j'entends traiter ces choses-là légèrement.

— Un crime non moins horrible a été commis
dans ce pays-ci, il y a quelques années, dit

Mark, comme s'il y avait lieu d'être fier d'un pareil fait.

Florence parut prendre le plus grand intérêt au récit de Mark, et toutes les fois que Vivien et son frère commençaient à parler de la guerre des Indes, elle les accablait de questions sur le crime en question, sur ses auteurs et sur les motifs qui avaient pu en être le mobile.

Mme Trevenock et Barbara se trouvant un jour en tête à tête, celle-ci se décida enfin à ouvrir son cœur et elle dit à sa mère, dans un élan de confiance:

— Ma mère, je sais maintenant pourquoi George m'a rendu ma liberté.

— Comment! répondit Mme Trevenock d'un ton consterné; il ne vous a pas écrit, à coup sûr?

— Non, mais il s'est conduit comme un héros, et son nom remplit les journaux. Il a été calomnié; son honneur et sa probité ont été injustement attaqués; froissé par l'injustice dont il était la victime, sans espoir d'avenir, c'est alors qu'il m'a écrit pour me dire que tout était fini entre nous. Vous savez que dans ma réponse je lui disais que je lui serais fidèle dans la mauvaise comme dans la bonne fortune, je lui disais....

Elle s'interrompit en sanglotant et Mme Trevenock mêla ses larmes à celles de sa fille.

— Mais, ma chère enfant, dit Mme Trevenock en pleurant aussi, pensez donc à ce que la

Providence a fait pour vous et pour moi. Que serais-je devenue si vous étiez dans l'Inde ! Je serais morte d'inquiétudes, de tourments, d'angoisses en attendant vos lettres ! Maintenant vous êtes dans une position non seulement tranquille, mais brillante, vous êtes une des femmes les plus riches de Cornouaille, vous avez vos chevaux, votre landau, votre panier, vos poneys, tout ce que peut offrir la fortune.

— Ma mère.... je vous en supplie, épargnez cette nomenclature de mes joies, de mon bonheur, ne me félicitez pas ; non, vraiment c'est trop cruel !

XVIII

L'automne répand ses brouillards sur les marais et abaisse ses voiles sur les géants immobiles qui dominent l'horizon. Vivien Penruth arrive dans son dogcart aux ardoisières et se dirige sans tarder vers le bureau de Mark.

— Les affaires ne sont-elles pas plus brillantes? demande-t-il brusquement à son frère.

— Loin de là.

— Eh bien, j'ai pris un parti depuis notre dernière conversation.

— Quel parti?

— Celui de faire examiner les livres par un expert; il n'y a rien de tel qu'un homme du métier pour mettre le doigt sur la plaie.

— Supposez-vous!... s'écrie Mark en faisant un bond vers son frère.

— Je n'accuse pas votre bonne foi, Mark; mais depuis trois ans, il est clair que les choses vont à la dérive. Je ne connais rien à la direction des affaires et je commence à croire que vous ne vous y entendez pas mieux que moi. J'ai donc écrit à un homme d'expérience que je connais à Londres de venir examiner

nos livres depuis dix ans, et je vais les emporter
avec moi immédiatement, car je l'attends ce
soir même.

— Les livres! s'écrie Mark avec effroi.

— Oui, les livres! et j'entends que vous me
les donniez immédiatement. Si vous avez fini,
je vous engage à venir avec moi, ajouta-t-il
lorsqu'il eut refermé le coffre-fort et mis la clef
dans sa poche.

— J'irai avec vous, répondit Mark en se
levant.

Le conseil dont M. Penruth avait sollicité
les lumières n'était autre que M. Maulford, le
commis de M. Trevenock. Louis Maulford était
entré à l'âge de quatorze ans chez un banquier,
où il avait fait preuve d'une si grande aptitude,
qu'à l'âge de vingt-deux ans il était devenu
l'un des trois associés de la maison. C'était un
établissement de fraîche date qui patronnait les
affaires aléatoires, scabreuses même; mais il
faut croire qu'elles n'en alimentaient pas moins
la caisse, car les trois associés, dont Maulford
était le plus jeune, se livraient à toutes les
prodigalités.

Si on travaillait peu dans cette maison, en
revanche on s'amusait beaucoup; le turf n'avait
pas d'habitués plus fidèles et plus excentriques.
Le chapeau mirifique commandé par eux au
chapelier en vogue donnait le ton pour la saison
aux jeunes écervelés de leur espèce; leur dogcart était un modèle d'élégance et de légèreté.

Malheureusement, la poudre qu'ils jetaient aux yeux n'était pas de la poudre d'or, et un jour un créancier se plaignit très haut que les trois associés eussent mis le grapin sur l'actif d'un banqueroutier, sans rien distribuer aux créanciers.

Celui-là leur mit si bel et bien l'épée dans les reins qu'il les fit à leur tour déclarer en faillite. Le chef de la maison partit pour l'Amérique, le second associé se fit sauter la cervelle, et le troisième, Maulford, jeta des cris d'oiseau qu'on écorche, prétendant qu'il avait été joué, que les économies de sa pauvre vieille mère avaient été englouties dans l'abîme et qu'elle n'avait plus qu'à mourir à l'hôpital. Cet argument était une carte qu'il avait toujours en mains, et qu'il lançait toutes les fois qu'il se trouvait dans l'embarras. Il fournit des renseignements si précieux pour suppléer aux erreurs de la comptabilité, qu'on finit par admettre que Maulford était plutôt en réalité le pigeon plumé que le corbeau qui plume.

Sans doute il avait payé des chapeaux trois livres sterling chez Melton; sans doute il se montrait à Epsom et à Ascot dans un équipage d'une élégance outrée; mais il avait agi comme un jeune fou, et sa jeunesse lui procura le bénéfice des circonstances atténuantes. Tel était le passé de M. Maulford quand il devint le commis de M. Trevenock.

M. Maulford mit pour condition à son entrée dans la maison, que M. Trevenock lui céderait

son cabinet d'affaires au bout de deux ans.
Cinq ans étaient déjà écoulés, et il ne réclamait
rien. Si peu cousidérables que fussent ses gains
chez M. Trevenock, où, à en croire Florence,
un client était plutôt l'exception que la règle,
ses appointements n'en paraissaient pas moins
suffire à le faire vivre lui et sa mère; celle-ci,
du reste, savait si bien se dissimuler, que personne ne la connaissait.

— J'attends aujourd'hui quelqu'un à dîner,
dit M. Penruth à sa femme.

— Est-ce quelqu'un que je connaisse? répondit-elle.

— Oui, c'est le commis de votre père.

— Il est ici?

— Oui; non pas comme invité, mais pour
affaire. Je l'ai engagé à venir ici ce soir,
plutôt que de chercher un gîte à Camelot; je
regrette de voir qu'il vous est antipathique.

— Je ne saurais dire le contraire, repartit-
elle, bien que mon antipathie n'ait aucune raison
d'être. Quand nous allions chez mon père, Florence et moi, il s'est toujours montré envers
nous poli, empressé, obséquieux, et c'est même
peut-être la cause de....

— De notre antipathie, dit Florence en
l'interrompant. Les araignées, les reptiles, les
limaçons, les Maulford, me font horreur.

— Vous reconnaissez néanmoins qu'il n'a rien
fait pour justifier votre antipathie? dit Vivien
en s'adressant à Florence et en la regardant

comme on regarde dans une volière un oiseau nouvellement acclimaté et dont on ne comprend pas encore les allures.

— Moi! je n'ai garde de dire cela, par exemple, car je déclare qu'il est faux, cauteleux, hypocrite; il a eu l'impertinence de nous plaindre, et sa pitié est un de mes griefs contre lui. Aussi ne suis-je pas fâchée, je l'avoue, qu'il voie Barbara dans un magnifique château avec des laquais et des équipages! Je pense que sa pitié n'a plus de raison d'être maintenant.

— J'espère que non, repartit Vivien tristement.

Sept heures sonnent; une cloche dont les échos doivent retentir jusque sur les cimes de la montagne se fait entendre dans le château et aux alentours. Maulford, arrivé depuis une demi-heure à peine, entre dans le salon en habit noir et cravate blanche; il s'approche de la cheminée au coin de laquelle Barbara est assise; un feu de bois s'écroule en braise dans l'âtre. La jeune châtelaine porte une robe de velours noir avec un col et des manchettes en vieux point d'Angleterre; un médaillon d'émail noir sur lequel scintille une ancre en brillants est suspendu à son cou par un velours bleu, c'est un des bijoux que Vivien lui a donnés pendant leur séjour à Paris.

Barbara s'est fait une loi de ne jamais paraître à la table de son mari dans une attitude négligée. Cette tenue élégante lui semble une arme contre le découragement qu'elle ne veut pas laisser percer.

M. Maulford fait un pas en arrière d'un air surpris quand Mme Penruth se tourne vers lui. Elle a beaucoup changé depuis qu'il ne l'a vue; la jeune fille s'était épanouie comme une fleur qui s'ouvre; la dignité de ses manières prend Maulford par surprise. Il s'attendait à trouver une personne maigre, nerveuse, agitée, mécontente, et il est en face d'une jeune femme dont le temps n'a fait que rehausser la beauté. Une belle âme se révélait dans ses grands yeux, une âme qui, passée au creuset de l'épreuve, en était sortie plus pure. Elle salua M. Maulford avec une froideur qui le tint à distance.

— J'espérais trouver M. Penruth ici, dit-il.

— Mon mari est quelquefois un peu en retard, répondit-elle, mais je ne crois pas qu'il se fasse attendre longtemps.

On entend alors un froufrou bruyant, et Florence fait son apparition: un tourbillon de volants de taffetas, sur un jupon empesé, raide comme du carton-pierre, précurseur prochain de la crinoline, puisqu'il faut l'appeler par son nom.

La jeune personne répond au profond salut de M. Maulford avec la dignité hautaine et raide d'une infante. Il ajoute immédiatement cette impertinence à son long compte de griefs contre Florence.

— Votre père m'a chargé de le rappeler à votre souvenir.

— A ce moment entre Mme Trevenock dans une élégante toilette de douairière. Peu après, Vivien et Mark arrivèrent, n'ayant fait d'autres frais que de se passer de l'eau sur les mains en toute hâte, dans une pièce du rez-de-chaussée où le squire mettait ses livres, ses fusils, ses cravaches, ses fouets et ses drogues pour les bêtes malades.

— Comment allez-vous. Maulford? bien, j'espère?

— Très bien! répond-il en souriant.

M. Penruth offre immédiatement son bras à Mme Trevenock, laissant aux autres le soin de s'arranger entre eux. Maulford s'avance vers Mme Penruth et Mark se précipite du côté de Florence. On se met à table, mais la conversation languit. M. Maulford aborde la question de la guerre des Indes.

— A-t-on fini par découvrir le nom du malheureux qu'on a traîné, coupé en morceaux, dans un sac? demande Florence.

— Comment! vous songez encore à cette vieille histoire, repartit Maulford. A Londres, personne n'y pense plus, la guerre des Indes absorbe tous les esprits.

— C'est un crime mystérieux qui rappelle le temps de Lucrèce Borgia. A cette époque, que de nobles ont ainsi disparu dans les canaux, après avoir été cousus dans des sacs par leurs parents, leurs amis et voire même leurs ennemis. Et le poison! Les fleurs même n'étaient pas

pures de tout soupçon... puis au détour d'une rue
un individu masqué vous attendait un poignard
caché sous son manteau.

La respiration manquant à Florence, M.
Maulford en profite pour reprendre le sujet
de la guerre.

Il parle d'Havelock, de Colin Campbell, de
Lucknow, de Cawnpore, du siège de Delhi et
des officiers qui y ont pris part.

Barbara écoute pâle d'émotion et attend, les
yeux fixés sur Maulford, le nom qu'il va à
coup sûr prononcer.

— J'ai vu avec satisfaction, dit-il, qu'on a
épargné les jours du vieil empereur, mais le
meurtre des trois princes est un acte de barbarie
qui m'a révolté jusqu'au fond de l'âme.

— Des princes? dit Florence, vous voulez
parler sans doute des enfants d'Édouard?

— Je veux parler du fils, du neveu et du
petit-fils du grand Mogol, tués par le major
Leland, reprit Maulford; les grands drames de
notre histoire sont encore dépassés par cette
trahison et cet assassinat!

— Cet assassinat! s'écrie Barbara les yeux
enflammés et les joues en feu. Qui a jamais
pu appeler ainsi un acte sublime de justice,
accompli ouvertement à la face du soleil et
de l'ennemi? Ne savez-vous donc pas qu'ils
étaient une poignée d'hommes contre des milliers
d'insurgés armés jusqu'aux dents? Ne savez-
vous donc pas que le major Leland sans craindre

12

ces furieux, leur a reproché les crimes de leurs princes, qui avaient égorgé ces femmes et ces enfants dont le sang crie encore vengeance? Appelez-vous un pareil acte de justice un assassinat? Si vous croyez savoir quelque chose du siège de Delhi, exceptez-en, du moins, ce qui concerne l'héroïque conduite du major Leland.

— Madame... murmura M. Maulford en s'excusant.

— Avez-vous oublié les paroles du général Wilson à ses troupes avant le siège et la proclamation où il disait que les meurtriers des femmes et des enfants seraient tués sans miséricorde? S'il ne devait pas y avoir d'indulgence pour eux, comment aurait-on pu épargner les princes leurs chefs?

— Ils étaient prisonniers, ils s'étaient rendus.

— Sans conditions, et ils savaient ce qu'ils avaient à attendre. Le major Leland a fait son devoir noblement, bravement, ce n'est pas dans sa nature d'être cruel.

— J'oubliais que vous le connaissiez ; je vous fais mes excuses, madame ; je vous donne ma parole que son nom avait échappé de mon souvenir et dans la chaleur de la discussion...

Vivien se retourne du côté de M. Maulford et voyant le trouble de Barbara, il dit à son tour :

— Pourquoi faites-vous des excuses à ma

femme? Ah! je vois, c'est sans doute un ancien ami de la famille.

— Oui, et un héros dont la gloire est sans tache et dont l'Angleterre a le droit d'être fière, repartit Mme Trevenock.

— Hum! dit Vivien, je n'imaginais pas que le personnage en question fût un si grand héros.

———————

XIX

M. Maulford se mit à la besogne prenant les choses par le menu depuis les dix dernières années; il voulait établir une balance ayant pour but de montrer à M. Penruth d'une façon claire et succinte, comment les bénéfices du passé avaient fini par devenir les pertes du présent.

— Je ne suis pas homme à me résigner à perdre, dit M. Penruth à son frère le lendemain de l'arrivée de M. Maulford. Si les ardoisières cessent de rapporter de l'argent, je les fermerai du jour au lendemain. Ce sont des frais considérables en pure perte. Je ne continuerai pas à dépenser d'un côté sans rien recevoir de l'autre.

Mark ne répondit mot; son sourire se contracta, il sentait s'évanouir son revenu de 300 livres.

Le lendemain du jour où M. Maulford était arrivé à Penruth-place, il saisit une occasion pour parler à Barbara dans l'embrasure d'une fenêtre.

— Je regrette, lui dit-il humblement, ce qui est arrivé hier à dîner; je vous donne ma parole que j'avais oublié...

— Vous me l'avez déjà dit, répond-elle dédaigneusement ; je suis obligée de vous croire ; vous n'avez pas d'excuse à me faire, à moins que ce ne soit pour avoir calomnié le major Leland.

— Je suis désolé d'avoir pu vous offenser.

— Ce n'est pas en votre pouvoir, repartit-elle avec hauteur : je vous prie de n'en plus parler jamais.

A partir de ce moment, Barbara n'adressa plus la parole à Maulford ; elle se bornait à lui répondre quand il l'interpellait personnellement.

— Ah ! ce n'est pas en mon pouvoir de vous offenser ! se répète Maulford plusieurs fois par jour, tout en tâchant de tirer au clair les comptes de gestion de Mark ; prenez garde qu'il ne soit en mon pouvoir de vous atteindre au cœur avec une flèche empoisonnée !

Maulford quitte peu après Penruth-place pour Camelot et s'installe à l'auberge des *Armes du Roi,* afin de voir de ses yeux ce qui se passe aux ardoisières. Mark vit dans les meilleurs termes avec Maulford ; il le présente à l'élite de Camelot qui l'accueille à bras ouverts ; les parties de billard comptent un habile joueur de plus. Un jour les deux nouveaux amis se promènent en fumant ; Mark offre un cigare à Maulford et dirige la promenade : on arrive à la grille du village de Saint-Colomb.

— Voulez-vous entrer un moment vous

reposer? dit Mark à Maulford; aujourd'hui il fait meilleur dedans que dehors.

— Vous avez des amis ici? demande Maulford innocemment.

— Oui; je suis comme chez moi, répond-il en riant; si la dame du logis est de bonne humeur, elle, nous offrira un verre de curaçao qui vaudra mieux que celui que nous pourrions prendre chez Lanherpe.

— Si! répète avec emphase M. Maulford; ce sera votre faute si elle n'est pas aimable.

— Croyez-vous que cela soit toujours si facile de mettre une femme de bonne humeur, vous êtes sans doute célibataire?

— Et vous?

— Moi, je le suis aussi; si d'aventure Vivien me supposait marié, il ne me le pardonnerait jamais; mais n'est-ce pas se faire une idée un peu exagérée de la vertu d'un homme que de croire qu'il ne se laissera pas prendre dans quelque trame plus ou moins emmêlée. Je ne suis pas libre, comme je le serais si j'avais été plus prudent. Mais qu'est-ce à dire auprès de Vivien qui, à son âge, tombe amoureux comme un jeune homme et épouse une personne qui n'a pour dot que sa beauté?

— Et dont le cœur était sous le charme d'un homme jeune et charmant, car c'est encore ce qu'il y a de pis dans l'affaire, ajoute Maulford.

— Oui; laissez-moi vous dire encore répliqua

Mark, que grâce à son empire sur elle-même, grâce à son respect du devoir, Mme Penruth est, dans sa vie conjugale, le modèle de toutes les vertus.

— Dans cette thébaïde, mon ami, il n'y a pas une chance pour qu'il en soit autrement, à moins qu'elle ne se fasse enlever par le majordome, repartit Maulford, pendant que Mark ouvre la porte du cottage.

Nous sommes de nouveau introduits dans la pièce où s'est déroulé la scène qu'avait provoquée dernièrement entre Mme Peters et Mark le retour tardif de celui-ci; mais ce soir-là, l'aspect des choses est bien changé. Un bon feu pétille dans la grille; sur un guéridon tournant sont placées des tasses de thé et de fines tartines dorées de beurre; sur un plateau de laque rouge, de petits verres de cristal de Bohême entourant une grosse bouteille brune trapue et une bouteille de fine champagne au long col. D'une bouilloire en cuivre s'échappe en sifflant la vapeur d'eau en ébullition; une petite femme fraîche comme une rose, aux yeux de braise, à la chevelure d'ébène, était assise près du feu; sa robe de soie bleue paraît faite non pas par la meilleure faiseuse de Camelot, c'eût été trop peu dire, mais de Launceston; sous son col blanc empesé est nouée une coquette cravate, dont les bouts sont assez courts pour ne pas cacher une broche ovale en or, au centre de laquelle est

la photographie de Mark. Ce bijou, d'un goût
plus ou moins équivoque, ouvre les yeux de
M. Maulford sur la situation.

— Monsieur Maulford... madame Peters, dit
Mark en manière de présentation.

— J'ai pensé qu'une tasse de thé vous serait
agréable par ce temps froid, dit gracieusement
Mme Peters à M. Maulford; en attendant,
voulez-vous accepter un verre de curaçao?

— J'espère que vous vous êtes faite belle ce soir!
s'écrie Mark, qui n'avait pas plus de tact qu'un
hippopotame, en faisant allusion à la robe bleue.

— Vous m'aviez dit que vous viendrez
peut-être avec un ami, répondit-elle modestement
mais je n'ai pas visé à l'effet.

— Vous ne pouvez jamais qu'en faire un charmant, madame, repartit Maulford avec galanterie.

— Vous offrirai-je du sucre, de la crème?
demanda gracieusement Mme Peters à son hôte.

M. Maulford accepte du sucre, de la crème, des
tartines minces comme du papier de soie et déclare
que, chez lui, le goût du thé est une passion inextinguible. Les tasses de thé se succèdent les
unes aux autres; la conversation, d'abord banale,
s'engage bientôt sur un terrain moins vague.

— Je suppose que vous avez vu la femme
de M. Penruth depuis que vous êtes dans le
pays, demande Mme Peters avec une physionomie qui révèle toute la haine qu'elle porte
à la femme de Vivien.

— Oui; mais je la connaissais déjà.

— C'est ce que Mark me dit; vous connaissiez aussi son fiancé?

— Oui; le hasard m'a rendu témoin de leur
séparation.

Et alors M. Maulford raconta la scène des
adieux à Portsmouth, en l'amplifiant au dés-
avantage de Barbara.

— C'est une conduite bien étrange pour une
jeune personne qui n'a pour ainsi dire jamais
quitté l'aile maternelle.

— Oui; mais Mme Trevenock a élevé ses
filles dans des idées de grande indépendance.

— Le mariage m'a toujours fait l'effet de
devoir être gros d'orage... et d'après ce que
vous venez de me dire...

Là-dessus, Mme Peters offrit encore une
tasse de thé à M. Maulford puis, elle reprit
quelques instants après:

— J'en suis fâchée pour M. Penruth; mais
j'en suis bien plus fâchée encore pour Mark.

— Comment cela? répondit d'un air naïf
M. Maulford.

— Mais n'avait-il pas lieu d'espérer qu'il
serait l'héritier de Vivien, lequel répétait toujours
qu'il ne se marierait jamais; et, après s'être
flatté des plus belles espérances pour lui et ses
enfants, Mark...

Mark toussa; fronça le sourcil en signe
d'avertissement à la belle parleuse.

— Tous vos signaux sont inutiles, Mark,
reprit Mme Peters; pourquoi taire que vous

comptiez sur cette fortune? Pourquoi ne deviendriez-vous pas père de famille? Pourquoi dissimuler que vous avez éprouvé une grande, une immense déception? Pourquoi? je vous le demande.

— Qui vous dit que tout soit perdu? dit M. Maulford.

— Et ce mariage?

— Sans enfants jusqu'à présent.

— Avec ou sans enfants tout est perdu pour Mark!

— Je ne partage pas cet avis; personne n'est mieux à même que moi d'apprécier les chances d'avenir de M. Mark, ayant été initié par ma position de commis chez M. Trevenock à tous les pourparlers qui ont précédé la rédaction du contrat. Si le squire n'a pas de fils, il ne laissera jamais sa fortune qu'à l'héritier de son nom, à moins qu'il n'ait quelque raison particulière de douter de l'honneur ou de la probité de son frère.

Mark, qui buvait un verre de grog, écoutait sans mot dire.

— Mais Mme Penruth, qui ne l'a épousé que pour sa fortune, saura bien lui faire faire un testament en sa faveur, repartit vivement Mme Peters.

— Rien ne lui serait plus facile, si c'était une femme intrigante comme il y en a, continua M. Maulford, en attachant presque malgré lui ses regards sur son astucieuse interlocutrice; mais Mme Penruth est trop absorbée dans les souvenirs du passé pour songer au présent et surtout à l'avenir. Du reste, je sais qu'au moment du mariage, M. Trevenock a eu beau le prier, le supplier de faire un testament en faveur de sa fille; il n'a jamais reçu d'autre réponse que celle-ci:

— Si j'ai un fils, il sera tout naturellement mon héritier; si je n'ai pas d'enfant, les choses peuvent rester comme elles sont. En bonne conscience, j'ai fait assez pour votre fille". Trevenock ne pouvait guère être d'un avis contraire, car M. Penruth avait donné à sa femme une propriété qui vaut au moins 8000 livres.

— La propriété d'Halworthy; elle en a coûté 15000 à mon grand-père, mais je pense qu'elle n'en a que la nue propriété.

— Il la lui a donnée en toute propriété. Vous voyez que la position de M. Mark n'est pas aussi compromise que vous le croyiez; à moins qu'il ne se montre indigne de porter avec honneur le vieux nom de Penruth, il est sûr d'hériter.

— Pourvu que Mme Penruth n'ait pas de fils?

— Tout est là, répond Maulford qui semble sympathiser de plus en plus avec ses nouveaux amis et prendre leurs intérêts.

— A moins pourtant que la mort subite de M. Penruth ne vienne tout terminer au mieux des intérêts de Mark. Mais ce n'est pas à dire

que je souhaite un pareil dénoûment, ajoute
Mme Peters, d'un air embarrassé, qui paraît
de plus en plus étrange à M. Maulford. Il
regarde à deux fois celle qui a pu tenir un
pareil propos.

— Ah! petite, se dit-il à lui-même, je
soupçonne que vous êtes la femme de Mark
Penruth. Béni soit le ciel que vous ne soyez
pas la mienne!

———

XX

M. Maulford renouvela souvent ses visites au cottage de Saint-Colomb; Mme Peters commandait de petits dîners fins pour le nouvel ami de Mark; il semblait qu'il n'y eût rien de trop bon pour lui; le curaçao et le brandy étaient, le soir, en permanence sur un plateau, et la jolie Mme Peters en faisait les honneurs à ses hôtes. Le voile sous lequel Mark dissimulait sa situation domestique était du tissu le plus diaphane, semblable au léger brouillard d'une belle matinée d'été.

— Si vous ne m'aviez immédiatement inspiré la plus grande confiance, je ne vous aurais pas invité ici, dit un jour Mark à Maulford en désignant d'un signe de tête le cottage et le jardin plein de chrysanthèmes flétries par les premiers froids de novembre.

— Vous avez eu bien raison de me parler franchement, répondit Maulford; car jusqu'à présent mes investigations n'ont abouti qu'à me montrer la difficulté d'établir une balance.

— Les entrepreneurs sont si en retard pour régler leurs comptes !

— En retard ! on dirait, en vérité, que personne n'a rien payé depuis deux ans; n'y a-t-il pas une autre explication à ce problème ? Au lieu de n'avoir rien reçu, n'aurait-on pas dépensé ce qu'on a reçu? N'est-ce pas la cause des difficultés présentes? A bien regarder, à bien réfléchir, c'est ce que je crois.

— C'est la vérité, dit Mark ; ma situation est aussi mauvaise que possible ; vouloir vous tromper ne ferait qu'aggraver mes torts ; votre intelligence, votre habileté, peuvent seuls me sauver ; tout vous est possible dans les ténèbres où nous sommes plongés. Bien souvent vous avez fait miroiter à mes yeux des espérances de fortune qui tiennent au simple fil d'une vie humaine. Eh bien, s'il en est ainsi, je vous récompenserai largement du service signalé que vous m'avez rendu.

— Il est difficile, pour ne pas dire impossible de concilier ma conscience avec un tel acte.

— Mais c'est un acte de charité, comme de tendre la main au malheureux qui se noie ; l'Évangile est plein de miséricorde pour le pécheur ; vous n'aurez pas à vous repentir de m'avoir sauvé ; en attendant l'avenir je puis vous avancer 50 livres, car j'ai pris dans le coffre-fort un billet à ordre qui vaut une banknote. Tout ce que je vous demande, c'est d'établir une balance ; qu'importe à mon frère d'avoir 1000 livres de plus ou de moins à la fin de l'année? Ses recettes excèdent toujours de beaucoup ses dépenses.

— Mais si la balance montre que les ardoisières n'ont rien rapporté depuis quelques années, il les fermera.

— Ne croyez pas cela : c'est un simple

brutum fulmen ; il se fâchera d'abord et se calmera
ensuite ; nous lui montrerons qu'une telle situation ne peut se prolonger indéfiniment, que la
bâtisse va reprendre, puis je tiendrai, à l'avenir,
ma comptabilité d'une manière irréprochable.

Maulford dévisagea Mark et se dit à lui-même,
en voyant cet homme mince, à demi blond,
aux yeux ternes, qu'il n'avait évidemment été
que l'instrument d'une volonté plus ferme que
la sienne ; il avait dû lutter longtemps, céder
ensuite, puis prendre son parti de cette dégra-
dation morale. Que gagnera-t-il à sauver Mark ?
Mark ne l'écarterait-il pas plus tard comme un
souvenir importun ? Ne le prendrait-il pas en
haine ? C'était ce dont Maulford voulait s'assurer avant de rien décider.

— Qu'avez-vous fait de cet argent ? demanda-
t-il à Mark. Notre amie, là-bas, serait-elle
donc prodigue, insatiable ?

— Du tout, repartit Mark, Mariette est éco-
nome et incapable de ruiner personne ; mais
une maison, des enfants, sont de lourdes charges ;
j'ai acheté quelques chevaux dans de grandes
écuries, quelques chiens de race....

— Puis parié un peu ?

— Seulement pour donner quelque intérêt
au jeu ; quand on vit dans un trou comme
Camelot, il faut bien se créer des distractions ;
croyez-vous à ceux qui n'ont jamais péché ?

— Allons, à tout pécheur miséricorde, dit
Maulford persuadé que l'aveu qu'il venait

d'entendre lui livrait pour toujours Mark pieds et poings liés. Ce n'est pas par la reconnaissance, pensa-t-il, que je le tiendrai, mais par quelque chose de plus puissant: par la peur. J'en ferai mon esclave, ma chose; il ajouta:

— Vous pouvez compter sur moi, j'arrangerai les difficultés, si impossible que cela puisse paraître; vous pouvez y compter, répéta-t-il lentement, pesamment, comme quelqu'un qui charge de liens un prisonnier.

Mark lui serra la main convulsivement en s'écriant:

— Que vous êtes bon! Vous ne voulez pas la mort du pêcheur, mais qu'il vive; vous relevez le voyageur blessé.

— Vous dites le...

— Le voyageur blessé.

— Il me semble qu'il y a un autre mot plus juste.

— Lequel?

— Voleur, pardieu!

— Maulford, pourquoi m'écraser de votre mépris si vous consentez à me sauver?

— Afin de bien établir que je connais la situation, et que vous aurez à l'avenir plus d'un compte à me rendre, car je n'entends pas recommencer deux fois la besogne que j'ai sur les bras en ce moment.

— Si vous me promettiez de déchirer cette page pleine des folies de ma jeunesse, je vous jure de rester désormais dans le droit, dans la justice, dans le bon sens; je renonce au jeu, aux paris, aux chevaux, aux chiens. J'enverrai les enfants à l'école.

— C'est un premier pas dans la bonne voie, si Mme Peters y consent.

— Elle n'y consentira pas volontiers, mais elle s'y résignera, il y a assez longtemps que je cède, moi! il faut que les rôles changent. Il n'y a pas plus de calme là-bas, dit-il, en désignant le cottage de Saint-Colomb, que dans une poudrière où l'explosion est à l'état chronique.

— Êtes-vous bien persuadé que votre frère prendrait si mal l'affaire s'il la savait?

— J'en ai la conviction, il ne me pardonnerait pas plus l'histoire du cottage que les erreurs de ma comptabilité. Ma sœur, impérieuse et fière, me soumettrait à une instruction extraordinaire, puis elle ferait à mon frère toutes sortes de révélations.

— Le mariage de Vivien n'est pas déjà si brillant!

— Trevenock est un nom aussi respectable que respecté.

— Ce que vous devez comprendre, c'est que maintenant votre devoir est d'accord avec vos intérêts, et que la situation présente des ardoisières doit se montrer sous son vrai jour qui est réellement des plus prospères; pour le reste, la Providence vous...

— La Providence! répéta Mark en interrompant Maulford... Ma naissance même a démontré que je ne suis pas l'objet de ses faveurs.

— Mais elle s'est montrée plus tard votre protectrice en m'envoyant sur votre chemin; que serait-il advenu de vous si vous aviez rencontré un homme d'une justice inflexible et sans pitié?

— Je me serais sauvé en Amérique.

— Et la petite femme et les enfants?

— Elle serait allée trouver mon frère.

— Et qu'en aurait-elle obtenu?

— Rien, absolument rien, son cœur a été taillé dans le roc.

— A moins qu'il ne s'agisse de Barbara.

— Chaque homme a son côté faible, et Vivien lui-même n'est pas exempt de la loi commune.

Après cette causerie amicale entre le juge et l'accusé, les choses étaient de facile arrangement, et Mark sortit de la fournaise sans être brûlé vif.

Maulford fit une cote mal taillée où les manquements des entrepreneurs entraient pour une large part; son enquête conclue, il dit à Vivien Penruth que l'administration de Mark indiquait plus d'imprévoyance que de désordre, qu'il avait surtout eu le tort d'accorder trop de confiance à des entrepreneurs qui n'offraient pas de garanties suffisantes, de donner de trop longs crédits et de ne pas examiner les choses d'un œil assez vigilant.

— Mais cette leçon, ajouta-t-il, réveillera Mark, et on peut croire d'avance que l'avenir apportera une ample compensation au passé; Mark s'est brûlé les doigts...

— Dites plutôt les miens, riposta Vivien. Je crois qu'il serait très fâché si je rognais ses appointements de directeur des ardoisières: évidemment, il n'est pas seul à puiser dans sa bourse. Je suis parfaitemeut au fait de toutes ses actions, de toutes ses histoires.

— Il n'en a qu'une et c'est assez ; que voulez-vous qu'il fasse ? qu'il épouse une servante d'auberge !

— Ah ! pour le coup, voilà ce que je ne lui pardonnerais jamais ; libre à lui d'avoir une liaison, de vivre avec la première venue, mais non de déshonorer sa famille. Noblesse oblige est un axiome qu'on ne peut oublier quand on appartient à l'ancienne et noble race des Penruth ; nous ne sommes pas des parvenus !

Ces paroles n'étaient pas prononcées qu'elles étaient déjà rapportées au cottage de Saint-Colomb.

— Ah ! dit Mme Peters ; si Mark n'était pas un si grand poltron, il y a longtemps que l'affaire serait arrangée ; je. n'ai pas encore trouvé un homme dont je n'aie fait tout ce que j'ai voulu.

Nonobstant cet aveu de sa toute-puissance, Mme Peters médita longuemeut le discours de Vivien, et elle attacha un regard mélancolique sur ses trois garçons, lorsqu'ils vinrent lui souhaiter le bonsoir.

XXI

Maulford quitta Penruth-place dès que son travail fut terminé. Barbara continua à le traiter du haut de sa grandeur, jusqu'au moment des adieux, et il partit profondément blessé des dédains de sa jeune hôtesse. Mais ai-je besoin de me venger? se dit-il à lui-même, elle a bien assez d'ennemis sans moi!

Mme Trevenock et Florence prolongèrent leur séjour à Penruth-place jusqu'aux fêtes de Noël.

Florence prépara un arbre de Noël splendide qui devait faire époque dans le pays.

Après le départ de Maulford, Mark sembla respirer plus librement.

Florence eût bien voulu suivre les chasses avec lui, mais il resta sourd à toutes ses insinuations.

La petite femme de Camelot n'aurait pas manqué d'en être informée, et les reproches dont elle l'eût accablé lui eussent fait payer trop cher les heures charmantes passées avec Florence.

Il chasse donc seul et pendant ce temps Mariette se livre de son côté à des méditations

solitaires. Elle regrette le départ de Maulford
et ne se dissimule pas qu'avec un mari
comme lui, une femme aurait eu beaucoup
plus de chances pour arriver à la fortune
qu'avec Mark. Elle ne reçoit guère d'autre
visite que celle d'une vieille femme courbée,
ridée, boiteuse dont personne ne peut savoir
l'âge, car elle est de beaucoup la plus âgée
de tous les habitants de Camelot. Elle est
logée dans une petite cabane, ressemblant à
un toit à porcs, située dans une ruelle étroite
et escarpée, laquelle débouche sur un terrain
inculte, pierreux, offrant une série de proémi-
nences assez peu élevées et donnant en petit
l'idée du chaos. Cette vieille femme était
connue depuis un temps immémorial sous le
nom de tante Jooly; elle avait sans doute été
baptisée sous celui de Julie, mais rien ne
résiste au temps, et au bout de ces longues
années dont personne ne savait le nombre,
Julie était devenue Jooly et la tante titulaire
de tous les enfants. Elle se vantait elle-même
de son extrême vieillesse; et si lointain que fût
un événement dont on parlait devant elle, elle
prétendait toujours en avoir été temoin. Les
bambins croyaient qu'elle était à Plymouth
lorsque l'invincible *Armada* fut détruite par
la tempête et par la flotte anglaise.

Outre la grande expérience, bénéfice inévitable des années, la vieille Jooly avait la
réputation de connaître fort bien les plantes

et leurs effets thérapeutiques. Les plantes trans-
formées par elle en emplâtres, en baumes,
étaient infaillibles, disait-on, pour guérir certains
maux d'yeux et d'oreilles. Ses recettes inspi-
raient une confiance illimitée ; cela tenait sans
doute à son grand air de parenté avec les sorcières, qui au temps jadis, comme on sait, étaient
en possession de charmes magiques. L'emploi
le plus lucratif de la tante Jooly était celui de
gardeuse d'enfants ; elle allait de temps en temps
revoir ceux qu'elle avait élevés, payant la bonne
réception dont elle était l'objet par le récit des
aventures, des scandales qui couraient le pays
à dix lieues à la ronde. Elle venait souvent
au cottage de Saint-Colomb, car Mariette lui
avait successivement confié ses trois fils sur
lesquels elle prétendait avoir des droits quasi
maternels.

Un soir, Mariette et ses fils sont seuls au
logis. La tante Jooly arrive transie de froid
et mourant de faim, et, comme toujours, la mère
et les trois garçons lui font fête et lui servent
eux-mêmes un bon souper ; puis, les enfants
s'échappent comme une nuée d'oiseaux, et la
vieille femme tire solennellement de sa poche
un vieux paquet de cartes graisseuses bien
connu de Mariette. Il est curieux d'observer
quelle foi prête à ce vieil oracle l'astucieuse
et positive Mme Peters. Elle s'assied ; ses deux
mains reposent sur ses genoux, attentive et
bouche béante, la tête penchée, elle suit d'un

regard anxieux la tante Jooly qui dispose trois
paquets de cartes sur la table; puis, lorsqu'il
n'en reste plus qu'une à retourner, son cœur
bat comme si elle allait entendre la voix du
destin.

— Eh bien! demande-t-elle à la tante Jooly
qui déchiffre trop lentement à son gré ces
oracles sibyllins.

— Il y aura mort et chagrin avant que vos
vœux soient accomplis, dit-elle d'une voix sinistre.

Les deux mains de Mariette qui reposaient
sur ses genoux ne font pas un mouvement,
cela semble aussi simple que de traverser
un pont pour arriver à une ville où tout
brille et reluit. Puis la tante Jooly recom-
mence à mêler les cartes lentement, en les
donnant à couper à Mariette, et elle mouille
son doigt pour saisir plus sûrement ces
organes du sort. Elle jette avec emphase en
la retournant une carte sur la table: c'est le
roi de cœur! Une seconde épreuve: encore le
roi de cœur! .

— Vous avez un ami bien fidèle, dit la vieille
tireuse de cartes; puis, elle continue à retourner les cartes une à une, jusqu'à l'apparition
d'une dame de trèfle qui paraît profondément
l'intriguer. Elle la met à part; puis, compte
tout bas et s'écrie:

— Un voyage prochain! vous q .ittez la
maison.

Le front de Mariette devient soucieux....

C'en est trop! elle crispe ses mains sur la table et se dit:

— C'est la revanche; je suis sûre de gagner à mon tour!

La vieille sibylle enfouit au plus profond de sa poche le paquet de cartes.

Les deux femmes reculent la table et s'approchent du feu, les mains étendues à la chaleur du charbon qui brûle dans la grille comme du bois de charme. Mais on entend au loin le murmure du vent.

Le grand peuplier devant la maison craque comme le grand mât d'un navire en détresse.

— Vouz avez l'air bien sombre ce soir, Mariette, dit tante Jooly à Mme Peters; y a-t-il donc quelque chose de nouveau?

— Absolument rien; mais croyez-vous que je mène une vie gaie ici? Si Mark meurt avant son frère, je suis sûre de finir mes jours à l'hôpital.

— Ce n'est pas dans les probabilités.

— La vie est un jeu de hasard dont on peut discuter à l'infini les chances; voyez Barbara Penruth, sa beauté a été pour elle la source féconde de tous les biens, tandis que la mienne n'a servi qu'à me plonger dans l'abîme. Je maudis cette beauté fatale, qui n'a pas même su m'assurer un lendemain! Tante Jooly, racontez-moi, je vous en prie, quelque histoire terrible qui me fasse oublier pour le moment le présent et l'avenir. Vous rappelez-

vous celle de Ruth Trevargan, qui a été pendue, il y a une trentaine d'années, pour avoir
empoisonné son mari?

— Oui, certainement; mais quelle folle!
N'a-t-elle pas donné à son mari de l'arsenic,
qui ne peut échapper à l'analyse des hommes
de l'art, au lieu de certains végétaux dont les
substances disparaissent complètement. C'est
bien heureux, du reste, pour la pauvre humanité
qu'une vieille ruine comme moi ait seule les
secrets de ces terribles poisons.

— Lesquels, par exemple?

— A quoi bon vous initier à leur perni-
cieuses vertus? vous pourriez par inadvertance
en parler devant des gens qui en feraient mauvais
usage; moi, ayant voulu guérir, j'ai dû étudier
les différentes propriétés des plantes.

— Oh! je ne veux pas vous disputer votre
savoir, riposte Mariette; seulement, vous verrez
qu'un de ces jours vous tuerez un homme au
lieu de le guérir.

— Moi, j'y vois encore aussi clair qu'à
quinze ans; il y a un mois, j'ai radicalement
guéri Mme Doyle d'une maladie de cœur, en
lui faisant prendre des décoctions de digitale;
si j'avais outrepassé un tant soit peu la quan-
tité voulue, elle était morte, car il n'est rien
comme les jeunes feuilles de digitale pour
empoisonner même à très petite dose.

— Comment va l'aînée des filles de Mme
Lanherne? demande Mariette sans poursuivre

plus longuement l'entretien sur .la botanique,
qui semblait, une seconde auparavant, avoir
pour elle un si vif attrait de curiosité. La
conversation devint alors purement locale et la
tante Jooly était, sous ce rapport, beaucoup
mieux informée· que n'importe quelle feuille du
comté.

XXII

L'ami Mark paraît avoir un grand poids de moins‧ sur les épaules depuis que les affaires des ardoisières sont arrangées; il travaille et tient ses livres avec la probité la plus méticuleuse; il passe moins de temps à la taverne, et ses consommations y deviennent chaque jour moins copieuses; il dîne régulièrement avec Mariette et les trois garçons et paraît renoncer peu à peu au billard; la transformation s'accomplit lentement, mais sûrement.

— Quand enverrons-nous les enfants à l'école? dit un jour Mariette à Mark.

— Il y a déjà longtemps que j'y pense.

— Vous y pensez toujours et vous n'agissez jamais. On m'a parlé d'une école primaire tenue par une dame; cette pension, située à Saint-Colomb même, remplit, je crois, toutes les conditions désirables.

— Quel est le prix?

— 75 livres (¹) par an.

— 75 livres, mais c'est exorbitant!

— Croyez-vous que mes trois garçons vivent

_____

(¹) 1875 francs.

comme de petits caméléons, de l'air du temps.
La maîtresse de pension ne fait pas d'économies,
dit-on, sur la nourriture des élèves; c'est de
première importance à mes yeux.

— Vous qui vous plaignez tant de votre
isolement, que deviendrez-vous quand vos fils
ne seront plus près de vous?

— La loi du sacrifice s'impose aux parents
qui comprennent leurs devoirs, riposta Mariette,
sur le ton d'une matrone romaine; il s'agit
d'en faire des hommes au lieu de les laisser
ici croupir dans l'ignorance.

— Avec vous il n'y a pas cela à craindre.

— Puis-je commencer à leur apprendre le
latin, le grec, dites?

— Allons, nous verrons, répond Mark pour
éluder toute solution.

— Je vais m'occuper vivement de leur trousseau, repartit Mariette en allant dans un coin
chercher la machine à coudre jusque-là silencieuse; puis, elle posa à côté d'elle un immense
panier rempli d'ouvrage taillé et préparé: le
grain ne manquera pas sous la meule.

— Quelles sont les nouvelles, Mark? dit-elle
en enfilant l'aiguille de la machine.

— Je ne sais rien qui vaille la peine d'être
raconté. Mme Trevenock et sa fille ont quitté
Penruth-place.

— Elles y sont restées assez longtemps,
répondit Mariette en riant, quelle exploitation
de l'homme par les femmes!

— Pourquoi n'y resteraient-elles pas? leur présence donne un grand charme à la vieille maison.

— Sans doute une jeune fille, jolie, élégante, coquette, est un ornement dans une maison, dit Mariette en cassant son fil.

— C'est de Flossie que vous voulez parler?

— Je veux dire Mlle Florence Trevenock. Ah! vous l'appelez par son surnom; je ne vous savais pas sur ce pied d'intimité avec elle.

— Cela n'a aucune importance. On l'appelle toujours ainsi; c'est une bonne et charmante enfant que tout le monde aime; mais sa beauté est très inférieure à la vôtre et vous n'avez pas lieu d'en être jalouse.

— Qui vous dit que j'en suis jalouse? Je ne saurais être jalouse d'un nez aussi singulièrement tourné; j'ai un autre grief contre elle.

— Lequel?

— La voir s'éterniser à Penruth-place quand moi, dit-elle en se frappant la poitrine, il ne m'est même pas permis d'en franchir le seuil!

— Cela viendra avec le temps.

— Cela aurait dû venir depuis longtemps si vous n'étiez pas aussi timoré; votre frère a eu sa fantaisie, pourquoi n'auriez-vous pas la vôtre?

— Vous savez quel est l'obstacle qui m'arrête; je ne suis pas en situation de rien risquer.

— Si Vivien vous survit que deviendrai-je?...

— Cette appréhension n'a pas de raison d'être;

j'ai onze ans de moins que Vivien et ma santé n'est pas mauvaise.

— Les choses ne peuvent pas durer comme cela, repartit Mariette d'une voix irritée, impérieuse, impatiente; puis, le fil de la conversation se cassa comme celui de la machine à coudre. Comment faire et de quel côté me viendra le salut? se demanda Mme Peters.

Quand elle eut bien repassé dans son esprit tous les motifs qui exposaient ses plus chers intérêts à de si longs et si cruels retards, elle reprit la parole avec calme et dit:

— Votre sœur est-elle revenue, Mark?

— Oui; plus gourmée que jamais et plus imbue d'orthodoxie, de maximes évangéliques, de paraboles que par le passé et en même temps plus aigre et moins charitable encore, s'il est possible. Sa femme de chambre la quitte pour se marier; c'est un événement capital dans la maison. Priscille est sinon scandalisée, du moins consternée; elle jure qu'on ne l'y prendra plus et se promet de remplacer cette jeunesse par une femme d'un âge raisonnable, qui la servira pieusement, doucement, sagement.

— Allons, allons, Mark, dit Mariette avec entrain, pourquoi ne nous offririons-nous pas ce soir un petit souper? et elle va chercher un plateau chargé de mets affriolants.

— Vous avez quelque chose à me demander? dit Mark, quand Mariette lui eut apporté son

briquet. Enjouée, avenante et gaie, elle verse
un flot de bière qui, une fois lancé, ne s'arrête
plus. Est-ce une robe? un chapeau?

— Rien de tout cela.

— Quoi donc, alors?

— Je veux aller à Penruth-place.

— Vous savez que c'est impossible.

— J'entrerai au service de votre sœur.

— Vous n'y pensez pas.

— J'y pense très sérieusement; il le faut;
je le veux.

— Ah! quelle étrange résolution! dans quelle
situation vous me mettrez!

— Je saurai triompher de toutes les difficultés, dit-elle avec une force de volonté qui
a raison encore une fois de la faiblesse de
Mark. D'abord, je me ferai passer pour veuve.

Elle le tenait si bien dans ses filets, qu'il
finit par lui promettre sa complicité, pour
obtenir le certificat avec lequel elle entend
forcer le seuil inabordable de Penruth-place.

Le lendemain, Mark arrive chez le vétérinaire
Nichols avec le projet de certificat que Mariette
a elle-même élaboré, et il lui demande de le
faire copier et signer par sa femme.

Le vétérinaire lit le document et dit que,
malgré tout son désir de rendre le service
qu'on lui demande. il lui répugne de certifier
que le passé de la veuve en quête d'emploi ga-
rantit l'avenir, car enfin l'alliance qu'elle porte
au doigt n'est qu'un bijou de pure invention.

— Elle est mariée de par la loi et bientôt
sa situation sera nettement établie, riposte Mark.

— J'aurais dû me dire depuis longtemps
que ma femme n'aurait pas fait amitié avec
elle, si elle n'eût eu des garanties sérieuses
de son honorabilité.

— Mme Nichols passe en effet pour être
un collet monté!

— Oui; mais elle est très bonne, très dévouée
aux intérêts du prochain et vous pouvez compter que le certificat sera copié fidèlement.

Mark revint au cottage soulagé d'un grand
poids; il a laissé le projet de certificat entre
les mains de Nichols, qui a promis de le lui
rapporter le lendemain aux ardoisières.

— Dieu du ciel! s'écrie-t-il, en apercevant
la pétulante Mariette transformée en une personne d'un aspect grave, modeste dont l'austérité
se réflète sur son extérieur. Sa belle chevelure
est enfouie sous un petit chapeau; sa robe de
laine noire dissimule son embonpoint et la rend
plus vieille de quelques années.

— Vous avez devant vous une veuve infor-
tunée, dit Mariette à Mark. Comment trouvez-
vous que je supporte mes malheurs?

— C'est à peine si je reconnais en vous la
trace de votre première condition. Ah! Mariette,
je ne goûte que médiocrement cette transformation, vos machinations, vos mystères. Dieu
veuille que votre volonté...

— S'accomplisse, dit-elle en l'interrompant,

car alors tout d'un coup les biens, les honneurs fondront sur nous; nous nagerons enfin dans la prospérité.

— Mieux vaut une honnête pauvreté, Mariette, qu'une fortune mal acquise. Ah! si vous saviez ce que j'ai souffert pour avoir dévié une fois du sentier de l'honneur!

— Et le certificat?

— Je l'aurai ce soir.

— Allons, dit-elle, le temps presse; je compte sur vous de bonne heure.

Mark retourne aux ardoisières; Nichols l'attend à son bureau.

— Eh bien?

— Ah! dit Nichols, cela n'a pas fait un pli. Voilà le certificat et la lettre de recommandation à l'adresse de Mlle Priscille Penruth.

— Que pourrai-je faire pour reconnaître ce service? s'écria Mark.

— Allons donc! riposta le vétérinaire; puis il ajouta soudain: Votre alezan est en bonne voie de guérison, et si vous me le laissiez encore quelques semaines, il serait en état de gagner un prix.

— Puisque vous lui croyez quelque valeur, Nichols, je vous en fais cadeau; et Nichols confus remercia Mark en se disant: Ce qui me passe, c'est qu'il y a des gens qui auraient hésité à lui rendre ce service!

XXIII

Toutes les joies traditionnelles de Noël finies, Barbara parut seule ou presque seule les premiers mois de l'année; tout est silence autour d'elle; le vent seul mugit dans ces lieux et semble se plaire à augmenter les ennuis de la pauvre exilée. La pluie tombe souvent en torrent sur le toit; le ciel gris a quelque chose de mélancolique qui porte à la langueur.

Trois mois se passent de la sorte; Priscille revient de Plymouth, et son retour n'ajoute rien à l'agrément de Penruth-place, car après avoir entendu tant de sermons, il faut bien qu'elle en fasse à son tour. Elle prêche, en voyant Barbara qui tourne rapidement les feuillets d'un roman, qu'autrefois les femmes n'avaient de goût que pour les saintes lectures, les pieux exercices; d'autre occupation que leur devoir, et qu'on se délassait alors d'un soin de ménage par un autre; elle se plaint de tout, du tintamarre que font les domestiques, de leurs criailleries et de leur gaspillage.

— Quand je gouvernais la maison, dit-elle, en voyant que le trousseau de clefs qu'elle

portait jadis toujours à la ceinture est posé
sur la table, les choses ne se passaient pas
ainsi; mais on a souvent remarqué avec justesse
que moins on a de bien, plus on est prodigue.

Barbara ne répond à ces insinuations que
par un soupir; elle ne se soucie ni de l'approbation ni de la désapprobation de Priscille;
mais elle tient à vivre en paix avec cette
épineuse personne et ne fait pas semblant de
prendre garde à ces blessantes observations.

Vivien Penruth demande souvent à Barbara
de l'accompagner en voiture chez ses fermiers,
et si peu agréable que cela lui soit d'assister
à leurs longues discussions sur le rendement
de la terre, elle ne répond jamais à son mari
par un refus. Bien enveloppée dans un long
manteau de loutre, elle brave le froid, le vent
et la pluie. Le sentiment du devoir accompli
est encore la meilleure arme pour combattre
un amour mal éteint, et pour la consoler de
sa tristesse et de son isolement.

Mlle Priscille s'était prise promptement
d'affection pour sa nouvelle servante : « C'est une
femme de chambre unique, se dit-elle, une
femme qui a passé par la fournaise du désappointement et qui a été purifiée au feu de
l'adversité; toutes ces qualités se lisent sur sa
physionomie grave et austère, on le voit dans
sa démarche grave et posée; c'est un véritable
présent que Nichols m'a fait là.» Priscille aimait
l'adulation cet Mme Morris (c'était le nom de

14*

veuve qu'avait pris Mme Peters) ne tarit pas
sur l'édification que sa maîtresse donne au
monde, et sur le respect que doivent inspirer
ses vertus. Ses exclamations dévotes sur les
dangers de la jeunesse et de la beauté, char-
ment Mlle Penruth qui se dit pendant qu'elle
l'habille : « C'est le ciel, apparemment, qui m'a
permis de trouver un pareil trésor.»

Mark a vendu deux chevaux; il n'en a con-
servé qu'un, mais c'est le plus jeune et le plus
difficile. Après avoir ainsi réduit ses écuries,
il vit renfermé à son bureau avec une assiduité
qui fait le meilleur effet sur Vivien. Mark a
l'air, chaque jour, plus absorbé et plus sérieux;
mais ces dispositions ne choquent personne à
Penruth-place, d'où toute gaieté et tout entrain
ont disparu depuis le départ de Florence. Les
jours s'écoulent. Juin emporte ses roses et ses
rossignols, juillet ses fougères royales et ses
digitales, août ses bleuets et ses coquelicots,
septembre ses brises tièdes et parfumées. Le
ciel se charge de nuages, les feuilles tombent
et la mélancolie de la nature influe sur le
moral de l'homme civilisé.

Vers la fin de l'automne une tristesse nouvelle s'impose au triste et solitaire foyer de
Barbara; Vivien, qu'elle n'a jamais vu, jusque-
là, qu'en parfaite santé, dépérit et maigrit à
vue d'œil. Il ne peut plus supporter les longues promenades à cheval ou en voiture.

— Je n'en puis plus, s'écrie-t-il souvent

quand il est seul; je suis si abattu, si faible!
Ce n'est pas l'âge cependant, j'ai à peine cin-
quante ans! Quoi qu'il en soit, je doute très
sérieusement que je puisse aller loin; quelque
organe essentiel doit être atteint chez moi;
mon père est mort d'une maladie de cœur et
je présume que c'est aussi ma destinée.

Puis sa seconde pensée est pour sa femme.

— Il y a toute apparence, dit-il, qu'elle se
remariera et qu'elle épousera ce héros fameux
qu'elle a tant aimé et qu'elle aime peut-être
encore? Sera-t-elle heureuse épouse? heureuse
mère? Se rappellera-t-elle, parfois, avec quelque
attendrissement celui dont l'attachement passionné, s'il n'a su gagner son cœur, devrait du moins
lui laisser un tendre et reconnaissant souvenir?

Vivien Penruth creuse son mal en fouillant
l'avenir, mais il veut cacher sa souffrance et
ne peut se décider à consulter un docteur.
C'est après le déjeuner que le squire est le plus
souvent atteint de ces crises.

— Trouvez-vous à propos que je permette
au jardinier de s'absenter pour quelques jours?
dit un jour Barbara en entrant dans le cabinet
de son mari, entre une et deux heures de
l'après-midi. Il ne répond mot; elle s'approche
et le croit endormi, mais elle voit qu'il est sans
connaissance et qu'une sueur froide perle sur
son front.

— Êtes-vous malade, Vivien? lui deman-
da-t-elle en s'agenouillant près de lui.

— Non, répond-il, c'est une syncope qui va se passer.

— Je vais sonner.

— Non, de grâce, dit-il.

Mais, avant d'avoir achevé ces mots, Mme Morris, toujours empressée et attentive, a répondu au coup de sonnette de Barbara.

— Je vous demande pardon, madame, dit discrètement Mme Morris; mais la sonnette a retenti comme une cloche d'alarme, et je craignais qu'il ne fût arrivé quelque malheur.

— M. Penruth est souffrant; apportez-lui tout de suite un cordial.

Mme Morris s'empresse d'aller chercher ce qu'on lui demande. Barbara se tient à genoux près du sofa sur lequel est étendu son mari. Elle réchauffe toute tremblante les mains glacées de Vivien dans les siennes et fixe un regard anxieux sur ce visage livide et hagard. Vivien, qui s'est trouvé mal, n'a pourtant pas perdu complètement connaissance, mais ses pupilles dilatées ont une expression des plus étranges.

— Je ne croyais pas, dit-il, qu'il fût possible d'éprouver de si singulières sensations. Sans souffrir de grandes douleurs, j'aimerais autant mourir.

Mme Morris apporte un flacon d'eau-de-vie; Barbara en fait prendre un petit verre à son mari, qui se trouve instantanément soulagé.

— Je vous recommande de ne rien dire à

ma sœur de cette indisposition, dit brusquement M. Penruth à Mme Morris.

— Je n'aurai garde d'en informer Mlle Penruth, si telle est la volonté de monsieur;
mais cela me chagrine bien, car mademoiselle
a naturellement plus d'expérience que madame,
et ses bons soins, ses bons conseils, ne pourraient
être que fort utiles à monsieur.

— Je n'aime pas avoir tant de femmes
autour de moi. Mme Penruth me suffit, dit-
il, en attachant un long et tendre regard sur
Barbara.

— J'aurais cependant veillé sur monsieur
avec autant de sollicitude que de dévouement.

— J'en ai la conviction, reprit Vivien, et
si je suis plus malade je demanderai à ma
sœur que vous restiez la nuit près de moi,
mais j'espère que cet accident ne se renouvel-
lera pas.

— Il n'en faut pas moins consulter tout de
suite un médecin, dit Barbara à son mari avec
une tendre insistance.

— Contre une maladie organique, la science
ne peut rien; si c'est seulement un désordre
passager, cela disparaîtra sans médecine ni
médecin.

— Monsieur ne saurait refuser cette satisfaction à madame et à ses amis.

— Il faut d'abord que mes amis me laissent tranquille; du reste, je me trouve bien
maintenant, et mal passé n'est qu'un songe!

Madame Morris, vous pouvez vous retirer. Surtout pas un mot à ma sœur.

Barbara est également bientôt congédiée, mais non sans de véritables démonstrations de tendresse. Vivien se berce de l'espoir que la crise ne reviendra pas.

Huit jours plus tard, il y avait à peine une heure qu'il était sorti de table qu'il était repris de la même façon; il se sent envahi par une faiblesse étrange, par un vertige qui le gagne peu à peu. Il sonne pour avoir de l'eau-de-vie, ouvre la porte et se trouve face à face avec Didcott, le pharmacien.

— Qui diable vous amène? dit M. Penruth.

Mais avant que Didcott ait eu le temps de répondre que Mlle Penruth est souffrante, le squire tombe inerte et décoloré sur le sofa. Le pharmacien se hâte de dénouer la cravate du malade, d'ouvrir la fenêtre; il est urgent d'ausculter M. Penruth pour se rendre compte des singuliers symptômes qu'offre ce malaise subit.

— Suis-je bien malade? murmure Vivien.

— C'est assez sérieux; mais je ne doute pas qu'on ne réussisse promptement à conjurer le mal avec des soins, des précautions, des ménagements.

— Ah! je ne consentirai jamais à vivre comme un enfant dans les lisières, et compter tous mes pas, mes morceaux; j'entends vivre comme j'ai toujours vécu, ou ne pas vivre du tout.

— Je vous conjure d'aller consulter à Londres si vous n'avez pas confiance en ce que je vous dis.

Pour ne pas blesser l'amour-propre de Didcott, Vivien lui demande de revenir le voir le lendemain. Il n'arrive que dans la soirée et trouve Barbara qui l'attend avec anxiété sur le perron.

— Vous arrivez bien tard, dit-elle ; mon mari a eu tantôt une crise terrible.

Là-dessus Didcott prescrit à Vivien une potion à prendre toutes les deux heures ; il est convenu que Barbara restera près de lui dans la journée et que Mme Morris passera les nuits. Didcott est très déconcerté dans son attente, car la santé du squire s'altère de plus en plus. Barbara tient à son mari douce et fidèle compagnie. Elle lui fait toute la journée la lecture : Elle ne veut partager à aucun prix ce devoir avec Priscille. L'amour lui-même ne saurait lui inspirer plus de prévoyance, de précautions et de sollicitude.

XXIV

Un jour, Vivien était profondément endormi et Barbara venait de fermer un livre. Gillmore entrebâille la porte avec précaution et fait des signes à Mme Penruth. Celle-ci sort sur la pointe des pieds prenant garde de faire le moindre bruit.

— Un monsieur demande à voir madame.

— Comment par un temps pareil! il pleut à torrents. Je ne puis quitter la chambre de M. Penruth; ne vous a-t-on pas remis de carte?

— Non, madame; je n'ai pas osé dire que madame est sortie; ce serait trop invraisemblable.

— Ah! c'est sans doute le nouveau desservant. Je ferai mieux de le recevoir tout de suite.

Elle alla d'abord prier Priscille de la remplacer près de Vivien; puis, elle se dirigea du côté du salon, où Gillmore avait introduit l'inconnu.

Le grand salon de Penruth-place n'est pas gai, même par le plus beau temps du monde. C'est une pièce longue et peu élevée, aux tentures de tapisserie ternes et fanées, au

plafond soutenu par de lourds soliveaux, à
l'ameublement imposant, austère; plus le ciel
est plombé et bas, plus cette pièce est triste.
L'étranger regardait à la fenêtre, lorsque
Barbara entre, mais il se tourne vivement au
bruit du frôlement de sa robe, et il fait quelques pas vers elle, chapeau bas. Ses cheveux
en désordre et rebelles tombent sur son front.
sa longue barbe couvre à moitié son visage,
son teint est bronzé ou plutôt cuivré, il porte
un paletot; un cache-nez de cachemire est
roulé autour de son cou et de ses oreilles;
mais, si changé qu'il soit par la fatigue et la
maladie, Barbara le reconnaît instantanément.

— George, est-ce donc vous? dit-elle en
s'adossant à la porte, comme si elle eût voulu
le défendre contre des ennemis. Pourquoi êtes-
vous venu ici? Pourquoi, dites?

— Parce que je voulais vous voir à tout
prix, à toute force. Je serais allé vous chercher jusqu'aux enfers, comme Orphée son Eury-
dice. Je serais allé vous chercher, en perçant les
lignes ennemies, comme Karanagh à Lucknow;
puisque vous me le demandez, je suis venu
parce qu'on m'a dit que vous n'étiez pas
heureuse, et j'ai voulu m'assurer moi-même
de ce qu'il y a de vrai ou de faux dans cette
nouvelle.

— Qui vous a dit que je n'étais pas heureuse?

Elle tremble un peu; mais elle finit par

dominer son émotion, et elle paraît calme presque jusqu'à l'indifférence.

— Le commis de votre père, répond George Leland, Je l'ai rencontré avant-hier à Londres.

— Et il vous a dit que je n'étais pas heureuse?

— Oui.

— M. Maulford n'est qu'un calomniateur et un menteur.

— Je suis enchanté de voir qu'il m'a trompé.

— Malgré la rudesse de son langage et de ses manières, mon mari est la bonté et la générosité mêmes; loin de me plaindre de mon sort, je dois remercier la Providence. Mais je m'oublie à vous parler de moi; il s'est passé tant de choses depuis que nous ne nous sommes vus! Dites-moi d'abord comment il se fait que vous soyez en Angleterre?

— Il est temps, paraît-il, que je me repose: les médecins m'ont renvoyé en Angleterre; j'ai passé tant de nuits sans sommeil. J'ai été blessé à Lucknow et je suis resté trois mois à l'hôpital sur un grabat. J'ai été aux prises avec la mort plus d'une fois, n'attendant plus que l'arrêt du destin; je ne croyais pas revoir jamais la terre anglaise.

Barbara attache sur George Leland un regard profond; elle pâlit en le voyant si pâle; ses joues creuses, ses yeux profondément enfoncés et bistrés, ses rides prématurées sont la preuve irrécusable de ce qu'il a souffert,

des dangers qu'il a courus, des épreuves qu'il
a subies, des privations qu'il a endurées, en
cueillant ses lauriers teints de sang.

— Vous semblez bien souffrant, lui dit-elle.

— C'est vrai, répond-il ; mais *je suis, j'existe*,
quand tant d'autres ont disparu ! Que de héros
sont restés sur cette terre lointaine, pauvre
Havelock, quelle perte ! Ah ! Barbara, devant
tant d'héroïsme on oublie jusqu'aux amours
brisés, jusqu'aux arrêts de l'inflexible destin !

— Et vous aussi, vous vous êtes conduit en
héros, dit-elle en rougissant.

— J'ai fait mon devoir, répond-il, je sais
cependant que l'on m'a accusé de manquer de
courage ; mais, ajoute-t-il, avec calme, j'ai ma
conscience pour moi, et si, à travers tous les
mensonges de la vie, il y a une chose qui ne
trompe pas, c'est la voix de la conscience.

Barbara s'appuie sur le canapé où est assis
George Leland ; tous deux oublient ce que leur
tête-à-tête a de périlleux et ne voient pas deux
yeux perçants fixés sur eux, les yeux perfides
de Mme Morris, qui les guettent et les épient
de la terrasse où elle est allée prendre l'air.

— Pourquoi ne m'avez-vous pas envoyé votre
nom tout à l'heure, dit Barbara ; pourquoi ce mystère ? Pourquoi ne recevrai-je pas un ancien ami ?

— D'après ce que Maulford m'avait dit, je
vous voyais comme la princesse dans le château
de l'ogre et je croyais qu'il fallait user d'un
stratagème pour parvenir jusqu'à vous.

— C'est une singulière idée, mais peu importe, en résumé, puisque vous êtes entré....

Et là-dessus Barbara vient s'asseoir sur le canapé à côté de George Leland. Mille pensées diverses semblent rouler dans sa tête: mais enfin elle se décide à parler.

— Permettez-moi de vous demander, dit-elle, sur un ton interrogatif plein de douceur, ce qui vous a inspiré l'idée de venir me voir après....

— Après quoi? reprend vivement George Leland.

— Après avoir laissé ma lettre sans réponse.

— Quelle lettre? moi, j'aurais laissé une lettre de vous sans réponse? En vain j'ai attendu; en vain j'ai espéré; mais rien n'est venu combler la plus douce, la plus chère et la plus vive de mes espérances!

— N'auriez-vous donc pas reçu ma lettre? dit-elle, douloureusement; la lettre où je vous disais que si votre cœur me restait fidèle, peu m'importait la bonne ou la mauvaise fortune, la disgrâce ou les honneurs, la pauvreté ou la richesse?

— Cette lettre si rassurante ne m'est jamais parvenue, je vous le jure!

— Après la réception de votre lettre je suis tombée malade, et je vous ai écrit de mon lit: j'ai confié mon message à Florence; puis, j'ai attendu vainement, m'arrêtant à cette conclusion qu'il ne me restait plus qu'à souffrir et

à me taire, dit-elle, en pressant son cœur de
sa main.

— Oui, et au bout d'un an vous épousiez
un homme riche, dit Leland d'un ton amer.
Quand j'ai vu votre mariage dans les journaux,
j'ai eu la naïveté de m'étonner que vous vous
fussiez si vite consolée!

— Ce mariage assurait à ma mère et à
ma sœur la sécurité de l'avenir; aucun sacrifice ne pouvait me coûter, puisque vous aviez
vous-même rompu nos liens, brisé nos en-
gagements!

— Dans un moment de désespoir, me trouvant sous le coup d'indignes calomnies, j'ai
cru de mon devoir de vous rendre votre parole
et votre liberté.

— Ma foi en vous eût bravé l'opinion du
monde entier. Hélas! après avoir tous deux
poursuivi l'idéal du bonheur, nous n'avons
étreint que la réalité du devoir accompli! Mais
tout ce que nous pourrions dire ne viendrait
qu'augmenter notre souffrance; notre sort est
irrévocable; il faut le subir, mourir ou guérir!

Un pâle sourire effleura les lèvres de George
Leland.

— Il est des maladies dont on ne *peut* pas
guérir, dit-il, d'un ton sinistre; d'autres dont
on ne *veut* pas guérir.

— Il faut que vous essayiez loyalement
de guérir, dit-elle à George Leland; il le
faut, je le veux. C'est bien imprudent à vous

d'être venu par un pareil temps, et elle posa sa main sur la manche du paletot du major; vous êtes mouillé, trempé!

— Oui; j'ai été assailli par un effroyable orage.

— En tout cas, vous ne retournerez pas à pied; je vais faire atteler.

— Mais que dira-t-on?

— Je ne crains guère le qu'en dira-t-on.

— J'irai attendre entre deux averses le passage de la voiture publique, ne vous occupez plus de moi; retournez près de votre mari. Adieu, Barbara; le bonheur de vous revoir a été un calmant pour mon âme endolorie.

— Je ne veux pas que vous partiez ainsi; vous prendrez un peu de vin de Xérès et des sandwichs pendant que votre paletot séchera à la cuisine.

Barbara sonne et Gillmore entre; elle prend le paletot du visiteur et revient avec un plateau chargé de liqueurs, de viandes froides, qu'elle dépose sur une table ronde près de la cheminée. George Leland, débarrassé de son paletot, reparaît alors comme l'élégant, beau et mince capitaine de la villa des Roses; ses joues seulement sont plus basanées et ses yeux brillent d'un feu plus ardent que par le passé; il prend un verre de Xérès et des sandwichs.

— N'est-il pas bien étrange que je mange le pain et le sel de votre mari?

— Pourquoi cela? répond Barbara avec un regard plein de bonne foi. Vous venez me voir en ami et non pour me faire de la peine; mais je ne veux plus vous retenir. Adieu, major Leland.

— Vous pouvez m'appeler major Leland; mais, moi, jusqu'à mon dernier jour, jusqu'à ma dernière heure, jusqu'à mon dernier soupir, je vous appellerai toujours, toujours, Barbara. Vous reverrai-je? dit-il.

— Mon mari n'aime pas les étrangers, répond-elle d'une voix tremblante.

— Il est évident que vous pensez qu'il ne me ferait pas bon accueil, il vaut mieux que je reparte pour l'Inde.

— Mon mari est la bonté même, mais il est brusque, et, sans le vouloir, il pourrait vous froisser.

— Mon courage ne va pas jusqu'à me résigner à cet arrêt avec calme, dit-il d'une voix émue. Barbara, ma bien-aimée, pardonnez-moi d'avoir osé espérer que je pourrais lier le présent au passé.

Sa main écarte les cheveux qui ombragent le front de Barbara, et il contemple avec autant de respect que d'amour cet asile sacré de sa conscience.

— L'eau transparente de la fontaine, s'écrie-t-il, n'est pas plus pure que vos pensées, mais le marbre n'est pas plus froid que votre cœur; vous appartenez aux régions sacrées où les êtres parfaits demeurent; moi à la masse de l'humanité qui pêche et qui souffre.

— Adieu, lui dit-elle en lui tendant la main et en maîtrisant sous un sourire navrant l'émotion qu'elle se sent monter au cœur. Adieu, soignez-vous.

Mais, à peine est-il parti, qu'elle court s'enfermer dans sa chambre, tombe à genoux le visage inondé de larmes en s'écriant: « Ma lettre ! ma lettre ! »

Mme Morris n'a garde de laisser ignorer à sa maîtresse la visite qu'a reçue Mme Penruth. Elle termine son long rapport en disant:

— J'ai cru devoir informer mademoiselle de ce grave événement, et, malgré tout ce qui m'en a coûté, je ne recule jamais devant l'accomplissement d'un devoir.

— J'ai toujours cru, répond Mlle Penruth, d'un ton de conviction que cela ne pouvait manquer de tourner ainsi; Barbara a reçu une triste éducation; là où il n'y a pas de principes religieux, on descend fatalement jusqu'au fond de l'abîme. Comment était ce visiteur, Morris?

— Il était couleur de bronze, le soleil de l'Inde reluisait dans ses yeux.

— Ah! je devine, s'écrie Priscille, je comprends; il est odieux de profiter de la maladie de mon pauvre frère pour se ménager un tel rendez-vous !

Quelques instants après Mme Morris se retire,

et Barbara entre; elle a séché ses larmes.
Priscille offre une tasse de thé à sa belle-sœur,
dont la gorge est si serrée, qu'elle ne peut boire.

— Vous venez de recevoir une visite ? dit-elle.

— Oui, un ancien ami.

— Un pensionnaire de votre mère sans doute ?

— Le major Leland; vous devez le connaître de nom, car sa bravoure est légendaire
en Angleterre.

— J'en ai entendu parler.

— Je l'aurais présenté à Vivien s'il fût
arrivé dans un moment plus propice.

— Je doute, en vérité, que cette présentation lui eût été agréable.

Mlle Penruth en veut à Barbara de sa
franchise qui déroute tout son plan d'attaque
et la laisse partir sans lui en avoir dit davantage. De son côté, Mme Morris s'est ménagée,
ce soir-là, un moment de tête à tête avec Mark.

— Eh bien, lui dit-il, comment va Vivien ?

— Toujours de même; sa santé n'est pas
gravement atteinte, et d'un jour à l'autre,
il peut reprendre sa vie habituelle.

— J'ai déjà gagné votre sœur, je finirai
bien par captiver votre frère.

— Voilà six mois que vous jouez ce rôle,
et je ne vois aucun progrès acquis: c'est pour
moi une situation des plus fausses, absurde;
le rôle de coureur d'héritage est encore plus
méprisable que celui de coureur de dot.

— Si vous êtes un jour propriétaire du

15*

château de Penruth-place, personne ne vous le reprochera.

— Je ne veux ni du château, ni de la fortune de mon frère, qu'il garde l'un et l'autre à perpétuité. Maintenant que les ardoisières sont en pleine prospérité, je suis le plus heureux des hommes. Que Vivien recouvre la santé et vive longtemps, c'est mon vœu le plus cher.

— Et le mien aussi, quand il aura consenti à me reconnaître pour sa belle-sœur et à accepter mes fils pour ses neveux.

— Avez-vous quelque espérance d'arriver à vos fins?

— Plus que l'espérance: la certitude.

XXV

Le cottage sur la route de Camelot à Saint-Colomb est fermé; la tante Jooly a la clef; elle vient de temps en temps donner de l'air et voir si le mobilier n'est pas mangé aux vers. Les habitants de Camelot sont généralement persuadés que le caractère diabolique de Mme Peters a fini par lasser la patience de Mark et que la rupture entre eux est définitive. Ils imaginent aussi qu'un joli visage suffit pour réussir au théâtre et que Mme Peters, grâce à ses sourires provoquants, va faire salle pleine tous les soirs à Drury-Lane. Tel qui brille à Camelot peut bien prétendre briller sur un plus grand théâtre! Bref, tout ce qu'on sait d'elle, c'est qu'on ne sait rien.

Mark se fait chaque jour plus rare à la taverne des *Armes du roi;* mais, une fois, en passant devant la porte, ses deux anciens amis, Nichols et Didcott, lui font un salut si amical, qu'il revient sur ses pas et entre.

— Expliquez-nous donc pourquoi on ne vous voit plus ici comme dans le bon vieux temps, dit Nichols à Mark.

— J'ai fort à travailler, reprend-il ; aussitôt ma besogne finie, je pars pour Penruth-place.

— Comment va le squire ?

— C'est à Didcott plutôt qu'à moi qu'il faut *le* demander, rispote Mark.

— Didcott ne parle jamais de ses malades, repartit le vétérinaire ; moi, c'est tout le contraire.

— Je crois que mon frère a un rhume avec un peu de fièvre. Voilà tout ; n'est-il pas vrai Didcott ?

— Je ne doute pas qu'il ne se remette promptement de cette maladie-là.

— Cette maladie-là ? Croyez-vous donc qu'il en ait trente-six, le pauvre homme ? Il est vigoureux comme un cheval, c'est-à-dire comme un cheval devrait l'être, car, d'après l'expérience personnelle que j'ai acquise, je considère le cheval comme la créature la plus délicate du règne animal.

— Oui, votre frère semble avoir une constitution puissante, mais je le trouve très absorbé depuis quelque temps. N'êtes-vous pas de mon avis ?

— J'en ai été frappé également, mais je n'attribue pas cette disposition d'esprit à son état de santé.

— Qu'est-ce que cela peut être ?

— Je ne saurais rien affirmer, cependant je crois que la préoccupation de sa jeune femme l'attriste ; elle est douce, charmante, réservée, mais, avec sa pénétration, il doit voir qu'elle n'a pas l'air heureux ; plus vous aimez un oiseau, plus vous souffrez de le voir frapper du bec contre les barreaux de sa cage. Mme Penruth ferait mieux de jouir du présent, car qui sait ce que l'avenir lui réserve, dit-il, en secouant la tête.

— Mais mon frère est jeune encore.

— Votre père est mort dans la force de l'âge.

— Oui, et d'une maladie de cœur dont je puis avoir le germe tout aussi bien que Vivien.

— Il n'y a pas de danger pour vous ; si tout le monde était fait sur votre modèle, les médecins mourraient de faim, ce qui serait pour nous tous une bien pitoyable maladie.

— Vivien a l'air beaucoup plus robuste que moi.

— Rien n'est plus trompeur que les apparences ; j'ai la conviction, d'après certains symptômes que j'ai observés chez M. Penruth, qu'il est destiné à mourir comme votre père et cela dans un délai peut-être prochain, six mois, un an !...

— Pauvre Vivien ! moi qui lui croyais une si bonne santé ! Mais, après tout, la science n'est pas infaillible, et j'espère encore que Vivien donnera tort à vos pronostics !

— Pourvu qu'il ne lègue pas à sa jeune femme ses biens et son château.

— Je ne le pense pas ; car, grâce à la donation magnifique que Vivien a faite à sa femme par contrat de mariage, elle est déjà en possession d'une véritable fortune.

— Que ferez-vous quand vous serez propriétaire de Penruth-place?

Cette parole fit faire à la pensée de Mark un saut de quelques années.

— J'aurai une écurie et une meute, des chasses à courre où j'inviterai tout le pays; mais Dieu m'est témoin que loin de souhaiter la mort de Vivien, je fais les vœux les plus ardents pour qu'il vive de longues années.

Mark prononce ces mots avec une sincérité réelle, mais il lui tarde néanmoins de se trouver en tête à tête avec Mariette. Il part en proie à une idée fixe qu'il a besoin de communiquer à quelqu'un. Il arrive tard à Penruth-place; il se rend directement dans la chambre de Vivien.

Mme Morris est installée près de la cheminée, les deux bras croisés et les pieds allongés sur un coussin, songeant en regardant les cendres. Les rideaux du lit sont baissés pour protéger le dormeur contre la lumière de la veilleuse.

— Endormi? demande tout bas Mark à Mariette.

La fidèle garde-malade fait un signe affirmatif. Mark la prend par la main, et tous les deux sortent de la chambre sur la pointe des pieds. Mariette pâlit en se demandant ce qu'il peut avoir à lui dire.

— J'ai vu Didcott aujourd'hui, et il ne pense pas que Vivien puisse aller loin... dans quelques mois, un an tout au plus, vous régnerez ici en souveraine maîtresse, à moins que Vivien ne fasse un testament en faveur de sa femme.

— Ce n'est pas à craindre; tant que je suis ici, toute chance est perdue pour elle.

— Comment pourriez-vous l'en empêcher? Comment pourriez-vous vous y prendre?

— En racontant simplement à votre frère la visite du major Leland à Mme Penruth, et en lui disant qu'il est établi à Rockport.

— Le séjour de Cornouailles lui est-il interdit?

— Je crois que votre frère goûterait peu ce voisinage; bref, je suis très tranquille maintenant. Mais, dites-moi, cette maladie fait donc de bien rapides progrès?

— D'un moment à l'autre, Vivien peut mourir subitement; d'un moment à l'autre, vous pouvez passer du rôle de servante à celui de maîtresse; mais tout le monde vous reconnaîtra! Quel coup de théâtre! Y pensez-vous, Mariette!

— Très souvent, et j'ai tout un plan dans la tête pour le jour du dénouement.

— Ah! je sais que vous avez une cheville pour tous les trous; mais, parfois les trous cachent des gouffres, où le cavalier et le cheval disparaissent à jamais. Dieu veuille qu'il n'en soit pas ainsi pour vous, Mariette!

Grâce au traitement prescrit par Didcott Vivien se rétablit promptement et Mme Morris

fut relevée de sa garde; pourtant, tout le monde
s'aperçut que le squire avait bien changé pendant sa maladie, et chacun commentait le changement à sa façon. En vain les chevaux hennis-
saient-ils d'ennui dans leurs boxes, le squire
ne les montait plus; en vain les constructions
nouvelles s'élevaient-elles, le squire ne les visitait
plus; attendant une mort prochaine, la vie
n'avait plus d'intérêt pour lui. Qu'il est dur,
se disait-il, de quitter la terre que l'on aime
et la femme que l'on adore! Il s'enfermait chez
lui, parcourait les journaux, mais n'y prenait
aucun plaisir. Une idée fixe s'était emparée de
lui et rien ne pouvait la dominer; de temps
à autre ses sourcils se rapprochaient, et il
s'écriait en regardant le feu d'un air pensif:
Tôt ou tard! Le balancier de l'horloge, les
cendres qui tombent dans l'âtre, le soupir du
vent, semblaient répéter avec lui: *Tôt ou tard.*

Il se décide enfin à faire son testament et
envoie chercher à Camelot un homme de loi
qu'il connaît de longue date. Après avoir
causé quelque temps avec lui, et obtenu les
explications qu'il désire, il prend du papier
une plume et rédige ses dernières volontés. Il
laisse ses terres et le château à Mark; les ardoisières à Priscille, des rentes viagères à de vieux
domestiques, et enfin tous les diamants de la
famille à sa femme, à laquelle il confirme de
nouveau ses droits pour elle et ses héritiers
sur la terre dont il lui a fait donation. Priscille

s'était empressée de raconter à son frère la
visite qu'avait reçue Barbara; Vivien a écouté
ce récit la tête à moitié cachée dans une de
ses mains; il sait aussi que le major Leland
s'est établi dans le voisinage, et que, monté
sur un cheval magnifique, à l'œil vif et plein
de feu, il fait dans le paysage un effet fan-
tastique.

— Pourquoi le nom du major Leland, se
demande-t-il à lui-même, est-il comme un fer
rouge qui me traverse le cœur? Dans un an,
je serai couché dans mon tombeau, dans deux
selon toute apparence, *ils* seront mariés. Du
reste, je suis convaincu que Barbara aura pour
ma mémoire tout le respect désirable, sa conduite passée m'est le meilleur garant de sa
conduite à venir. Lorsque son testament fut
fait, cacheté et enfermé dans un coffre-fort,
Vivien chercha à s'habituer à l'idée que Mark
serait bientôt propriétaire de la terre de Penruth-
place; celui-ci revenait chaque jour dîner au
château et passait ses soirées en famille, avec
un splendide épagneul endormi à ses pieds;
Barbara lisait tout haut les journaux au squire,
à demi couchée dans un fauteuil, et Priscille,
absorbée dans une interminable tapisserie à
points comptés, piquait et cirait son aiguille
enfilée de laine. Mark, qui ne prenait pas un
intérêt très soutenu à la lecture du journal,
soupirait après quelqu'un qui eût bien voulu
faire avec lui une partie de bésigue, de trictrac

ou de billard; mais, n'ayant aucune de ces distractions, il tirait les oreilles de son épagneul et bâillait à se luxer la mâchoire derrière une des feuilles du *Times*.

Le major Leland est toujours à Rockport : les derniers touristes ont quitté le village et il reste seul dans l'auberge déserte. Il se reproche le temps perdu, mais, n'ayant au cœur aucun dessein, aucune espérance coupables, il ne peut renoncer à la satisfaction de vivre dans le voisinage de Barbara.

XXVI

Vivien fait appeler, un jour, Mark dans son bureau et lui dit d'une voix ferme :

— J'ai à vous parler d'affaires, Mark ; non pas des miennes, mais des vôtres.

Mark s'assied : s'il n'a plus rien à craindre relativement aux ardoisières, car sa comptabilité est irréprochable, sa situation domestique l'expose toujours à une explication qu'il redoute plus que toute autre chose au monde.

— Je veux vous parler de l'avenir, dit Vivien, de votre avenir.

— Pourquoi vous en inquiéter ?

— Parce qu'il le faut ; j'ai des raisons de croire que j'ai là une maladie mortelle, dit-il, en mettant la main sur son cœur. Je mourrai comme notre père est mort. Je puis sans doute vivre longtemps encore ; mais il est plus prudent d'être prêt à toute éventualité. Depuis que j'ai fait mon testament, j'envisage l'avenir avec plus de calme. Tous nous devons mourir, c'est la loi commune.

— Hélas ! oui, dit Mark en poussant un soupir.

— Comme je vous l'ai dit tout à l'heure, j'ai fait mon testament.

— Vraiment! s'écrie Mark, sous le coup d'une émotion qu'il avait peine à dissimuler.

Je vous laisse tous mes biens à l'exception de Hallworthy.

— O Vivien! quel don princier, dit Mark en serrant son frère dans ses bras, que vous êtes bon pour moi; je ne méritais pas tant!

— Ne parlez pas de ce que vous méritez ou non; vous êtes mon héritier naturel; à qui laisserais-je cette terre? à ma femme? Non. Les enfants d'un étranger n'hériteront pas de cette propriété que la famille Penruth possède depuis plus de deux siècles. Je tiens à ce que le vieux nom reste toujours associé à cet ancien domaine, à ce que le vieil écusson sculpté sur son fronton appartienne à celui qui habite la maison; il faut songer à vous marier, Mark, et le plus tôt sera le mieux.

Mark baisse la tête pour cacher la rougeur qui colore ses joues, son front jusqu'à la racine de ses cheveux.

— Il faut faire un mariage digne de votre fortune future, de votre nom. Depuis quelque temps j'observe avec une réelle satisfaction que vous venez ici beaucoup plus souvent et je vous en félicite. Malgré le peu d'encouragement que je donne aux faiseurs d'histoires, ils m'en ont pourtant beaucoup raconté à votre sujet; mais j'espère que tout cela est fini maintenant

Que pouvait dire Mark? comme cela arrive

trop souvent aux âmes faibles, il se réfugia
dans le mensonge.

— Oui, dit-il, j'ai quitté celle dont j'avais
cru ne pouvoir me séparer jamais.

— J'en suis enchanté, mon ami. Avez-vous
pensé quelquefois au mariage?

— Non, pas dans ces dernières années.

— Nous menons ici une vie si retirée! c'est
ma faute, je le sais, j'ai horreur des visages
nouveaux; mais c'est à vous de chercher,
Mark. La sœur de ma femme serait, suivant
moi, le meilleur choix que vous pussiez faire.

— Elle est charmante; malheureusement,
je crois qu'elle n'a aucun goût pour moi.

— Qui sait? le cœur d'une jeune personne
peut avoir de soudaines aspirations.

— Vivien, n'en parlons pas je vous en prie;
il est de certaines questions qu'il vaut mieux
ne pas aborder.

— Je comprends, répond Vivien, persuadé
que Florence avait repoussé les vœux de Mark;
en tout cas, je souhaite ardemment vous voir
marié avant ma mort.

Mark serre fortement la main de son frère;
le cœur lui bat fortement; il est bien tenté de
tout avouer, mais la pensée que cette révélation
va lui enlever l'estime de son frère arrête l'aveu
sur ses lèvres tremblantes.

— Mark, dit Vivien, donnez-moi la carte
de la propriété; je tiens à vous montrer ce que
j'ai ajouté à l'héritage paternel.

Mark déroule la carte devant son frère, qui lui récite la liste de toutes les fermes; ils se rendent compte tous les deux de l'aspect du paysage, des qualités du sol, des différentes sortes de culture et des belles chasses qu'offre la propriété. Les hautes montagnes n'y figurent que pour mémoire.

— Je regrette mes longues promenades à cheval, dit Vivien; mais je crois que le repos, plutôt que l'exercice, peut me maintenir en santé.

Malgré son peu de confiance dans la médecine et les médecins, Vivien suit très scrupuleusement un nouveau régime et observe un repos presque complet; mais il tourne dans un cercle vicieux, car cette vie sédentaire lui fait perdre toute énergie morale et l'entretient dans son hypocondrie. Pour combattre cette disposition, Barbara tâche de lui faire reprendre goût aux longues promenades en voiture dans les environs; mais sa sollicitude semble suspecte à Vivien Penruth.

— Je deviens chaque jour de plus en plus casanier, dit-il à Barbara; il faut vous faire à la pensée de me trouver toujours au coin du feu. Pourvu que cela ne vous paraisse pas trop fastidieux!

— O Vivien! c'est mal ce que vous dites-là.

— Cela pourrait vous être agréable si j'étais jeune et aimable; mais un mari de mon âge, sérieux, hypocondriaque, malade ferait mieux de passer sa vie au grand air, n'est-il pas vrai?

— Comme c'est mal à vous, Vivien, de tenir un pareil langage: ai-je donc jamais eu l'air fatigué de votre compagnie?

— Non, répondit-il; vous êtes aimable et bonne; mais, voyez-vous, ma chère enfant, je suis si malheureux.

Il pousse un profond soupir et couvre son visage de ses deux mains, hâlées par le soleil et rugueuses; elles ont l'air d'appartenir à un ouvrier qui gagne son pain à la sueur de son front, plutôt qu'à un aristrocate.

Barbara se jette à genoux près de lui.

— Vivien, êtes-vous malade, qu'avez-vous? lui demande-t-elle avec anxiété.

— Je ne suis pas malade, mais seulement triste jusqu'à la mort; il vaudrait mieux pour vous, je le sens, que je fusse dans le tombeau. Vous n'êtes pas heureuse; vous ne pouvez pas l'être; vous n'avez consenti à devenir ma femme que par dévouement aux interêts de votre mère, de votre sœur; je le savais, et malgré cela je vous ai épousée, mais sans mesurer ce que mon amour pour vous aurait à souffrir de votre indifférence.

— Vivien, vos bontés vous ont gagné mon cœur; je vous aime!

— Oh! vous ne m'aimez pas comme vous avez jadis aimé le capitaine indien.

— Non, dit-elle; car un pareil amour est unique dans la vie. Seriez-vous plus jeune, plus beau, plus brave, meilleur que George

Leland, je ne pourrais vous aimer comme je
l'ai aimé.

— Comment pouvez-vous me parler ainsi
de cet amour?

— Pourquoi ne vous parlerais-je pas franchement, loyalement du passé?

— Du passé peut-être, mais du présent?
Vous savez, je suppose, que le major Leland
est établi dans le voisinage pour passer son
congé de convalescence?

— Oui; je l'ai vu une fois, et je pense que
Priscille n'a pas dû manquer de vous en informer.

— En effet.

— Il est venu me voir. Un être méchant
et pervers, un individu qui fait le mal pour
le mal, lui avait dit que je n'étais pas heureuse;
il a voulu s'en assurer par lui-même, et c'est
de mes lèvres qu'il a appris que Maulford
avait menti.

— Maulford!

— Lui-même!

— Vous l'avez toujours eu en aversion.

— Vous voyez que ce n'était pas sans raison.

— Est-il besoin que je vous dise, Barbara,
que je ne saurais tolérer ici les visites du major
Leland, secrètes ou avouées.

— Ah! Vivien, je me suis fait un devoir
de tout vous avouer; ma franchise devrait vous
inspirer la confiance.

— Il y a bien longtemps, ce me semble,
que votre mère et votre sœur ne sont venues ici?

— Un peu moins d'un an.

— Invitez-les, je vous prie.

Barbara regarde son mari avec une touchante expression de satisfaction et de reconnaissance.

— Priscille goûte peu, malheureusement, la société de ma mère et moins encore celle de ma sœur, dit-elle.

— C'est vous et non pas Priscille qui êtes maîtresse ici.

— Êtes-vous bien sûr que cela ne vous fatiguera pas? lui demande-t-elle avec tendresse.

— Ce qui me fatigue, c'est l'idée que vous n'êtes pas heureuse.

XXVII

Mme Trevenock et Florence répondent promptement à l'appel de Barbara.

— Ainsi donc Mlle Penruth est ici, et nous allons jouir de son aimable société, dit Florence à sa sœur, le soir même de son arrivée, en déballant les belles robes qu'elle a fait faire à Camberwel sur les derniers modèles de Paris.

— Oui, ma chère, et j'espère que tu seras polie pour elle.

— Polie! oh! ce n'est pas assez; je compte ne lui adresser la parole qu'à la troisième personne: — Oserais-je, madame? Oui. — Madame me permettra-t-elle? Oui. — N'est-ce pas abuser, madame...

— Si tu veux te moquer d'elle, tu ferais mieux de ne rien dire.

— C'est une demande impossible. Je ne suis pas méchante; mais quand on m'attaque, je me défends!

— En tout cas, j'ai en ce moment une question très sérieuse à t'adresser.

— Qu'est-ce? demande Florence avec une impression nerveuse.

— Le major Leland est en Angleterre.

— C'est là ce que tu appelles une question ? moi, j'appelle cela plutôt une assertion.

— Il est en ce moment dans le Cornouailles ; je l'ai vu.

— Et comment va-t-il ? l'Inde lui a-t-elle profité ?

— Écoute, Florence ; il faut que tu me dises où tu as mis à la poste la dernière lettre que j'ai écrite à George Leland ; le sort du capitaine et le mien dépendaient de cette lettre.

— Et s'il l'avait reçue, vous seriez sans doute mariés ?

— Oui.

— Il me semble que tu n'as pas à regretter ce mariage ; quelle différence de position !

— En effet, car j'eusse été heureuse, et je ne le suis pas.

— Tu ne comptes pour rien d'être la châtelaine de ce beau domaine ; c'est quand on habite un palais, qu'on soupire après une chaumière. Ce n'est pas le capitaine Leland qui t'aurait donné 600 livres par an.

— Ce n'est pas là la question ; qu'as-tu fait de ma lettre ? Es-tu bien sûre de l'avoir mise à la poste ?

— Je suis au contraire absolument sûre de ne pas l'y avoir mise, dit Florence en se jetant en pleurant aux genoux de Barbara. Je ne puis me résigner à te tromper ; je l'ai perdue, voilà la vérité ; nous avons cru, maman et moi, qu'il valait mieux ne pas t'avouer ce qui en était et de cela il est résulté que tu es aujourd'hui Mme Penruth. Y a-t-il tant lieu de le regretter?

— Ah! malheureuse! sans toi je serais Mme Leland! s'écrie Barbara en cachant son visage pâle et défait dans ses deux mains; et ma mère était de moitié dans cette trahison! Ah! c'est trop cruel! Est-il possible qu'elle, si tendre, si bonne, m'ait vouée ainsi au désespoir!

— Elle avait peur pour toi de la pauvreté.

— Et pour elle aussi, sans doute!

— Moi, j'aurais épousé le grand Turc pour donner la sécurité à ma mère dans ses vieux jours.

— George Leland n'eût rien épargné pour lui donner le bonheur.

— Qui n'a pas de bonheur n'en peut donner aux autres. Vous lui aviez envoyé à grand'peine 10 livres sur vos économies.

— Bonsoir, Florence, dit Barbara à sa sœur, qui s'endort en se croyant pardonnée.

La présence de Florence à Penruth-place ne contribue pas à entretenir le calme dans le cœur de Mark; certains échos répètent à Mariette que la société de cette belle personne paraît très agréable à Mark et qu'elle fait chaque jour plus de frais pour lui. Néanmoins Florence n'est pas encore arrivée à ses fins, c'est-à-dire à se faire prêter par Mark le fameux cheval *Pepper and salt* qui est l'objet de ses convoitises.

En attendant, elle s'ingénie à dissimuler sa présence à Mlle Penruth et dévore des romans derrière un paravent ou une jardinière ! Barbara, de meilleure composition que Mark, prête son panier et ses poneys à Florence, qui conduit avec une sûreté de main et un aplomb surprenants ce galant petit attelage.

— Quels talents la nature vous a donnés! dit Mme Trevenock à sa fille.

— Ils n'ont pas été développés par l'éducation, mais ils n'en valent pas moins; n'est-il pas vrai?

A défaut de *Pepper and salt*, Vivien met à la disposition de Florence ses meilleurs chevaux de selle. N'ayant peur de rien, elle monte en écuyère consommée, et elle finit par si bien entortiller Mark qu'il lui prête enfin le cheval qu'elle ambitionne depuis si longtemps, pour gravir la falaise et les hautes montagnes qui bordent l'horizon.

XXVIII

Rockport est un de ces endroits qui pourraient n'avoir pas existé sans que le monde
en souffrît, il est cependant peu de paysages
qui puissent lui être comparés dans l'ouest de
l'Angleterre. D'un côté, la montagne, de l'autre,
la mer; sur les derniers plans, la lande déserte
qui s'étend à perte de vue; des cottages et
des villas épars depuis le versant de la falaise
jusqu'à la plage; un chemin tortueux qui ser-
pente de la montagne à la grève dans une
profondeur de fougères.

N'oublions pas pourtant le côté prosaïque
et mentionnons une auberge tenue par de
braves gens qui se feraient scrupule de plumer
leurs hôtes. C'est dans cet aimable asile que
le major Leland vient chercher, sinon la santé,
du moins le repos. Il sait que la vie n'est
plus pour lui qu'une question de temps; qu'importe même à Vivien Penruth où cette malheureuse épave viendra s'échouer! Il n'y a là
pour lui, aucun sujet d'inquiétude, se dit le
major Leland, tandis que je me trouve heureux
de vivre dans le voisinage de la femme que

j'aime et que j'aimerai jusqu'à mon dernier soupir.

George a donc élu domicile à Rockport; l'auberge rustique lui plaît: mais il n'y reste que pour manger et pour dormir. Dès le matin, il gravit la falaise par une pente douce et s'étend sur l'herbe, non pour faire la sieste, mais pour contempler l'Océan dont la majestueuse beauté le captive; jamais George Leland ne passe une journée sans aller respirer l'air frais et salin, sans regarder les vagues qui déferlent comme un ruban moiré qu'on roule et qu'on déroule; sans écouter le bourdonnement d'une abeille égarée qui cherche en vain sa subsistance, trompée par le mirage éblouissant du sable; sans suivre les voiles des barques qui paraissent et disparaissent à l'horizon comme des mouettes rasant les flots. Parfois la réverbération du soleil qui darde ses rayons sur le feutre de George Leland lui rappelle les bouffées d'air brûlant des Indes, leur ciel embrasé, la lumière aveuglante de leur soleil torride, l'existence dramatique des camps, le bruit des éperons dorés et jusqu'au grand Mogol aujourd'hui prisonnier des Anglais.

Le cimetière de Rockport exerce, aussi, une étrange fascination sur George Leland; son âme souffrante y vient chercher souvent un remède qui, hélas! est un mal encore; il s'obstine toujours à espérer que Barbara ne refusera pas à la tombe de celui qui l'a tant aimée la douloureuse obole de sa compassion! Ce déchirant espoir nourrit encore sa mélancolie.

Quelques années se sont écoulées depuis le jour où le *Hesper* est parti pour l'Inde; mais loin de calmer l'amour de George Leland, l'absence n'a fait que l'aviver et après avoir revu une fois Barbara, le major ne songe pas à obtenir d'elle une seconde entrevue. „Elle ne peut être pour moi que tout ou rien," dit-il repris par toutes les chaînes de la passion.

Personne ne se doute à Rockport que le nouvel arrivant connaisse les propriétaires du château de Penruth-place; malgré cela, l'aubergiste et sa femme lui racontent ingénument pour le désennuyer tout ce qu'ils savent du passé, du présent et du futur des Penruth; ils vantent à qui mieux mieux la bonté de la jeune châtelaine, toujours prête à secourir le malheur; ils détaillent par le menu toutes les pieuses habitudes de la dévote Priscille; ils font aussi leurs petits cancans sur Mark et ajoutent que le plus jeune frère a été ramené dans la bonne voie depuis peu; ils parlent de la dernière maladie du squire et de la tristesse impénétrable à laquelle il semble en proie. Ils s'embrouillent un peu dans leurs commentaires; mais ils finissent par déclarer que ces dispositions sont d'autant plus inexplicables que sa jeune femme a l'air d'être heureuse de son sort.

— Est-elle heureuse, peut-elle l'être réel-

lement? se demande souvent George Leland ; il
ne peut se résigner ni à le croire, ni à en
douter ! car l'idée même du bonheur de Barbara,
en éveillant sa jalousie, le rend malheureux.

Un jour il est couché sur le gazon, plus
passionné, plus souffrant encore que d'habitude :
il tient le *Times* dans ses doigts amaigris. La
matinée est douce et ensoleillée, on est au
commencement de novembre, durant le court
Indian summer ou été de la Saint-Martin si
imprégné de mélancolie et de charme. Les
nuances rosées et azurées du ciel reflètent sur
la mer leurs teintes chatoyantes et diaprées.
L'air est embaumé de tous les parfums de
l'aube ; au bruit d'un cheval dont les sabots
résonnent sur l'herbe fine et rase, George Leland
retourne ; il aperçoit alors une brillante amazone à la taille élégante, mince comme un jonc,
aux cheveux blonds ébouriffés, aux joues vermeil-
les ; il a comme un éblouissement de surprise.

— Florence ! s'écrie-t-il en se levant soudain.

— Comment allez-vous, capitaine ? non, pardon, je me trompe, major Leland, reprend
Florence avec autant de calme et de sang-froid
que s'ils s'étaient séparés d'hier.

Elle tient d'une main légère les rênes et
semble aussi solidement établie sur sa selle
qu'une statue sur un piédestal. Elle n'est ni
moins jolie ni moins vive qu'elle était il y a
cinq ans, lorsqu'elle valsait avec le capitaine
Leland sur la pelouse pendant que Barbara se

reposait un moment. Toutefois l'entrain même de Florence cède devant l'aspect de cet être souffreteux, émacié par la fièvre, et elle lui dit d'une voix attristée :

— Comme vous êtes changé depuis...

— Depuis l'heureux temps où nous étions jeunes; depuis l'heureux jour où nous étions à Greenwich ! croyez-moi, une campagne comme celle que j'ai faite ne contribue pas à rajeunir un homme.

Il parle avec insouciance, mais sa main tremble un peu en tenant la bride de *Pepper and salt* qui frappe le sol de son pied impatient.

— Je veux causer avec vous, dit Florence; j'ai tant de choses à vous dire. D'un bond elle se lance lestement à terre.

Le major attache le cheval à un anneau de fer scellé au mur d'une petite cahute qui sert d'abri aux promeneurs en cas de pluie, et il tend affectueusement ses deux mains à Florence.

— Il n'y a qu'une seule personne au monde, lui dit-il, que je serais plus heureux de revoir que vous.

— Pauvre major Leland ! s'écrie-t-elle, vous détesteriez au contraire de me revoir si vous vous doutiez...

— Si je me doutais de quoi, Florence ?

— Ah ! dit-elle d'une voix troublée et en serrant d'une manière nerveuse la main du major Leland, vous portez donc toujours dans le cœur le regret d'avoir perdu Barbara ?

— Ce regret ne finira qu'avec ma vie.

— C'est le chagrin qui vous mine.

— L'homme est fait pour résister à la douleur, ma pauvre enfant; ce qu'il ne peut supporter c'est le vent, la neige, les frimas, les
pluies, les marches pénibles, le manque de
sommeil, le repos, les ardeurs du soleil, les
changements subits de température; j'ai honte
de l'avouer; c'est là ce qui m'a vaincu. Mais,
de grâce, dites-moi ce que signifie cette phrase:
Vous détesteriez de me voir si vous vous
doutiez...

— Barbara vous avait écrit une lettre.

— Je le sais.

— Une lettre de la plus haute importance.

— Barbara me l'a dit, cette lettre ne m'est
jamais parvenue.

Il y a un moment d'hésitation de la part de
Florence, puis elle continue:

— C'est moi qui l'ai perdue! Imaginez-vous
que maman m'avait chargée ce jour-là d'une
foule de commissions; les boutiques, les étalages ne m'avaient jamais autant attirée, autant
séduite. Je courais des chapeaux aux bottines,
des bottines aux gants, des gants au papier à
lettres; entrant là, pour avoir du thé, ici pour
acheter du ruban, oubliant les épingles, la
cassonade, traversant d'un trottoir à l'autre
les yeux tournés avec regret vers les boutiques
que je n'avais pas le temps d'examiner; enfin,
j'arrive à la boîte aux lettres qui est placée à

côté de l'horloger, vous la rappelez-vous, major Leland? je cherche dans ma poche, dans mon sac, l'effroi me saisit, pas de lettre! je ne puis croire qu'on me l'ait volée, elle n'avait pas encore de timbre! cela me fait penser que je n'ai jamais rendu à Barbara le shelling qu'elle m'avait donné pour affranchir sa lettre. Je retourne dans tous les magasins où je suis allée précédemment, mais personne ne sait ce que je veux dire: ma confusion est complète.

— Ce n'est pas un crime de perdre une lettre; pourquoi ne pas l'avouer? moi qui vous croyais la franchise même.

— Nous avons tous des moments d'aberration, de folie; je reviens à la maison; je raconte à ma mère ce qui m'était arrivé et loin de partager mes regrets, elle prétend que c'est la Providence qui a voulu qu'il en fût ainsi; elle ne me dissimule pas qu'elle ne cesse de déplorer, avec toutes les nouvelles alarmantes qui arrivent d'Asie, que Barbara soit fiancée à un officier de l'armée des Indes, quand un homme comme M. Penruth se met sur les rangs. L'amour d'un millionnaire en vaut bien un autre; celui de M. Penruth pour Barbara est immense. Comment laisser perdre cette occasion favorable d'assurer à la fois le bonheur et la fortune de Barbara? «Florence, me dit-elle un peu de courage et l'avenir nous donnera raison." Bref, vous comprenez que maman ne voulait pas que Barbara vous écrivît une seconde lettre et nous lui avons laissé croire que la première était partie. C'est tout.

— C'est tout! répète le major Leland dont la pâleur et la faiblesse semblent avoir augmenté pendant le récit de Florence, et c'est ainsi que vous avez brisé deux cœurs! un du moins; je ne puis répondre de l'autre.

— Vous m'avez dit tout à l'heure que les privations, les marches forcées, les fatigues, les périls seuls, avaient ruiné votre santé.

— Oui; mais en même temps la blessure faite au moral est encore plus profonde. Cependant je n'ai pas le droit de me plaindre de rien, si Barbara est heureuse, dit-il avec un sourire plus triste encore que les larmes.

— Nous étions si gênées quand Barbara a consenti à épouser M. Penruth! repart Florence en manière d'excuse; notre pauvre mère était si malade, personne ne pouvait nous venir en aide, ni dans le présent, ni dans l'avenir; maintenant, c'est bien différent, tout est changé; la villa des Roses est métamorphosée; le salon a un tapis neuf; des rideaux d'hiver et d'été; de jolis bibelots; maman a la main si heureuse pour le bric à brac; nous songeons même à acheter un piano.

— Pour assurer votre bonheur, vous avez détruit le mien; mais je me résigne si Barbara est heureuse!

— Si elle ne l'est pas, elle devrait l'être, repart Florence; elle a un mari parfait pour elle, elle a ma mère, elle a moi!

— La majorité ne peut être sacrifiée à la minorité, dit le major avec amertume; je paye pour le bonheur de tous.

— L'amour désintéressé est seul le véritable amour, ajoute Florence; n'auriez-vous pas maudit votre égoïsme en voyant Barbara témoin de toutes les horreurs de la guerre des Indes, exposée à toutes les scènes de meurtre de cette lutte longue et cruelle. La Providence est intervenue pour nous épargner ces chances cruelles; avons-nous le droit de nous plaindre?

— Et c'est sans doute aussi la Providence qui vous a envoyée sur cette route pour me donner cette longue explication?

— J'avais le pressentiment que je vous rencontrerais si je montais cette rampe, et comme je fais ce que je veux avec le beau *steppeur* de Mark Penruth, je suis venu et me voilà.

— Barbara sait-elle que je suis ici?

— Ce qu'elle a de mieux à faire, c'est de l'ignorer; mais parlons comme deux amis, major Leland, et dites-moi si vous ne feriez pas bien de vous fixer autre part?

— Jusqu'à présent j'étais trop faible pour m'éloigner; mais vous avez raison, Florence; à quoi bon rester ici pris, englué, qu'importe où je passerai le reste...

— De votre congé, dit Florence en l'interrompant. Pourquoi ne viendriez-vous pas à la villa des Roses? Maman serait enchantée, certainement, de vous avoir pour hôte; nos bons

soins vous rendraient la santé; Amélie vous
ferait de la gelée de viandes, du thé, du bœuf,
qui est si nutritif.

— Vous êtes bonne, Florence et je vous
remercie; le remède aurait son amertume, mais
aussi sa douceur; en me promenant dans ces
allées que j'ai parcourues avec Barbara, je trou-
verais peut-être en foulant le sable la trace de
son pied charmant; je chercherais du moins
son ombre, hôte silencieux et fidèle comme le
souvenir. Merci Florence; je serai heureux de
me retrouver sous votre toit; rien ne saurait
m'être aussi salutaire que ce lieu charmant,
témoin de mes premières et dernières amours.

— C'est une promesse?

— Oui; vous pouvez compter sur moi.

— Je vous écrirai dès que notre retour à
Camberwell sera fixé.

— Ne viendrez-vous pas d'ici-là me faire
l'aumône d'une petite causerie?

— Si ma causerie peut vous être le moins
du monde agréable, je viendrai bien volontiers.

— Vous me ferez le plus grand plaisir et
le plus grand bien.

— Vous pouvez compter sur moi; à bientôt!

— Florence s'élance sur *Pepper and salt* et
serre affectueusement la main du pauvre solitaire; elle disparaît en moins de temps qu'il
n'en faut pour écrire ces lignes.

XXIX

Quelques jours s'écoulèrent avant que Mark pût trouver une occasion de parler avec la vertueuse Mme Morris. Elle évitait avec une extrême prudence tout ce qui aurait pu éveiller les soupçons des hôtes du château et donner prise aux cancans des mauvaises langues. Pourtant, un jour Mark la guetta au moment où elle portait sur un plateau d'argent le courrier de Mlle Penruth et de loin fit signe qu'il l'attendait dans l'embrasure d'une des fenêtres de la galerie. Il savait que la lecture de sa correspondance était pour Priscille une occupation absorbante; partant il n'y avait rien à craindre de ce côté, ni de celui des domestiques, réunis à cette heure pour prendre leur thé; personne donc ne pouvait être aux écoutes.

— Qu'avez-vous à me dire? demanda Mariette Morris à Mark.

— Mon frère a fait son testament et promet de me léguer sa fortune.

— En êtes-vous sûr?

— J'ai sa parole, et la parole de Vivien vaut sa signature.

— Vous avez de la chance, Mark; car ce

n'est pas vous qui eussiez jamais été capable de faire votre fortune.

— Si ce n'est pas dans votre nature d'être reconnaissante, vous devriez au moins être polie.

— Allons, Mark, de grâce! pas de querelle; tout sera pour le mieux dans le meilleur des mondes, quand nous serons installés dans votre château de Penruth-place. Que dira-t-on à Camelot, lorsqu'on me verra traverser le village à demi couchée dans mon landau. Je voudrais avoir six cheveaux si cela ne rappelait trop le cirque.

— Je suis d'avis qu'un poney-chaise doit suffire à votre ambition et à vos besoins; mais, Mariette, ce n'est pas de cela qu'il s'agit aujourd'hui. Je ne puis supporter plus longtemps la comédie que vous jouez ici; j'ai hâte de vous voir quitter la maison, et je vous prie d'avertir ma sœur de votre prochain départ.

— Je comprends! il faut que je laisse le champ libre à Mlle Florence. Vous avez peur de mon espionnage et de mes yeux terribles quand vous lui faites la cour.

— Entre nous soit dit, Mariette, votre caractère infernal n'a pas contribué à me rendre la nature féminine sympathique; je crois que les coquetteries d'un ange n'auraient pas prise sur moi. Un accident imprévu peut, d'un moment à l'autre, vous trahir et nous perdre tous deux; je ne puis supporter cette position plus longtemps et je n'entends pas que ce rôle odieux se prolonge.

— C'est possible; mais il faut du moins que j'examine un peu votre projet et que je trouve quelque prétexte pour conserver mon prestige. Je dirai, par exemple, que ma vieille mère réclamant mes soins, je ne puis le refuser vu son grand âge et je partirai dans un mois.

— Un mois! pourquoi un mois? votre vieille mère aurait le temps, d'ici-là, d'être morte et enterrée.

— La vieillesse est une maladie lente qui peut pardonner longtemps. Je ne puis donner à votre sœur un moindre délai pour me remplacer; elle m'a prise en grande amitié et en brusquant mon départ, je risquerais de perdre sa confiance; un rien suffit pour attirer l'attention, pour éveiller un soupçon, et je veux sortir d'ici la tête haute. Vous m'aurez donc encore sur vos talons pendant un mois.

— Je persiste à dire que vous ferez bien de lever le siège dès que vous le pourrez.

— Oui, dès que je le pourrai, répète-t-elle d'un ton de profonde et sombre réflexion.

Un coup de sonnette retentit et Mme Morris, rappelée aux devoirs de sa charge, part comme une flèche dans la direction de l'appartement de Mlle Penruth.

— Sur ma foi, si j'y comprends quelque chose, se dit Mark à lui-même. Combien je la voudrais à cent lieues d'ici, avec Florence pardessus le marché.

Ce dernier nom partit plus vite qu'il ne

voulait; ce nom le rend soucieux, rêveur; ce nom est pour lui la lutte avec l'impossible même; ce nom lui sert surtout de point de comparaison entre la perfidie qui tourne tout au mal et la vive intelligence qui tourne tout au profit de la bonté.

A partir de ce moment, Mark se laisse partager entre la reconnaissance qu'il doit à son frère et l'impatience de voir se réaliser les espérances que Vivien a fait miroiter devant ses yeux. Il parle machinalement de l'avenir et de toutes les améliorations que le temps et le progrès des choses a rendues nécessaires, à commencer par les écuries. Celles de Penruth-place ressemblent plutôt à des étables; elles pèchent à la fois par le sommet et par la base; le toit a besoin d'être refait; les râteliers datent du temps de l'arche; les chiens sont encore plus mal logés que les chevaux; aujourd'hui on traite les uns et les autres comme des personnages, et une meute ne se loge pas sous des toits à porcs.

Ces projets avoués sans détours rendent Mark très populaire près de tous ceux qui espèrent que ce qui sortira de sa poche tombera dans leur escarcelle; mais quelques jours encore et on verra qu'il y a loin de la coupe aux lèvres!

La semaine d'après, Mark vient, entre onze heures et midi, parler à Vivien de réparations urgentes que réclame une grange dont la vétusté menace ruine.

Une longue promenade à cheval au trot, la

poussière qu'il a avalée par tous les pores, l'ont
fatigué, atterré. Le gobelet d'argent de Vivien
est déposé sur le bureau, il avale d'un trait le
contenu et se plonge dans un fauteuil en attendant le squire qu'il a laissé sur la pelouse,
causant sans doute exploitation agricole avec
un de ses fermiers; bientôt les yeux de Mark
se ferment; une sueur froide inonde son front,
son cœur bat comme un marteau de forge;
une contraction extraordinaire altère ses traits;
il perd connaissance. Vivien entre peu de temps
après, regarde son frère et lui dit: « Mark, vous
dormez?» Pas de réponse. Il s'empare d'une de
ses mains, la secoue, mais sans parvenir à le
faire sortir de sa léthargie; il interroge le pouls
qui est lent et faible.

— Mon cher Mark, lui dit-il, il faut vous
réveiller.

Puis, il va chercher un peu d'eau de vie et
lui en ingurgite à grand'peine quelques gouttes;
peu à peu, les joues de Mark s'animent, ses
yeux brillent, sa langue se délie.

— Ah! s'écrie-t-il, je commence à renaître.
Tout à l'heure, une paralysie universelle semblait m'envahir, je croyais m'engloutir dans
une trappe!

— Grands dieux! s'écrie Vivien, il me semble
aussi subir ce douloureux supplice quand je
suis pris de mes crises de cœur.

— C'est chez moi aussi, j'en suis sûr, le
symptôme d'une maladie de cœur. Ah! mon

cher Vivien, il est inutile que vous fassiez un testament en ma faveur, car qui peut dire quel est celui de nous deux qui passera le premier dans la barque de Caron?

— C'est vrai, nous sommes nés du même sang. La pensée ne m'est jamais venue que cette maladie pouvait être héréditaire, comme la phthisie, par exemple. Chez notre père, la crise fatale n'avait été précédée d'aucun dérangement dans l'équilibre physiologique, comme celui que vous et moi nous éprouvons; je ne l'ai jamais entendu se plaindre.

— Ni moi non plus, jamais.

— Qu'avez-vous fait ce matin, mon ami? Vous vous serez fatigué à l'excès; c'est à la suite d'une longue promenade à cheval que j'ai ressenti ma première attaque.

— Oui, j'ai fait une course insensée; arrivé ici, j'avais une soif inextinguible et j'ai avalé d'un trait le verre de bière qui vous attendait.

— Enfin, la plus robuste des constitutions n'est pas exempte d'un trouble passager, et je veux encore espérer que vous ne souffrez d'aucune lésion organique; néanmoins, il y a là quelque chose d'extraordinaire, et il est profondément regrettable que ni vous ni moi n'ayons d'enfants; en tout cas, j'aime mieux refaire mon testament en faveur de ma femme plutôt que de voir ma fortune passer à mon héritier légal, Philippe de Lickeard.

— Il ne faut rien changer à ce que vous

avez fait, Vivien, vous ou moi pourrons avoir
un fils, et, à votre place, je préférerais voir
Jacques-Philippe de Lickeard devenir propriétaire de Penruth-place plutôt que le second
mari de Barbara.

— Dût-il être son ancien fiancé, le capitaine
indien, je le préférerais encore à cet avoué sans
fortune, sans mérite, que la loi me donne pour
héritier. Enfin j'ai toujours la ressource de
léguer ce que je possède à l'État, ou à un
établissement de charité.

— Si vous m'en croyez, vous ne modifierez
pas votre testament; j'aurai peut-être un secret
à vous confier d'ici peu de temps.

— Je comprends, dit Vivien, vous avez un
mariage en vue. Eh bien, tâchez d'arriver promptе-
ment à une solution; un bon averti en vaut deux.

Après cette conversation, Mark essaye en vain
de retrouver le calme de ses pensées, mais il
est constamment assailli de craintes relatives
au projet dont son frère l'a entretenu. Ce point
noir le poursuit comme un cauchemar; il songe
à ses trois garçons et se dit tout bas qu'il est
temps d'attendrir Vivien en leur faveur. Il
sera furieux d'abord; mais, après tout, une
faute n'est pas un crime, et Vivien ne saurait
tenir longtemps ses neveux à distance. Au moment de monter à l'assaut, le courage lui manque,
et il remet toujours au lendemain d'apprendre
à son frère les choses qu'il se promet de lui
faire connaître.

— Si Mariette savait la crise que j'ai eue,
se dit-il, elle ne me laisserait ni paix ni trêve.

Il était donc bien décidé à ne pas lui en
parler, pour cette raison et pour bien d'autres.
La marche du temps emporte un à un les
jours du mois que Mariette Morris doit passer
encore au service de Mlle Penruth. Les
feuilles tombent, le brouillard revêt la montagne
d'un voile gris et épais. Mlle Priscille déclare un jour tout haut qu'elle ne retrouvera
jamais une servante comparable à Mme Morris;
elle s'étonne qu'une personne si accomplie,
si supérieure à sa condition, ait pu avoir
des relations intimes avec la vulgaire Mme
Nichols. Mark tressaille en entendant sa
sœur prononcer ces mots, car il sait qu'elle
ne lui pardonnera jamais d'avoir été prise
pour dupe.

Sauf Mlle Penruth, exception qui confirme
la règle, personne au château ne regrettera
Mme Morris. Le jour qui précède le départ de cette énigmatique créature, Vivien
est seul dans sa chambre, non pas malade,
mais souffrant; on lui remet son courrier du
matin qui, par extraordinaire, ne se compose que d'une seule lettre; l'écriture lui est
inconnue, quoiqu'elle porte le timbre de Camelot.

— C'est un devis quelconque, se dit le squire
en déchirant l'enveloppe de la lettre azurée
dont voici la teneur:

„Je n'hésite pas à vous importuner en vous avertissant de ce qui se passe et en faisant retentir à vos oreilles le tocsin d'alarme, mais je vous invite à ne pas dédaigner l'avis d'un ami. George Leland est à Rockport; on l'a vu avec Mme Penruth, de même qu'on les avait vus à Southampton le jour du départ du capitaine pour les Indes. Maulford, témoin de leurs adieux passionnés, pourra vous donner les informations les plus certaines sur cette page de leur existence, qui a pour jamais compromis la réputation de Barbara. Mme Trevenock n'a pas surveillé ses filles avec assez de soin. Dieu veuille qu'il soit encore temps de sauver l'honneur de votre femme et le vôtre!"

— Une lettre anonyme! un tissu de mensonges, se dit Vivien. Mais que ce soit vrai ou faux, il se sent atteint par la maladie contagieuse de la calomnie et passe de l'inquiétude au soupçon. Sans doute, se répète-t-il, Barbara est une femme de devoir, mais elle m'a épousé sans amour, et une fascination irrésistible ne peut-elle pas vaincre la conscience la mieux trempée?

Vivien n'a jamais songé à demander compte à sa femme de l'emploi de ses heures; d'ailleurs elle se promène toujours avec Florence, qui ne se ferait pas complice de rendez-vous coupables.

Quant à la circonstance de l'entrevue si

compromettante de Barbara et du capitaine à Southampton, comment pouvoir en sonder le mystère? Cette dernière idée s'empare de Vivien comme une torture qui lui comprime le gosier; ses lèvres se dessèchent, ses mains nerveuses s'emparent convulsivement de son gobelet, et il le vide d'un trait.

XXX

L'espèce de torpeur où nous avons vu plusieurs fois Vivien plongé le gagne peu à peu, mais de sourdes angoisses morales s'ajoutent à sa souffrance physique, et il s'écrie :

— La cause! la cause! Comment les crises peuvent-elles revenir implacablement aux mêmes heures, à la même place? N'y a-t-il pas là une raison fatale, criminelle? N'ont-elles pas le poison et non la maladie pour agent?

Il se persuade avec terreur que son existence ne donne sur la terre satisfaction à âme qui vive, que George Leland est dans le voisinage et que la meilleure des femmes en apparence est capable de briser sans pitié le cœur de celui qui l'a le plus aimée.

— Didcott, se dit-il, me croit atteint d'une maladie de cœur, mais il n'est pas infaillible, et on ne découvre jamais qu'un homme a été empoisonné qu'après sa mort.

Il se souvient que Mark a éprouvé les mêmes sensations, dans cette chambre, après avoir bu dans ce même gobelet posé sur ce même plateau et qu'il ne se serait peut-être jamais réveillé si lui, Vivien, n'était arrivé pour faire prendre à Mark un antispasmodique.

Ces réminiscences véritablement étranges le remplissent d'appréhensions de toutes sortes; il est évident qu'on cherche à le faire disparaître de ce monde, lentement, de sang-froid au moyen d'un poison qui simule la maladie. Lorsqu'on aura bien établi l'existence de cette fable, on fera jouer une dernière dose de poison aussi active que le couteau. Le major Leland est dans le voisinage, se berçant de brillantes espérances; c'est lui, sans nul doute, qui est l'instigateur du crime. Enfin M. Penruth sent qu'il va tomber évanoui, peut-être mort, car déjà une sueur froide baigne ses tempes; il se fait dans son cœur un affreux combat.

— Non! non! je ne veux pas disparaître de ce monde comme un vieux rat empoisonné.

Il sonne et dit à son valet de chambre d'aller chercher madame.

— Monsieur serait-il malade?

— Non, mais allez prévenir madame immédiatement.

Barbara alors, avec sa mère, accourt près de Vivien qu'elle trouve l'œil atone, pâle comme un mort, froid comme un marbre. Elle ne peut maîtriser son émotion et s'écrie:

— Vivien! Vivien! vite un peu d'eau-de-vie!

— Non, dit M. Penruth en arrêtant la main de Barbara qui s'approche en tenant un flacon, ce serait peut-être mortel. Je veux vous faire une question; mettez-vous ici, la tête tournée à la lumière, de façon à ce que je vous voie de face. Grand Dieu! quelle sérénité, quelle pureté dans votre regard, quel calme! Votre devoir est de m'éclaircir sur une lettre que j'ai reçue.

— De qui?

— De quelqu'un qui vous connaissait avant votre mariage et qui vous accuse d'une légéreté de conduite que je ne veux pas qualifier. Est-il vrai que vous soyez allée à Southampton passer mystérieusement quelques jours avec le major Leland, alors capitaine, lors de son dernier départ pour les Indes?

— Quelques jours? Vous voulez dire quelques heures, sans doute. Oui, j'y suis allée, mais au su et au vu de ma mère et de ma sœur, qui ne m'ont pas condamnée au mépris pour avoir été dire adieu à mon fiancé sur la jetée de Southampton?

— Vous n'êtes donc pas restée avec lui à Southampton?

— Ah! Vivien! s'écria Barbara avec indignation.

— Avouez cependant que c'est un scandale de voir une jeune personne, loin du lieu qu'elle habite, se promener au bras d'un jeune et brillant officier.

— C'est M. Maulford qui m'a ainsi calomniée; c'est lui qui m'a vue à Southampton au moment où le *Hesper* allait lever l'ancre; c'est lui qui

m'a reconduite au train. Ah! si je m'étais
doutée que ma conduite m'exposait à de si
indignes soupçons, j'aurais renoncé, je vous le
jure, à m'accorder cette douce consolation.
Dites, Vivien, croyez-vous que je mente?

— Lasse d'aimer sans espoir, n'avez-vous
pas plus tard sacrifié votre conscience à votre
amour en combinant un plan criminel pour
vous débarrasser de moi? Mais cette dernière
dose de poison n'est pas encore assez forte;
donnez-moi ce flacon d'eau-de-vie, pourvu qu'il
ne contienne pas de poison. Ah! donnez-moi
donc un peu d'eau-de-vie.

Barbara présente en tremblant le verre qu'il
demande.

— Ah! vous tremblez maintenant que la fin
approche, murmure-t-il.

Barbara sonne avec une agitation nerveuse
et dit d'aller au plus vite chercher Didcott,
Mme Trevenock et Mlle Florence.

Florence, qui avait entendu la voix pleine
d'angoisse de sa sœur, entre avec précipitation.
Sa surprise et sa consternation sont au comble
lorsqu'elle aperçoit Vivien renversé dans son
fauteuil, immobile, les yeux ouverts, fixes, les
mains raides, et Barbara, debout près de lui,
interrogeant la physionomie de son mari avec
une inquiétude mortelle.

— Vivien est sous le coup d'une crise terrible; il a reçu ce matin, paraît-il, une lettre
anonyme dont le contenu l'a bouleversé; il vient

de me faire subir l'interrogatoire le plus cruel sur mon excursion à Southampton, le jour du départ du *Hesper*. Tâche de détromper Vivien, je t'en supplie, Florence, dis-lui que je n'ai rien, absolument rien à me reprocher.

Florence écoute sa sœur en ouvrant de grands yeux effarés.

— Mon cher beau-frère, dit-elle à Vivien en se penchant vers lui, vous avez une femme cent fois meilleure que vous ne méritez; vous êtes très injuste envers elle.

Vivien ne fait entendre que des sons inarticulés, au milieu desquels on distingue :

— J'étouffe! Je meurs empoisonné!

— Que faire, mon Dieu! que faire! s'écrie Barbara; ce n'est pas la première fois que je le vois dans cet état. Seulement, ce qui est horrible à dire, Florence, c'est qu'il m'a accusée tout à l'heure d'avoir voulu l'empoisonner. Ah! cet infâme soupçon m'a percé le cœur comme une flèche.

— Si nous étions en ville, ce n'est pas un médecin, mais un officier de police qu'il faudrait aller quérir.

— Peut-être Vivien est-il devenu fou à la suite des terreurs atroces qui lui ont traversé le cerveau après la réception de cette lettre anonyme. Ah! c'était elle qui était empoisonnée! La présence de Priscille pourrait peut-être nous être utile; va la chercher, je t'en prie, j'ai tant besoin de secours.

Les sourcils de Florence se froncent légèrement.

— Ce n'est pas l'intervention de Priscille que j'irai chercher, murmure-t-elle, mais celle d'un homme intelligent, courageux, éprouvé, qui pourra protéger une pauvre femme contre les odieuses calomnies d'un fou.

Barbara ne pouvait quitter son mari; avant même qu'elle pût protester, Florence était sortie brusquement de la chambre de Vivien pour aller revêtir en toute hâte son habit de cheval et son petit chapeau à haute forme. Quand, au bout de dix minutes, elle redescend, *Pepper and Salt* l'attend au bas du perron, tenu en main par un groom.

— Mademoiselle va sans doute chercher le médecin? dit-il en mettant le pied de la jeune amazone dans l'étrier. Sanderson est parti pour Camelot il y a un grand quart d'heure.

— Non, Pierre, répond-elle tranquillement, je vais seulement faire une promenade.

Florence met d'abord son cheval au pas, mais, au détour de la route, elle prend au galop le chemin de la falaise, traverse la lande comme un trait, franchit les obstacles comme un daim. Aucun pli de terrain, aucune rigole remplie d'eau n'arrêtent ni le cheval ni son mince et léger fardeau. *Pepper and Salt* foule les bruyères, saute les petits torrents, gravit les rochers; au bout de la montée, Florence renouvelle connaissance avec la cabane dont

le major Leland a fait son observatoire accou-
tumé, puis Florence redescend l'autre versant
de la rampe, son regard plongeant sur Rockport
qui se cache au fond du ravin.

En face du moulin à eau, elle découvre l'auberge de Waterloo qu'un rideau d'arbres protége
contre les colères de l'Océan. C'est une tente-
abri pleine de sécurité et de douceur pour un
soldat au retour d'une campagne dans l'Inde,
après les marches forcées sous un ciel torride,
les nuits troublées par les grondements sourds
des animaux féroces. Ces souvenirs si mêlés
de périls, fatigue et gloire, hantent sans doute
la mémoire du major Leland pendant qu'il va
et vient devant la porte de l'auberge en fumant son cigare. Il est subitement tiré de sa
rêverie par le bruit du galop d'un cheval;
il tourne la tête, et Florence lui apparaît montée sur *Pepper and Salt* Pour le major, jeter
son cigare et se diriger vers l'amazone fut
l'affaire d'un instant.

— Que vous êtes bonne de venir trouver un
vieil ami, s'écrie George Leland; mais d'où
vient votre air inquiet et agité?

— Ah! major Leland, je suis si malheureuse;
M. Penruth accuse Barbara de l'avoir empoisonné
et je viens vous demander aide et protection
contre un tel outrage.

— Ciel! que me dites-vous là! je suis à vos
ordres, Florence; vous savez que je donnerais
ma vie pour sauver votre sœur.

Le major Leland fait demander le meilleur cheval du village et bientôt on lui en amène un sellé, bridé, dont le trot allongé dévore l'espace, dit-on.

Après une ascension de vingt minutes, Florence et son compagnon descendent à bride abattue sur Penruth-place; les montagnes ont cela de bon qu'elles permettent de parler pendant qu'on les gravit, et le major Leland a profité de la circonstance pour demander à Florence si Barbara a jamais eu à se plaindre de son mari avant ce fatal jour et quel est le serpent qui peut ainsi le mordre au cœur?

— M. Penruth a été jusqu'à ce moment d'aberration, de folie, le meilleur des maris et le plus généreux des beaux-frères. Il nous à invitées constamment à venir voir Barbara, et, durant les mois que nous avons passés à Penrùth-place, sa bonté pour sa femme ne s'est jamais démentie un seul instant.

— Votre sœur a-t-elle demandé de venir me chercher?

— Barbara? Mais elle n'a jamais eu une idée pratique dans sa vie. C'est une personne à s'écrier dans les grandes calamités: «Allah! allah est grand! Kismet!" Bien loin de se douter que je suis venue vous trouver, elle croit je vais lui ramener Mlle Penruth, vieille fille revêche, dominatrice qui a la manie de régler la conduite de tout le monde, comme Charles-Quint avait celle de régler les pendules.

18*

Arrivés dans la plaine, Florence et le major Leland mettent leurs chevaux au galop et semblent des feuilles emportées par la tempête.

La futaie de chênes disparaît derrière eux, puis la grille de l'entrée, puis la pelouse franchie comme un champ de course par *Pepper and Salt* et la monture du major Leland; puis la terrasse, à l'extrémité de laquelle s'élève le massif édifice de Penruth-place. Florence et son compagnon descendent de cheval et se dirigent vers la chambre de M. Penruth où se déroule un véritable drame domestique: le malade est étendu inerte sur son lit; Barbara, Mlle Penruth, Mme Morris, le valet de chambre, les yeux attachés sur le patient semblent sous le coup d'impressions diverses. On n'a pu découvrir Didcott à Camelot et on a dû aller chercher un médecin à Launceston.

Les instants sont précieux; l'état de Vivien est toujours aussi comateux; que faire? C'est alors que Florence et le major Leland font leur apparition.

— J'espère que tu ne m'en voudras pas, dit Florence à Barbara, d'être allée chercher aide et secours?

En voyant le major, un sourire d'espoir et de reconnaissance fait trembler les lèvres de Barbara.

— Merci, dit-elle tout bas à George Leland, de vouloir bien être mon appui dans les douleurs dont on m'abreuve.

— C'est moi qui ne puis assez remercier Florence de m'avoir jugé digne de vous aider et de vous défendre.

Tout en parlant à Barbara, le major examine avec une scrupuleuse attention la physionomie de tous ceux qui l'entourent; celle de Mme Penruth peint l'inquiétude et la douleur; celle de sa belle-sœur, la froideur égoïste; celle du valet de chambre, une anxiété sincère; mais il est surtout frappé de l'expression perverse et fausse d'une femme en deuil qui se tient dans l'ombre et qui a peine à dissimuler l'agitation qui la dévore.

— Dites-moi, je vous prie, madame, comment cette crise est-elle survenue et ce qui l'a provoquée? demande George Leland à Barbara. J'ai eu souvent l'occasion de soigner des malades aux Indes, et mon expérience peut être utile aujourd'hui à M. Penruth.

Barbara, surmontant son émotion, raconte que son mari est tombé en syncope après avoir bu un verre de bière; elle ajoute que, dans une crise précédente, quelques gouttes d'eau-de-vie avaient eu le plus rapide et le plus heureux effet.

— Je suppose que vous avez eu encore recours à ce remède si efficace?

— Mme Morris, la femme de chambre de ma belle-sœur m'a conseillé d'attendre un médecin.

— Les médecins, dit-il, ne rejettent jamais

les conseils de l'expérience, et puisque l'eau-
de-vie a déjà eu un effet favorable, il faut en
user sans retard. Donnez-moi ce flacon, dit-il
à Mme Morris en jetant sur elle un regard
d'une méfiance implacable. Puis, je vous demanderai aussi de l'alcali, dit-il à Barbara ;
la dilatation des pupilles, la faiblesse du pouls
de M. Penruth, la température de la peau, le
gonflement des lèvres, tout m'indique une situation analogue à celle d'un pauvre Indou mordu
par un serpent, et je l'ai guéri en lui faisant
prendre des doses d'ammoniaque étendu d'eau.

— J'ai de l'alcali dans ma boîte pharma-
ceutique, dit Mlle Priscille, et elle fait signe
à Mme Morris d'aller chercher le flacon.

Mariette, les lèvres pincées, sort lentement,
sans bruit, en rampant plutôt qu'en marchant
et pour cette raison ou pour une autre, le major
Leland en la regardant s'éloigner se rappelle
cette définition, que jusque-là il n'avait jamais
cru devoir appliquer : Qu'est-ce que la femme ?
C'est un tas de serpents !

XXXI

— M. Penruth se croit donc empoisonné?
dit tout bas le major Leland à Barbara pendant que Mme Morris est allée chercher la
fiole d'ammoniaque.

— C'est une hallucination qui ne se renou-
vellera pas, j'espère.

— Je vous déclare que moi aussi, je trouve
chez M. Penruth tous les symptômes d'un
empoisonnement.

— Juste ciel! Mais, qui peut ici vouloir
attenter à ses jours?

— Peut-être, après tout, est-ce accidentel;
toujours est-il qu'il faut apporter le remède
immédiatement par l'emploi des stimulants les
plus énergiques. C'est, selon toute apparence,
un poison narcotique. Je me rappelle qu'un
jour, étant à l'ambulance, un malade s'était
si bien trouvé d'une dose de digitale que, vio-
lant les prescriptions du médecin, il vida la
fiole et faillit en mourir. L'ammoniaque seule
le sauva.

— Vous croyez donc que Vivien a pris de
la digitale sous une forme quelconque, dit

Barbara, en réchauffant dans ses mains brûlantes les mains glacées de son mari.

Au même moment la porte s'ouvre, MmeMorris entre suivie de Mark qui descend évidemment de cheval, car il tient encore son fouet à la main.

— Comment va mon frère? s'écrie Mark d'une voix profondément émue.

— Il vit encore, grâce aux conseils d'un ancien ami de Barbara, lui répond Mlle Priscille sans autre explication ou commentaire.

— Qu'a dit Didcott?

— Il n'est pas à Camelot.

— Alors, il fallait envoyer chercher le médecin de Launceston.

— On l'attend.

Puis s'approchant du major Leland, il lui demande avec anxiété:

— Êtes-vous bien sûr que votre ordonnance lui soit salutaire?

— Je n'ai pas la prétention de savoir la médecine, mais j'ai vu beaucoup de malades, et l'expérience peut suppléer au savoir.

— Espérons que vous avez reconnu le mal et que vous employez le meilleur moyen pour le combattre.

— Je n'en doute pas. Je fais pour M. Penruth ce que j'aurais fait pour mon frère en pareil cas, et déjà je reconnais une certaine amélioration dans son état.

Mark prit la main du major Leland et il la lui serra affectueusement.

— Y a-t-il longtemps que mon frère a perdu connaissance ?

— Depuis midi.

— Est-ce le cœur qui est atteint ?

— J'attribue cette crise, qui n'est pas une maladie, à l'absorption d'un poison lent.

— D'un poison ! s'écrie Mark, qui a pu l'empoisonner ?

— C'est à vous et à Mme Penruth à découvrir ce mystère.

Mark se rappelle alors l'étouffement soudain, la suffocation qu'il avait éprouvés après avoir bu le verre de bière destiné à Vivien, et il dit :

— C'est à croire, en effet, à quelque machination infernale ; et faisant d'un œil inquiet le tour de la salle, son regard s'arrête sur un visage aux joues blêmes, dont les pommettes embrasées semblent porter l'empreinte d'un baiser du diable.

Mark s'élance vers le lit de son frère et s'appuie contre les oreillers sur lesquels repose Vivien, en lui faisant comme un rempart de son corps. Tous les souvenirs de l'enfance renvoient en ce moment à Mark leurs images chéries, et il voudrait racheter du plus pur de son sang ce frère qui lui a donné tant de preuves de bonté et d'affection.

— Ah ! se dit-il, si quelqu'un ici a ourdi cette trame, ce n'est pas moi qui l'épargnerai.

L'effet des stimulants administrés par George Leland commence à agir ; le cœur du malade bat plus régulièrement; les lèvres et les joues se colorent peu à peu.

— Je le crois sauvé, dit enfin le major.

— Ne pourrait-on lui donner un peu d'émétique? demande Mark.

— Il est trop tard maintenant; je fais ce que j'ai vu faire à un médecin quand j'étais à l'ambulance; il a sauvé son homme, et j'espère être aussi heureux que lui.

— Vous êtes un brave et honnête homme.

— Je suis l'ami fidèle et dévoué de Mme Penruth; c'est mon seul mérite.

Mark reste rivé au chevet de son frère, Barbara est assise près de lui. George Leland debout, les yeux attachés sur son malade, lui tâte le pouls. Au fond de la chambre se tiennent Mlle Penruth et Mme Morris; la première a entre les mains un livre intitulé *Baume pour les affligés*, qu'elle fait semblant de lire, et un flacon de sels. Mme Morris cherche à se dissimuler autant que possible derrière le fauteuil de sa maîtresse et à faire oublier sa présence.

— Dieu soit loué, c'est enfin le docteur! s'écrie Barbara en voyant entrer l'Esculape campagnard. Le major Leland va vous expliquer, lui dit-elle, ce qu'il a déjà fait.

A la demande du docteur, tout le monde dut évacuer la chambre du malade, à l'exception de Mme Penruth et du major Leland. Mark n'obéit qu'à regret à cette consigne; tout en se dirigeant lentement vers la porte, il regarde attentivement le visage de Mme Morris qui, de blême devient pourpre.   Mlle Priscille s'éloigne aussi avec une répugnance visible, disant que personne, pas même Mme Penruth, ne prend un aussi grand intérêt qu'elle-même à la santé de Vivien.   Mme Morris sort à son tour la tête basse et comme écrasée sous une préoccupation qui n'est pas de la charité pour le prochain, mais de la peur pour elle-même.

Après s'être assuré que la porte est bien fermée, M. Flordyce (c'est le nom du docteur) s'approche du lit de M. Penruth et demande depuis combien de temps il est dans cet état.

— Depuis midi, répond Barbara ; mon mari, ajoute-t-elle, a déjà eu une crise semblable il y a quelques jours, mais il attribue celle-ci au poison. J'ai vu d'abord dans ce soupçon l'indice de la folie, mais le major Leland a trouvé un étrange désordre dans la circulation du sang, et il partage les mêmes appréhensions que Vivien.

— Permettez-moi de vous demander, mon jeune confrère, sur quoi vous basez votre diagnostic ?

— Torpeur invincible, pouls faible, gonflement des lèvres. Ces symptômes étant tout à fait identiques à ceux qu'avait provoqués un poison narcotique, j'ai employé les mêmes moyens que j'ai vu alors appliquer avec succès.

— Quelle était la nature du poison dans le cas que vous citez ?

— La digitale.

— Je vois que votre traitement a fait merveille, et tout fait présager que la crise est à son déclin.

— Constatez-vous un retour sensible de vitalité ?

— Lent, mais certain.

— Je ne saurais, en vérité, mieux faire, dit George Leland, que de laisser M. Penruth entre vos mains. Adieu, Mme Penruth.

— Vivien, s'écrie Barbara, voyant les yeux de son mari fixés sur le major Leland, ne lui direz-vous pas un mot avant son départ, ne le remercierez-vous pas de vous avoir sauvé la vie ?

— Pourquoi lui être reconnaissant d'un bienfait aussi problématique ? Peut-être aurait-il cent fois mieux valu que je mourusse.

— Je n'accepte aucun remerciement ; j'ai fait pour M. Penruth ce que j'aurais fait pour tout autre dans de pareilles circonstances ; ce que j'ai fait bien souvent pour les malheureux cholériques que je trouvais sur mon chemin. Adieu, M. Penruth.

— Pourquoi ne resteriez-vous pas ici ? dit Barbara au major en l'accompagnant jusqu'à la porte. Le docteur va sans doute nous quitter tout à l'heure, et nous serons encore privés de tout secours : si on a tenté d'empoisonner Vivien, il doit y avoir un ennemi caché dans la maison.

— Que savez-vous de cette veuve qui est

au service de votre belle-sœur? dit George Leland.

— Rien, si ce n'est que Mlle Priscille la tient en grande estime.

— J'ai conçu d'elle une opinion toute contraire, et peut-être que votre beau-frère est de mon avis; le regard singulier qu'il lui a jeté tout à l'heure m'a frappé.

— Je suis dévoré d'inquiétude, major Leland, et je vous serai. très reconnaissante de rester ici.

— ' Si vous me le demandez, je reste; qu'est-ce qu'il y a pour moi de plus doux que de vous obéir?

— Je ne puis quitter la chambre de mon mari, mais ma mère et ma sœur seront heureuses de vous tenir compagnie. Au revoir, donc, major Leland: puis Barbara retourne près du lit de Vivien.

— Savez-vous que vous avez été heureuse d'avoir dans votre voisinage un homme aussi intelligent et dévoué que le major Leland, dit le docteur Flordyce, en s'adressant à Mme Penruth. Je vais continuer le traitement qu'il a ordonné. Toutefois, je désire faire quelques recommandations à la garde-malade qui soigne M. Penruth.

— Je ne confierai ce soin à personne, et vos prescriptions, docteur, seront scrupuleusement exécutées.

— Je ne saurais, du reste, vous quitter aussi longtemps que M. Penruth sera sous le coup de cette crise; puis, il n'y a pas à hésiter sur la cause qui l'a provoquée, et mon devoir n'est pas simplement de conjurer le danger, mais d'en prévenir le retour. Permettez-moi de vous demander si personne, ici, ne vous inspire le moindre soupçon?

— Je ne sache pas que Vivien ait un seul ennemi.

— Il n'est pas sans exemple, malheureusement, de voir des médicaments provoquer des symptômes d'empoisonnement.

Depuis sa dernière maladie, mon mari a reçu les soins de M. Didcott.

— Veuillez, je vous prie, le faire appeler au plus vite.

Barbara tire le cordon de la sonnette et dit:

— Prenez le dog-car, allez de suite chercher M. Didcott, dites-lui que sa présence est urgente ici, et que je l'attends.

XXXII

Mark, en sortant de la chambre de son frère
descend lentement l'escalier ; le crépuscule
étend son voile gris sur le vieux manoir ; on
ne peut distinguer les objets que confusément ;
arrivé à la dernière marche, il se demande s'il
doit prendre à gauche, ou à droite, ou devant
lui. La porte de la bibliothèque de Vivien est
ouverte ; il y entre machinalement. Le feu
brûle dans l'âtre ; Mark se plonge dans un
fauteuil, la tête pleine des pensées les plus
cruelles ; il jure dans son cœur une haine mortelle à celui ou à celle qui a attenté aux jours de
son frère, et il se promet de ne rien épargner
pour que la lumière se fasse sur ce ténébreux
mystère. Les tristes souvenirs l'assiégent en
foule ; Barbara qu'il a vue tout à l'heure comme
un ange de dévouement et de douceur au chevet
du lit de Vivien, échappe à ses soupçons ; il
les reporte sur une autre personne ; il se rappelle
l'excitation nerveuse avec laquelle Mariette a
écouté jadis Maulford discuter les chances que
lui, Mark, a d'hériter de Penruth-Place, et il
se souvient de cette exclamation échappée des

lèvres de sa femme: „Ah! si Vivien mourait subitement!" Il se demande comment il s'est prêté au désir bizarre qu'a eu Mariette d'entrer au service de Mlle Penruth, comment il a accepté un pareil projet, si honteux pour elle et pour lui, comment il a écouté Mariette exposer avec une verve infernale tous ses rêves d'avenir sans en pressentir lui-même le danger. Comment a-t-il montré tant de faiblesse et d'irréflexion! Toutefois, il y a bien des années que Mark s'est déjà adressé cette question. Pour éviter une brouille, une querelle après avoir cédé à un caractère et à des séductions irrésistibles que n'a-t-il pas concédé depuis tantôt quinze ans! Mais, aujourd'hui, l'idée de la complicité qu'il se reproche l'accable. Il s'enveloppe dans la couverture de fourrure de son frère et, en proie aux pensées qui le torturent, il se jette sur un sofa placé entre l'angle de la cheminée et le mur. Il épie tous les bruits et ne saurait fermer l'œil; le feu renvoie ses rayons d'or dans la pièce. Bientôt une femme s'y faufile et entrebâille la porte d'une main timide. C'est Mariette! elle s'approche de la table sur laquelle est posé le verre ou plutôt le gobelet d'argent de Vivien. Elle s'en empare et revient près de la cheminée; mais, au moment où elle va jeter dans les cendres le liquide qui reste dans le verre, Mark bondit vers elle, saisit sa main et l'étreint à la briser.

Mariette jette un cri de stupéfaction, mais

recouvrant immédiatement son sang-froid, elle dit à Mark:

— Je voulais porter ce gobelet à Dickson, qui fera demain son argenterie de bonne heure.

— Il peut attendre, dit Mark, et je m'en charge, car je vais serrer sous clef le contenant et le contenu.

Mark ouvre un vieux cabinet de laque chinoise, aux compartiments multiples, aux tiroirs à secret, aux étagères superposées; il y dépose la pièce de conviction, ferme le meuble à double tour et met la clef dans sa poche.

— Que faites-vous là, s'écrie Mariette, s'élançant vers lui comme une furie.

— On a tenté d'empoisonner mon frère, et il peut rester quelques traces de poison dans ce gobelet.

— Vous avez perdu la raison comme tous ceux qui vous entourent. Votre frère a une maladie de cœur; le docteur Didcott l'a assez dit et répété sur tous les tons, et parce qu'un homme en délire se croit empoisonné et qu'il plaît à l'amant de sa femme de jeter l'alarme dans la maison, vous accordez créance à cette folie comme à l'Évangile. Voyons, Mark, calmez-vous, donnez-moi ce gobelet, et tâchez, si vous pouvez, de passer une bonne nuit.

— Vous rendre ce gobelet? Jamais!

— C'est odieux, c'est atroce! s'écrie Mariette exaspérée.

— Vous êtes une misérable, et tout est à

jamais fini entre nous; partez! sortez d'ici, que
je ne vous revoie plus, ou sinon, vous savez
ce qui vous attend?...

— Qui oserait m'accuser ici?

— Les faits parlent d'eux-mêmes contre vous.

— Quels faits? Comment prouver que c'est
moi qui ai empoisonné la bière destinée à votre
frère, où me serais-je procuré du poison?

— La digitale croît dans les champs, et c'est
avec quelques-unes de ces fleurs que vous
vouliez perpétrer votre crime. Sortez d'ici,
reprend Mark du ton inexorable d'un juge ou
d'un maître, autrement j'envoie chercher un
policeman.

— Comment, vous oseriez de sang-froid accuser votre femme, votre honnête femme, dit-
elle en se rapprochant de Mark, d'être...

— Une empoisonneuse, répond-il en la repoussant avec indignation; partez, et sans
tarder, si vous ne voulez pas que je mette ma
menace à exécution.

— Je pars Mark, mais si je meurs, ma mort
retombera sur vous!

— Votre vie a été pour moi le supplice
quotidien.

— Ne donnerez-vous pas une larme à ma
mémoire?

— Moi, je remercierai le ciel d'avoir délivré
la terre d'un monstre tel que vous.

— Et mes enfants, dit-elle en s'élançant vers
lui comme une tigresse, que deviendront-ils?

— Soyez tranquille, le poids de vos crimes ne retombera pas sur eux.

— Laissez-moi du moins aller chercher mon châle dans ma chambre; la nuit est si froide, et j'ai sept milles à faire à pied pour traverser la lande.

— Je vous suis alors, car je craindrais encore que vous ne fissiez une dernière tentative pour mettre à exécution vos criminels desseins.

Mariette monte l'escalier en spirale qui conduit aux mansardes. Mark est derrière elle; arrivé sur le palier, il la laisse seule franchir la porte en lui disant:

— Dépêchez-vous, je vous attends.

Mariette se dirige vers la commode où sont serrés ses effets; elle prend une fiole cachée entre les plis d'une robe, ouvre l'œil-de-bœuf et jette le contenu de la fiole sur le lierre qui monte du sol jusqu'au toit, puis elle renferme dans son corsage un petit sachet de papier brun qui était à côté de la fiole. Ni alambic, ni cornues: une branche de fleurs cueillie dans une haie constitue tous les poisons de cette Lucrèce Borgia campagnarde.

Puis elle décroche du porte-manteau sa casaque, son chapeau de veuve; Mark fait toujours passer Mariette devant lui et l'accompagne jusqu'à la grille d'entrée; comme on est à la tombée de la nuit, la porte est déjà close et le garde doit venir l'ouvrir sur la demande de Mark pour permettre à la voyageuse noc-

19*

turne de franchir pour jamais le seuil de Penruth-place!

— Vous aurez soin, lui dit-il à l'avenir de
ne jamais laisser entrer ici la femme de chambre de Mlle Penruth.

— Qu'y a-t-il donc, monsieur? Cette si respectable veuve aurait-elle volé?

— Il est inutile de vous en dire davantage,
ce que vous avez à faire, c'est qu'elle ne rentre sous aucun prétexte au château.

— Monsieur peut être sûr que je ferai bonne
garde.

Mariette s'éloigne l'œil égaré, la joue en feu.
Ce n'est ni la conscience ni le remords qui lui
font monter le rouge au visage, mais la haine,
l'envie, toutes les mauvaises passions qui fer-
mentent dans son esprit et sous l'influence
desquelles elle a préparé des breuvages qui devaient la payer de tout.

Elle traverse la lande sous l'impression de
ce pesant passé, que la nuit rend plus sombre
encore; elle longe les murs de Camelot, où les
fenêtres et les boutiques ne sont pas encore
fermées. De rue en ruelle, elle pénètre dans
le bouge qu'habite la tante Jooly. Le contrevent
est hermétiquement clos, mais une lueur filtre
sous la porte; Mariette ouvre, entre dans la
pièce qui sert à la fois de chambre, de salle
à manger et de cuisine à la vieille sorcière;
au-dessus de ce trou qui manque d'air, il y
en a un autre à l'abri de l'humidité, rempli

de fromages, d'oignons, de pommes et de charbon. C'est le grenier d'abondance de la tante Jooly. Sur le lit de la vieille femme est étendu un couvre-pieds composé de morceaux d'étoffes d'indiennes multicolores qui ressemble à une marqueterie, ou à une mosaïque, ou encore à un casse-tête chinois; c'est un chef-d'œuvre de patience à désespérer les fées; près du feu se tient la sibylle, rencognée dans un grand fauteuil à accotoirs qui l'abrite du vent. Devant elle, un bureau cylindrique contient son fameux registre à recettes et les simples pour les exécuter. Une table rembrunie par le temps compose avec ce qui précède tout le mobilier. De tout temps, les animaux et les sorcières ont vécu en bonne intelligence et se sont compris; là, encore rien ne vient démentir la règle. Deux chats noirs aux yeux verts comme du jade et translucides sont couchés sur le flanc près des chenets, non loin de la bouilloire qui siffle et qui rappelle les chaudrons des sorcières de *Macbeth*. Pour les habitants de Camelot et de ses alentours, ces chats sont des animaux légendaires.

Mariette a soigneusement drapé son voile de façon à dissimuler le bonnet blanc qui est de rigueur sous le chapeau de veuve. Tante Jooly s'écrie, en la voyant entrer si pâle et si défaite:

— Qu'est-il donc arrivé? Je vous croyais à Londres.

— J'en viens, mais je m'y suis enrhumée te

j'ai hâte d'être chez moi; voulez-vous me donner ma clef?

— La voici, dit tante Jooly, en la détachant d'un anneau brisé posé sur son bureau, pourquoi ne prendriez-vous pas une tasse de thé avec moi?

— Je ne le puis, je vous assure.

— Vous êtes bien pressée de me quitter ce soir. Vous trouverez tout en bon état chez vous, pas une toile d'araignée, pas un grain de poussière.

— Merci, je n'oublierai pas ce que je vous dois pour vos bons offices.

Mariette part sans donner à tante Jooly le temps de répliquer; celle-ci, du seuil de la porte, la suit des yeux pendant quelques minutes, au grand déplaisir des chats qui ne s'expliquent pas comment leur vieille maîtresse sacrifie ainsi le thé, le beurre et le coin du feu, à ce mouvement de curiosité; ils se frottent à sa robe couleur amadou en ronronnant.

— Elle est à faire peur aux ténèbres, murmure la vieille sorcière en rentrant avec ses chats dans son taudis sombre et mystérieux.

XXXIII

Pendant que Mark accompagne Mariette jusqu'à la grille du château, George Leland, seul
au salon de Penruth-place, réfléchit de sang-
froid au rôle qu'il vient de jouer. La bataille
finie, la victoire gagnée, il reconnaît qu'il n'a
pas failli à son devoir, et que, Dieu merci!
Vivien Penruth lui doit la vie!

En ce moment Florence entre et s'écrie:

— Ni lumière, ni feu, ni dîner! Ah! major
Leland, quelle opinion vous allez avoir de l'hos-
pitalité si vantée du Cornouaille; quelle ironie
du sort! Vous rendez la vie et on vous fait
mourir de faim! il y a un siècle que le dîner
est prêt; mais, vu l'état de Vivien, personne
n'a sonné la cloche et tout sera froid!

— Je n'ai pas faim, je vous assure, Florence;
comment va votre beau-frère?

— De mieux en mieux; convenez qu'il est
providentiel que je sois allée vous chercher!

— C'est vrai; mais n'ayant plus rien à faire
ici, ma présence devient inutile, et je vais retourner à Rockport.

— Tout seul, par une nuit noire, sur une
route que vous ne connaissez pas?

— Ce ne sera pas la première fois que je cheminerai seul nuitamment, repartit le major en riant, j'ai souvent dormi sur ma selle.

— Voilà qui me surprend! s'écrie encore Florence; et vous n'êtes pas tombé!

— L'excès de la fatigue fait dormir partout; puis, quand un homme passe la moitié de sa vie à cheval, le cavalier finit par faire partie intégrante de sa monture. Puis-je sonner, Florence, pour demander qu'on selle mon modeste coursier?

— Non; je ne vous laisserai pas partir, l'estomac criant famine.

— Alors faites-moi du thé, si vous ne voulez pas que je m'endorme. Prenons le thé ensemble comme à Camberwell, voulez-vous?

— Vous vous rappelez donc encore ces heureux jours suivis de si charmantes soirées?

— Comment les oublierai-je! s'écria-t-il en soupirant.

— Voyons, dit-elle en approchant de la cheminée le plateau que Dickson vient d'apporter, causons gaiement comme autrefois, parlez-moi de la guerre des Indes.

— C'est un sujet qui n'est rien moins que gai, ma pauvre Florence.

— En revanche, c'est dramatique et intéressant au plus haut degré; vous avez été blessé à Lucknow?

— Oui, c'était après l'assaut; j'avais gravi la brèche sous la mitraille infernale des Hin-

dous et je commençais à croire que mon étoile
devait me protéger des balles quand j'ai été
blessé presqu'à bout portant par un cipaye. On
m'a mis sur un cacolet pour me transporter jusqu'à
l'ambulance et de là à l'hôpital où je suis resté
trois mois; les médecins m'ont alors conseillé
de changer d'air; mais je suis délabré, détraqué
pour longtemps, sinon pour toujours; il faut
bien une fin à toute carrière.

— Ne parlez pas ainsi; dans trois mois
vous pourrez retourner dans l'Inde et y faire
campagne.

— Ne chantez pas sitôt victoire, Florence.

Elle regarde le major Leland; son aspect ne
lui donne pas confiance. La joue creuse, l'œil
enfoncé, le corps affaissé de son interlocuteur
font douter à Florence qu'un repos même prolongé puisse le rétablir et lui rendre la force.
Tout à l'heure, près du lit de Vivien, la responsabilité qu'avait assumée le major semblait lui
avoir rendu une énergie factice; mais, ce moment d'excitation passé, il paraît exténué et
sa contenance triste saisit Florence de pitié
et de pressentiments fâcheux.

George Leland se dispose enfin à partir.

— Désirez-vous voir Barbara? lui demande
Florence.

— Non, pas elle, mais son beau-frère; quel
homme est-il?

— C'est ce qu'on appelle familièrement un
brave homme.

— La phrase est consacrée pour dissimuler l'incapacité de celui de qui on parle.

— Ce n'est ni un phénix ni un aigle, mais un homme consciencieux avec qui on peut traiter une question délicate.

— C'est que j'ai affaire avec lui, et je compte sur vous, Florence, pour l'en prévenir.

— Alors, adieu, major Leland, dit-elle; mais bientôt, j'espère, nous nous retrouverons à Camberwell, dans la pittoresque et riante retraite de la villa des Roses, où nous serons tous heureux comme des saints dans le ciel.

— C'est un doux rêve, dont j'accepte l'augure, pourvu qu'il ne soit pas, lui aussi, suivi d'un terrible réveil.

Florence serre affectueusement la main qui lui est tendue sans avoir l'air de comprendre ou de partager ce sombre pressentiment.

— Par bonheur, dit Florence, voilà Mark que j'aurais peut-être cherché en vain dans le château, et vous allez pouvoir causer tout à l'aise avec lui. Adieu.

— Vous avez, paraît-il, quelque chose à me dire, demanda Mark au major.

— Oui, je crois de mon devoir de vous avertir avant de quitter cette maison, que je partage les soupçons de votre frère sur la tentative d'empoisonnement dont il a failli être victime. Une certaine veuve, la femme de chambre de votre sœur m'a inspiré les plus fâcheux soupçons et je crois qu'il est urgent de vous délivrer immédiatement de sa présence.

— Rassurez-vous, elle a quitté la maison dès hier soir.

— Alors, je n'ai rien de plus à vous dire.

Mark accompagne le major jusqu'au bas du perron. Il renonce, dit-il, à lui exprimer toute sa reconnaissance, mais il lui offre en retour l'assurance du plus entier dévouement.

George Leland, en s'éloignant lentement à travers le brouillard d'une nuit de novembre, rappelle le cavalier de certaine ballade du Nord : „Les morts vont vite."

Le lendemain, on apporte à Mark une lettre dont l'écriture lui est bien connue. „Si vous voulez me voir encore une fois, lui écrit Mariette, venez demain. C'est la dernière faveur que je vous demanderai jamais, je vous attends."

Bien que Mark ne songeât pas à ce tête-à-tête sans une terreur indéfinissable, il résolut de répondre à l'appel de Mariette ; il avait bien des choses à régler avec elle, à commencer par la question d'argent ; il voulait l'éloigner à tout prix, et l'existence à Londres est plus dispendieuse qu'à Camelot ; mais, par-dessus tout, il voulait soustraire ses fils à l'influence pernicieuse de leur mère en les envoyant à l'étranger.

Mark est décidé à partir aussitôt qu'il connaîtra le résultat de la visite des deu médecins. Ceux-ci le rassurent complètement ; Vivien a dormi toute la nuit du plus tranquille sommeil. Tout le monde se préoccupe dans la maison de la disparition de Mme Morris; on discute, on commente son caractère, ses habitudes. Sa précipitation à quitter le service de Mlle Penruth excite les soupçons de tous les hôtes du château, à l'exception de Vivien qui soupçonne encore sa femme du plus odieux des crimes, et qui voit en elle un démon sous la figure d'un ange. Vivien adresse à peine la parole à Barbara; elle lui trouve parfois quand il la regarde l'œil hagard; mais elle se dit que le temps triomphera d'une maladie et d'un soupçon mal guéris.

Elle songe avec reconnaissance au sauveur à qui son mari doit la vie, mais son cœur se serre quand elle pense à la transformation qui s'est accomplie chez George Leland pendant ces années durant lesquelles il a conquis la gloire et perdu la santé. Le brillant officier n'est plus. que l'ombre de lui-même; pâli, maigri, un triste sourire erre sur ses lèvres, il se soutient à peine et cependant avec quel bonheur ne l'a-t-elle pas revu! avec quelle joie n'a-t-elle entendu le timbre vibrant de sa voix et rencontré le feu de son regard!

Mark entre dans la chambre de Vivien et annonce à Barbara qu'il s'absentera jusqu'au lendemain.

— Ne nous abandonnez pas longtemps, je vous en supplie, Mark, lui dit-elle, je ne puis supporter d'être seule ici tant que je ne verrai pas Vivien me parler, me regarder, me sourire;

je suis si malheureuse quand je me rappelle l'insulte qui m'a percé le cœur!

L'entrée de Dickson interrompt Barbara au moment où Mark lui dit qu'il viendra demain relever ce fidèle serviteur de sa garde.

— Comme Barbara est changée! dit Vivien à son frère.

— C'est à te veiller qu'elle s'est rendue malade, lui répond Mark, en baissant le rideau du lit, de façon à abriter le malade de la lumière.

La porte s'ouvre, Florence paraît et ait signe à Mark de venir lui parler.

— Est-ce par erreur que *Pepper and salt* a été sellé pour vous et non pour moi?

— Non, lui répondit-il en regardant par la fenêtre, c'est moi qui l'ai demandé. Mais demain, si vous voulez...

— Soit. Allons, bonne promenade, bon retour et à demain.

— Vous êtes bonne, Florence, de ne pas me garder rancune.

— Non, en vérité, je ne suis pas égoïste à ce point. Adieu, Mark, que Dieu vous garde de tout danger!

XXXIV

Mark, en arrivant à Camelot, rencontra le
contre-maître des ardoisières, qui venait le chercher pour régler les comptes des ouvriers, car
c'était jour de paye. Mark fut retenu deux
heures à son bureau, et lorsqu'il en repartit,
la nuit tombait, il était habitué à parcourir la
route à toutes les heures et par tous les temps.
L'état de son esprit lui fait trouver ce soir-là
une apparence sinistre à tout ce qui l'entoure ;
il s'étonne de ne pas apercevoir une lumière
aux fenêtres de sa maison dont l'aspect lugubre l'épouvante. Il met pied à terre, attache
son cheval à la grille, puis tourne derrière le
logis, pour chercher la clef sous une certaine
pierre où Mariette a l'habitude de la cacher
quand elle sort.

Il traverse à pas lents le jardin potager, le
perron, et entre : partout le silence ! partout
l'obscurité ! Mark allume une bougie et ouvre
la porte de la cuisine ; rien n'indique qu'on y
soit venu depuis longtemps. Il semble qu'il n'y
ait personne dans la maison ; une odeur de
moisissure y domine. Mark franchit lentement
les marches de l'escalier, pénètre dans le salon

et, de là, dans la chambre à coucher où, dans un pan coupé, se creuse l'alcôve. Sur le lit, recouvert d'une courtepointe blanche est étendue Mme Morris revêtue du costume noir qu'elle portait à Penruth-place.

— Mariette! s'écrie Mark en saisissant la main qui retombe inerte. Mais à ce contact glacé, il tressaille d'horreur. Il approche la lumière du visage de Mariette, pas un souffle ne s'échappe de ses lèvres livides, la mort lui a fait subir la dernière et terrible transformation. Tout près d'elle est posée sur une table la petite fiole qui, sans doute, a provoqué l'éternel sommeil.

— Que faire? s'écria Mark, la tête cachée dans ses deux mains, en tombant affaissé sur un fauteuil au pied du lit. Il n'y a pas à hésiter, pense-t-il, il faut avoir le courage d'aller apprendre à Didcott le dénouement du drame dont il a vu la première scène à Penruth-place.

Il laisse sur la table deux bougies allumées, descend l'escalier, ferme la maison, monte à cheval et franchit au galop la distance qui sépare le cottage de Saint-Colomb de la maison habitée par Didcott.

— Je ne comptais pas vous voir ce soir, dit le docteur à Mark en le voyant entrer. Votre frère serait-il repris d'une nouvelle crise?

— Ce n'est pas pour lui que je viens vous chercher, mais votre présence est urgente au cottage. Il n'y a pas un instant à perdre, Did-

cott; je vais prévenir tante Jooly et je compte
sur vous. A bientôt.

Après avoir prononcé ces mots, il disparaît.

— Il faut avouer que le moment est tout
à fait inopportun, dit Didcott à sa femme; il
se fait tard, je n'ai pas soupé et j'ai passé la
nuit près du squire. Néanmoins le docteur
se met promptement en route; en arrivant au
cottage, il trouva Mark sur le perron.

— De qui s'agit-il, demanda le docteur, est-
ce grave?

— Mariette est morte, elle s'est empoisonnée!

— O mon Dieu!

— Je suis résolu à vous dire toute la vérité,
nous étions mariés.

— Il y a longtemps que je m'en doute.

— Mais, ce dont vous ne vous doutez pas,
c'est que, lorsque ma sœur a renvoyé sa femme
de chambre, il y a six mois, Mariette a voulu
entrer au service de Priscille sous un faux
nom, et j'ai eu l'insigne faiblesse de céder à
cette étrange fantaisie.

— C'était donc elle, Mme Morris! Ah! je
comprends maintenant pourquoi elle ne voulait
jamais me regarder en face. A quoi attribuer
ce suicide?

— Elle a voulu se faire justice à elle-même
après avoir tenté d'empoisonner Vivien.

— Ah! mon cher Mark! de quel poids me
décharge cet aveu!

— Mais qui donc soupçonniez-vous? dit

Mark en relevant la tête avec une noble fierté.

— Plus personne; je vous le jure, dit Didcott en lui tendant la main. Je vais avoir à faire une enquête.

— Ne peut-on l'éviter?

— Je ne le pense pas. Il vaut mieux agir franchement; à votre place, j'avouerais à Vivien ce qui en est. S'il l'apprend par une autre voie, ce sera un grief de plus contre vous.

Mon frère ne me pardonnera jamais le sot mariage que j'ai fait.

— Qui sait? votre franchise ne peut manquer d'être un titre à son indulgence.

Didcott prit avec Mark les mesures relatives à l'enquête; un jury composé de douze notables de Camelot, qui avaient tous connu l'ancienne servante de l'auberge des *Armés du Roi* commença par constater son identité. Mark déclara que Mariette et lui étaient mariés depuis longtemps; mais qu'il n'avait pas avoué ce mariage parce que Vivien ne lui aurait jamais pardonné cette mésalliance.

M. Didcott déclara que Mariette était morte depuis dix heures lorsqu'il était arrivé; il attribua la mort à l'effet d'un narcotique pris, sans doute par imprudence, à trop haute dose; à l'unanimité le jury se rallia à cette opinion.

Mark respira plus librement quand cette grave affaire fut terminée; ses anciens amis lui serrèrent fortement la main en lui adressant les compliments de condoléance les plus sympathiques.

Il fut convenu, pour éviter le scandale, que Mark suivrait le convoi en voiture avec Didcott. C'était un dernier, mais cruel démenti aux conjectures de l'opinion publique. La cérémonie funèbre terminée, Mark s'empressa de se rendre près de son frère, bien résolu à lui dévoiler enfin le mystère de sa vie.

— Je vois, mon cher Vivien, que vous allez de mieux en mieux, lui dit-il. C'est aussi votre avis, n'est-il pas vrai, Barbara?

— Je suis convaincue, que d'ici très peu de jours, Vivien pourra faire une promenade en voiture, soit en poney-chaise, soit en landau. Lequel préférez-vous, Vivien? demanda Barbara à son mari avec une sollicitude charmante.

— Cela m'est absolument indifférent, répondit le malade d'un ton froid et presque brusque; mais d'où venez-vous donc? demande-t-il à Mark. Pourquoi ne vous a-t-on pas vu hier soir?

— C'est une triste histoire, mon frère, mais si vous voulez bien me prêter un peu d'attention, je suis prêt à vous la raconter.

Barbara se lève instinctivement, serrant sa broderie dans un panier à ouvrage.

— Je ne veux pas être indiscrète, et je me retire. Dès que vous aurez achevé, Mark, vous m'appellerez.

Mark s'assit dans le fauteuil abandonné par Barbara et commença ainsi:

— Quelle satisfaction pour vous, Vivien, de

savoir que vous n'avez pas de maladie de cœur
et que le médecin sait aujourd'hui qu'il a été
le premier trompé.

— Quelle satisfaction! reprit Vivien sur le
ton de l'ironie. Quelle satisfaction de se savoir
en butte dans sa maison aux complots les plus
criminels! quelle satisfaction de chercher le
traître parmi ceux qui vous entourent. Ah!
mon cher, quelle satisfaction!

— Vivien, je viens d'apprendre quel est le
coupable qui a voulu attenter à vos jours,
Didcott le sait aussi, c'était ma femme.

— Votre femme? mais quelle femme?

Mark ne lui fit pas grâce d'un seul anneau
de la longue et lourde chaîne qu'il traînait depuis tantôt quinze ans et qui s'était si tragi-
quement rompue.

Le visage de Vivien semblait s'éclairer à
mesure que la douloureuse narration se dé-
roulait.

— Juste ciel! s'écria-t-il, comment ai-je pu
soupçonner la meilleure et la plus dévouée
des femmes!

— O Vivien! votre femme est un ange, mais
me pardonnerez-vous ma complicité inconsciente
dans cette tentative criminelle? Me pardonnerez-vous jamais de vous avoir trompé dans
la gestion des ardoisières pendant les premières
années de mon administration?

— Ah! Mark! il est des choses qui valent
mieux que l'argent... Barbara! s'écria-t-il en

20*

ouvrant la porte du salon où elle s'était réfu-
giée. Ma femme ! ma femme bien-aimée, lui
dit-il en lui tendant les deux bras, je sais
tout et c'est moi qui implore votre pardon.

Elle ne répondit pas un mot et tomba éva-
nouie entre les bras que lui tendait Vivien ;
une demi-heure après, il avait appris des lèvres
de Barbara un secret si rassurant et si doux
que le cauchemar pénible du passé disparais-
sait devant un rêve d'avenir, qui promettait
de donner un nouveau rejeton à l'antique branche
des Penruth.

XXXV

A partir de ce jour, la manière d'être de Vivien subit un changement extraordinaire. On eût dit qu'il commençait une nouvelle vie et que toutes les pénibles émotions par lesquelles il venait de passer avaient disposé son cœur à une bienveillance et à une indulgence sans limites. Mark lui-même, après la terrible confession qu'il avait faite à Vivien, recevait, aussi de son frère des preuves d'amitié et de confiance plus vives que par le passé.

Un jour le squire le prit à part et lui annonça la grande nouvelle qui, pour lui, donnait tant de prix à l'avenir. Vous ne m'en voudrez pas, dit-il, n'est-il pas vrai, d'avoir déchiré mon testament?

— Si vous ne m'enlevez pas la direction des ardoisières, je serai toujours on ne peut plus satisfait de mon sort.

— Bien loin de vous enlever cette position, sachez que mon intention est de vous laisser un jour les ardoisières en toute propriété.

— Merci, Vivien, de cette généreuse intention; je fais les vœux les plus sincères pour votre futur héritier.

— Et vos fils, à vous, Mark? j'espère qu'ils ne ressemblent pas à leur mère?

— Pas le moins du monde: ils sont Penruth jusqu'au bout des ongles.

— J'en suis enchanté; où comptez-vous leur faire passer les vacances de Noël?

— A leur pension.

— C'est bien dur quand on a un oncle qui possède une si grande maison; pourquoi ne les amèneriez-vous pas ici?

— J'accepte avec reconnaissance cette combinaison. Vivien, j'espère que cette jeune bande vous donnera comme un avant-goût de la paternité. Ce sont de solides gaillards que mes fils, toujours en bonne santé et de bonne humeur.

Il a été convenu que Mme Trevenock et Florence resteront à Penruth-place jusqu'aux premiers jours de janvier. Le major Leland leur a écrit qu'il quitterait Rockport pour aller passer la Noël chez ses sœurs et qu'il se rendrait à la villa des Roses dès qu'on serait disposé à l'y recevoir.

Priscille, de plus en plus revêche, annonce qu'elle a accepté une invitation à Plymouth, où un fameux prédicateur doit prêcher l'Avent. Vivien profite de l'occasion pour lui laisser entendre que Plymouth offre toute l'année, sous ce rapport, des ressources que n'a pas Penruth-place.

— Est-ce une manière détournée de me dire que vous souhaitez me voir habiter une autre maison que la vôtre? J'ai des amis qui me recevront à bras ouverts et de qui je serai mieux appréciée que je ne le suis ici.

— Le fait est que Barbara et vous ne pouvez avoir de sympathie l'une pour l'autre.

— C'est vrai et je songe sérieusement à quitter Penruth-place avant qu'un nouveau tyran n'y rende la vie tout à fait intenable.

— Que votre volonté soit faite, Priscille, lui dit Vivien du ton d'un homme qui considère cette résolution comme un fait accompli.

Vivien se décide à écrire au major Leland pour lui exprimer toute sa gratitude; il donne communication de sa lettre à Barbara, en lui disant que lui-même n'eût peut-être pas agi avec autant de désintéressement et de générosité s'il se fût trouvé dans de pareilles circonstances.

Barbara sait maintenant toute l'histoire du crime qui a failli coûter la vie à son mari. Mais ce secret à jamais renfermé entre elle, Vivien, Mark et Didcott, n'ajoutera pas un chapitre de plus aux légendes de Camelot que la tante Jooly se propose de laisser aux générations futures.

Une semaine plus tard, Priscille, la dévote Priscille, quitte le château de Penruth-place, et Mark, le pécheur, y arrive avec ses trois fils; chacun salue avec une égale satisfaction ce mouvement en sens contraire. Barbara et Vivien vont recevoir sur le perron les trois jeunes écoliers et leur père. L'aspect du vieux château semble frapper les enfants de vénération, comme la vue d'un sanctuaire; les deux aînés tiennent leur père par la main, le plus jeune les suit en s'accrochant aux pans de la redingote paternelle.

— Vous avez l'air de bien aimer votre père? dit Vivien aux enfants.

— Oui, d'abord papa ne gronde jamais et maman grondait, grondait...

— Toujours, dit le plus petit en interrompant son frère aîné.

— Puisque maman est au ciel, il est inutile d'en parler maintenant, réplique le cadet.

— Quelle belle rampe pour glisser à cheval dessus! dit le jeune Henri à Vivien d'un ton bien résolu.

— Petit téméraire! réplique Vivien; les balustres ne se prêtent pas à ce genre d'exercice, et je vous ferai arranger une gymnastique où vous pourrez prendre vos ébats sans risquer de vous casser le cou. En attendant, venez vous chauffer près du feu.

Barbara, assise à côté de sa mère, la regarde attentivement faire une bande de crochet dont la destination n'est plus un mystère. Mark propose à Florence une partie d'échecs; elle l'a bientôt fait échec et mat, et charge Vivien de donner sa revanche à son frère.

— Je ne puis, dit-elle, voir ces trois malheureux garçons se regarder comme des petits chiens de porcelaine. Je vais les emmener

dans la galerie où ils pourront courir et rat-
trapper le temps perdu.

Florence gagne promptement la confiance
des trois neveux de Vivien; elle se mêle à leurs
jeux avec tant de feu et d'entrain, qu'ils dé-
clarent n'avoir jamais eu de meilleur camarade.
Elle achève de faire leur conquête en les em-
menant à la cuisine remuer solennellement le
plumpudding, la veille de Noël.

— Jamais maman ne nous a laissé mettre
ainsi la main à la pâte; la tante Jooly nous
apportait des noix et nous racontait des histoires! mais papa était toujours absent à Noël,
et c'était un désappointement qui mettait tout
le monde en rage.

Ces paroles firent sourire Mark, qui, lui plus
qu'un autre, ne pouvait s'empêcher de préférer
le présent au passé.

XXXVI

L'automne est écoulé, nous sommes au lendemain de Noël, la nouvelle année est commencée, les trois fils de Mark sont retournés à leur pension... Mme Trevenock se prépare à quitter Penruth-place; Barbara lui recommande d'une voix émue le pauvre malade qui doit prochainement devenir son hôte.

— Tout ce qui sera ordonné par la science sera fait avec le plus complet dévouement, soyez-en sûre, Barbara.

— Vos soins ne pourront, je le crains, triompher de la maladie, mais, du moins, ils adouciront les derniers jours du malade.

— Votre situation, mon enfant, vous fait un devoir de combattre les idées sombres.

— Cela me ferait plus de mal que de bien, je vous jure, d'entretenir des illusions qu'une cruelle réalité viendrait détruire; au lieu de m'endormir sur le danger, je tiens à savoir la vérité et je demande aujourd'hui de m'avertir quand le moment fatal sera venu, afin que j'aille, une dernière fois, serrer la main au pauvre major Leland.

— Vous ne voudriez pas faire un pareil chagrin à votre mari?

— J'ai la confiance que Vivien ne me refusera pas cette douloureuse consolation.

— S'il en est ainsi, je vous jure, de vous faire tout connaître, ma chère Barbara. C'est dans de pareils moments qu'on regrette surtout de n'avoir pas le don de l'ubiquité, car il m'est bien dur, je vous assure, de vous quitter en pensant au grand événement que vous attendez.

— Dieu me protégera! répond Barbara à sa mère, et vos bons soins sont bien plus nécessaires à George Leland qu'à moi. Florence, dit-elle en s'adressant ensuite à sa sœur, tu t'ingénieras, n'est-ce pas, pour le distraire et pour adoucir ses souffrances, ton bon cœur me répond de ton dévouement; tu m'écriras souvent, tu me diras la vérité, j'y tiens essentiellement.

Mme Trévenock serre tendrement sa fille dans ses bras en lui renouvelant solennellement la triste promesse que Barbara a exigée d'elle tout à l'heure.

Mme Trevenock et Florence étant reparties pour Camberwell, M. et Mme Penruth sont seuls au château de Penruth-place, où un petit berceau vide encore, mais représentant tant d'espérances, occupe maintenant une si grande place; un doux nom s'échappe souvent des lèvres de Vivien qui ne veut pas admettre avec

Barbara que la Providence commette l'erreur
de lui envoyer une fille.

Quelques semaines lui donnent raison en le
rendant père d'un garçon. Le joyeux carillon
des cloches de Penruth-place annonce le glo-
rieux événement aux quatre vents du ciel.
Vivien reste des heures à contempler la petite
créature qui va maintenant régner sur tous
les cœurs par la seule puissance de l'amour.
Chez Barbara, c'est une adoration délicate et
mystérieuse comme l'être qui l'inspire ; elle
prend l'enfant dans ses bras, le dépose dans son
berceau, le reprend et fait déjà pour lui mille
rêves d'avenir.

Malheureusement, il faut toujours une ombre
au tableau, et les lettres qui arrivent de la villa
des Roses sont loin d'être rassurantes. Florence
écrit à sa sœur que le major Leland devient
de plus en plus sédentaire ; il ne va jamais à
son club, mais il reçoit à Camberwell la visite
d'une foule d'officiers, ses anciens camarades
de l'armée des Indes.

Florence déclare à Barbara qu'elle écoute
avec le plus vif intérêt le récit des campagnes
de ces jeunes héros, puis, n'oubliant jamais le
côté positif des choses, elle ajoute que personne
n'a encore reçu six pence de la gratification
promise à l'armée et que s'il n'était pas si mal
séant d'être radical, il n'en faudrait pas davantage pour la faire passer avec armes et
bagages dans les rangs de l'opposition.

Après trois ou quatre lettres de Florence,
Mme Trevenock prend aussi la plume, et les
bulletins qu'elle envoie à Barbara accusent les
progrès incessants de la maladie. „Notre pauvre
ami", écrit-elle, „maigrit à vue d'œil; il perd
à la fois le sommeil et l'appétit; la fièvre le
dévore; les ravages de la maladie sont effrayants;
la dernière consultation ne laisse plus d'espoir.
Le poumon perforé par une balle est perdu
depuis longtemps, l'autre est des plus gravement
compromis. Le major Leland sent avec la résignation chrétienne d'un héros la main de la
mort qui s'appesantit sur lui, et sa foi, ajoute-
t-elle, nous montre à l'avance comment il saura
mourir."

Barbara communique à Vivien ces tristes
nouvelles.

— Serait-ce une consolation pour vous de
voir encore une fois le major Leland? dit M.
Penruth à sa femme.

— Comment pouvez-vous lire ainsi dans mes
plus intimes pensées, mon ami?

— Parce que l'amour est une divination,
chère enfant, et que je vous aime.

— S'il en est ainsi, Vivien, vous devez savoir aussi que vous avez à jamais gagné mon
cœur.

En entendant ce tendre aveu, Vivien tombe
aux genoux de Barbara; jamais encore sa
femme ne lui avait paru ni si grande ni si
belle.

— Vivien, dit-elle, cette dernière condescendance à mes désirs me touche plus profondément que tout ce que vous avez fait pour moi jusqu'à ce jour. Ah! qu'il m'est doux de voir qu'enfin vous croyez en moi comme je crois en vous!

— Vous fixerez le jour de notre départ.

— Hélas! le temps presse et la mort n'attend pas; dans une semaine je serai, je pense. en état de quitter Penruth-place.

Huit jours après, en effet, le grand landau transporte à la gare César et sa fortune, c'est-à-dire Vivien, Barbara et un jeune baby à moitié enfoui dans les dentelles et dans du cygne moins blanc qui lui.

XXXVII

Le printemps est, cette année-là, le plus beau du monde, la terre est couverte de fleurs; deux fois par jour George Leland, appuyé sur sa canne de bambou, se promène dans l'allée, qu'un mur tapissé de lierre protège contre le vent d'est; le malade s'arrête souvent pour reprendre haleine; celui pour qui les courses folles à cheval n'étaient autrefois que jeu d'enfant compte maintenant tous ses pas. Le pauvre major n'est plus reconnaissable; lui qui, au jour du danger, n'était qu'intrépidité et oubli de lui-même, est condamné au repos absolu.

Il ne se fait pas d'illusion; il est résigné depuis longtemps à son sort, se disant qu'il vaut mieux avoir vécu que d'avoir à vivre quand tout est pour vous, dans la vie, regret sans espoir. Et cependant ses yeux s'animent parfois d'un feu étrange en rêvant à tout ce qu'il aurait pu faire encore avec le régiment de braves soldats qu'il avait formés et qui étaient montés avec lui comme des lions à l'assaut de Delhi. Les lauriers qu'il avait cueillis au début de sa carrière avaient témoigné de la

valeur de son épée; maintenant l'épée est bri-
sée, le héros est vaincu, les épines succèdent
aux lauriers et la mort lui ouvre le chemin.

„Voilà les chances de la guerre,” se dit
George Leland, à moitié couché sur le sofa
devant la table où jadis il avait fait des parties d'échec avec Barbara. Il se rappelle les
beaux yeux de celle qui lui faisait alors souvent perdre la tête et la partie, et le souvenir
de ces défaites a pour lui non moins de charme
que celui des victoires.

Les années ont fui, la guerre de Crimée est
finie, les Indes sont pacifiées, les ministères se
succèdent, chacun vieillit, grisonne, blanchit,
arrivant plus ou moins vite à la dernière page
de la vie.

George Leland est le plus patient des malades; il fait effort pour supporter la souffrance
sans se plaindre et pour n'attrister personne
de ses misères. On le retrouve quelquefois tel
qu'il était jadis et ou pourrait le croire guéri
si son visage émacié par la fièvre ne rappelait
toujours le mal qui l'accable.

George Leland est patient, Florence est
héroïque; plus son cœur est triste, plus elle s'efforce de paraître gaie et de dissimuler sous
un sourire les larmes qui lui montent aux
yeux.

— Quel bien vous me faites, ma chère Florence, lui dit-il un matin en se promenant
avec elle dans le jardin où resplendissent tous

les charmes du printemps. Que serais-je devenu sans cet ange gardien, ajoute-t-il, en
appuyant la main sur l'épaule de Florence qui
marche lentement près de lui.

— Vos sœurs eussent été heureuses de faire
pour un frère ce que je fais pour un ami.

— Elles sont bonnes et charmantes, sans
doute, mais toutes ont des devoirs qui les
absorbent; puis, Florence, aucune d'elles ne me
rappelle Barbara. Vous êtes à mes yeux la
tradition d'un heureux songe du passé; pour
moi, le souvenir remplace l'espérance, et la maison où je suis né ne m'est pas aussi chère que
celle où mon cœur est né à l'amour.

— Puisque vous vous plaisez tant ici, nous
vous garderons toujours.

— Mais, ma chère Florence, la maladie dont
je souffre est sans remède; il sera inutile de
transformer la villa des Roses en un hôpital
pour les incurables.

Florence le regarde avec une étrange anxiété
et comme quelqu'un qui n'a pas compris.

— La mort, ma chère enfant, reprend-il,
voilà le souverain remède à tous mes maux.

Florence surmonte avec peine son émotion
et essuie à la dérobée une larme qui tombe le
long de sa joue.

— Ne pleurez pas ainsi, lui dit-il, car, s'il
m'était seulement donné de revoir une seule
fois Barbara, d'entendre le son de sa voix, de
presser sa main, je dirais avec Manfred: „Après

tout, la mort n'est pas une chose si terrible."

— Je vais écrire aujourd'hui même à Barbara.

— C'est inutile, car elle ne peut quitter son fils.

— Elle quitterait tout au monde pour vous, major Leland; lorsque nous lui avons dit adieu, elle a fait promettre à ma mère de l'avertir, si vous exprimiez le désir de la voir; ainsi je vais lui écrire tout de suite.

L'effroyable faiblesse du major Leland suggère à Florence les plus tristes appréhensions; les yeux creusés par l'insomnie, la coloration factice des pommettes, les jambes qui tremblent font prévoir l'imminence d'un dénouement fatal. Il faut que Barbara vienne et qu'elle vienne promptement, se dit Florence, car la fin est proche.

XXXVIII

On a disposé un lit pour le major Leland dans la salle à manger de la villa des Roses et relevé les portières entre cette pièce et le salon, afin de procurer ainsi plus d'air respirable au malade. Mme Trevenock a sacrifié de bon cœur ses propres aises au bien-être de son hôte et prend maintenant ses repas avec sa fille à la cuisine.

Nous y avons soupé souvent autrefois, se dit Florence, quand Amélie sortait le soir. Ce mot, autrefois, se rapportait toujours au temps où l'on avait grand'peine à joindre les deux bouts à la villa des Roses. Depuis lors, moyennant les largesses de Barbara, Mme Trevenock a pris des habitudes plus élégantes; mais Florence ne prétend pas moins toujours que le luxe est bien peu de chose dans le bonheur.

Cette année le mois de mai justifie exceptionnellement sa réputation, et il jette à profusion ses dons sur la terre étoilée de fleurs. Le temps est magnifiquement doux, presque chaud comme en juin. Florence a commencé ses promenades matinales dans le jardin; le soleil radieux l'oblige à prendre une allée qui offre plus de fraîcheur que les autres ; elle trouve du muguet à l'angle ombragé du mur et le cueille pour son cher malade toujours sous le coup d'une menaçante catastrophe. George Leland, qui se compare souvent à la feuille balayée par la tempête, a, de guerre lasse, quitté son lit sans sommeil et s'est étendu sur un sofa près de la fenêtre ouverte. En se penchant un peu, il aperçoit Florence qui va et vient comme une fleur qui marche. Bientôt elle est près de lui et apporte au malade triomphalement le petit brin de muguet qu'elle vient de cueillir à son intention. Il le prend avec un tremblement de main qui trahit une émotion particulière et examine les mignonnes petites fleurs avec une attention passionnée.

— C'est la fleur favorite de Barbara, dit-il ; la première fois que je l'ai vue, elle en avait à son corsage. Ah! Florence, quel souvenir! Quand je serai mort, mon enfant, je désire qu'une main amie dépose dans mon cercueil un bouquet de muguet ; je compte sur vous pour donner satisfaction à mon triste désir.

Florence fond en larmes et répond :

— Mais, mon ami, les muguets seront défleuris depuis longtemps, je vous assure.

— J'en doute, ma bonne Florence, et je compte sur vous.

Il y a deux jours qu'elle a parlé d'écrire à Barbara ; depuis ce temps Leland semble en proie à une agitation insurmontable ; il tres-

saille toutes les fois qu'on sonne à la porte
d'entrée; il repousse successivement livres et
journaux; rien n'est capable de fixer ses
pensées.

Si je vous lisais quelque chose pour vous
endormir; sans doute ce n'est pas flatteur pour
moi, mais la plupart du temps, vous vous en-
dormez lorsque je vous lis de la poésie, et le
résultat me console de cette petite humiliation.

— Une demi-heure de sommeil serait pour
moi un vrai bienfait.

— Aimeriez-vous le *Giaour*, par exemple?

— Oui, beaucoup.

— Vous ne préférez pas le *Corsaire?*

— Non; si le caractère du Giaour est d'une
moralité discutable, du moins ce héros savait
aimer.

— Nous passerons la description de la Grèce,
dit Florence, qui n'avait pas le faible de la
nature, et nous entrerons tout de suite dans
le vif du sujet.

Leland était un admirateur enthousiaste du
génie de lord Byron. Pendant ses nuits solitaires sous la tente, alors que l'approche de
l'ennemi et les rugissements des animaux
féroces tenaient George Leland dans une alter-
native d'observation et de crainte, il luttait
victorieusement contre le sommeil en lisant et
relisant ces poèmes qu'il aurait pu réciter par
cœur plus couramment peut-être que Florence
ne savait les lire.

Le son d'une voix féminine douce et modu-
lée, pure et limpide comme le murmure d'une
source cristalline berce, rafraîchit et endort le
pauvre malade.

Un petit papillon blanc, une primeur ailée,
voltige autour de la tête du major appesantie
par le sommeil. Les lilas de Perse couverts de
fleurs, les aubépines qui s'entr'ouvrent, le soleil
qui rayonne, envoient dans la chambre chaleur
et parfum.

Le malade a passé de la pénible réalité dans
le pays des songes. Il est aux Indes encore,
devant Delhi : les maisons brûlent, les palais
s'écroulent ; de la grande mosquée on a fait un
hôpital.

Les camarades de George se pressent autour
de lui ; tout est clameur et confusion : les balles
tombent dru comme grêle ; les hommes se tor-
dent dans les angoisses de la douleur. Les noirs
aux visages torturés par l'agonie, aux turbans et
aux ceintures écarlates, jonchent le sol ; puis,
peu à peu, la fumée disparaît, les palais féeri-
ques s'éloignent, les coupoles dorées des mos-
quées s'évanouissent dans un ciel bleu voilé,
le printemps éclate, le merle siffle, et Barbara
se promène triomphante dans le jardin de la
villa des Roses au bras du capitaine indien.

— Barbara ! s'écrie George Leland en s'é-
veillant en sursaut. Barbara ! une main tremble
dans sa main et tout près de lui pâle comme
un lis se penche le front pur de sa bien-aimée.

— Ah! c'est un rêve encore; je crains de m'éveiller, qu'ai-je fait pour mériter un pareil bonheur?

— Avez-vous pu douter que je viendrais?

— Non, ma chère Barbara, je l'espérais, et cet espoir m'a tenu éveillé deux jours et deux nuits. Enfin vous voilà, combien y a-t-il donc de temps que vous êtes ici?

— Cinq minutes tout au plus. Avant même que Florence m'ait fait part de votre désir, nous avions le projet de vous venir voir; mon mari veut vous remercier de lui avoir sauvé la vie.

— Il ne me doit aucune reconnaissance; j'ai fait pour lui ce que j'aurais fait pour tout autre. Florence m'a dit, Barbara, que vous avez un fils.

— Oui, un chérubin, que je serai bien fière de vous présenter si cela ne vous fatigue pas.

— En le voyant, je pourrai, moi aussi, entonner le cantique du saint vieillard Siméon... Ah! c'est maintenant, Seigneur, que vous laisserez aller en paix votre serviteur. Souvent, sous le ciel de l'Inde, resplendissant d'étoiles, je me livrais à de si doux rêves! Vous m'apparaissiez belle et pure comme la madone; un enfant blanc et rose endormi dans vos bras; mais le bonheur ne devait être pour moi qu'un songe, ou un mot vide de sens. Que Dieu vous donne, ô ma bien-aimée! ce qu'il m'a refusé!

Asseyez-vous dans le fauteuil de Florence,
que mes yeux se reposent sur vous. Quand je
suis parti pour les Indes j'ai craint, après vous
avoir quitté à Southampton, de devenir fou de
regret, mais aujourd'hui, je sens que je n'ai pas
encore épuisé le calice d'amertume et que
la prochaine séparation sera le déchirement
suprême. Ah! pourquoi ai-je abandonné la
proie pour l'ombre; pourquoi suis-je retourné
aux Indes, pourquoi ai-je poursuivi la gloire,
pourquoi ne me suis-je pas contenté du
bonheur?

— Parce que l'amour de la patrie doit pri-
mer tous les autres, et qu'une grande âme
comme la vôtre n'abandonne pas sa carrière
au moment du danger.

— C'est vrai, Barbara; j'ai fait mon devoir,
et cela m'est une consolation. Oui, j'ai tra-
vaillé à la grande œuvre; un autre achèvera
ce que je n'ai pas pu faire, et mes efforts ne
seront pas perdus.

En prononçant ces mots, il retombe sur l'o-
reiller, épuisé de faiblesse, la sueur inonde son
front; Barbara essuie avec son mouchoir le
visage ravagé du pauvre moribond et lui donne
une potion qu'il boit avidement.

— Je désire voir votre mari, dit-il; je tiens
à le remercier de vive voix de vous avoir
amenée ici.

Barbara va chercher Vivien, qui entre seul
dans la chambre du malade.

— Je ne puis vous exprimer toute ma reconnaissance, dit à M. Penruth le major Leland,
en lui tendant une main décharnée et brûlante,
à demi soulevé sur son sofa.

— Pourquoi donc aurais-je refusé cette consolation à mon sauveur, pourquoi l'aurais-je
refusée à ma chère et sainte femme? Rien ne
peut égaler ma confiance en elle, si ce n'est
ma reconnaissance pour vous. A demain, major Leland, car il ne faut pas abuser de vos
forces, et vous avez besoin de repos.

Vivien retrouve Barbara dans le jardin et lui
dit qu'il a des affaires à Londres, mais qu'elle
peut rester à la ville des Roses où il viendra
la reprendre le lendemain.

— Ah! mon ami, dit-elle à son mari, puis-
siez-vous le retrouver demain!

Barbara ne peut plus se faire d'illusion;
Florence lui a dit que la fin est imminente,
inévitable; elle sait que la main de Dieu peut
briser d'un moment à l'autre cette existence
si chère; ses lèvres ne murmurent plus qu'une
longue prière et le nom de George Leland;
elle pleure sur cette âme héroïque déjà aux
prises avec le fantôme de la mort, et elle regarde de loin l'endroit ou elle a enfoui sous
les lis les lettres de son bien-aimé! puis elle
remonte dans la chambre de Mme Trevenock
et s'assied près de la fenêtre ouverte; le jour
baisse, un morne silence règne dans la maison,
le livre des livres est ouvert devant elle à ce

verset : „Je suis la résurrection et la vie, celui qui croit en moi ne mourra pas."

Sur un ciel couvert de nuages, la lune se lève pâle et triste ; le calme solennel de la nuit se répand sur la villa des Roses ; Florence, le visage inondé de larmes, entre et fait signe à sa sœur de la suivre. Une veilleuse, allumée près du lit de George Leland, ajoute au caractère lugubre de cette scène. L'altération des traits, l'œil vitreux, le visage qui se décolore ont déjà l'aspect de la mort. Mme Trevenock, Florence et Barbara tombent à genoux à côté du lit.

— Barbara, dit-il, en cherchant avec la main le front de sa bien-aimée.

— Mon ami, je suis ici..... près de vous répond-elle, la voix entrecoupée par les sanglots.

— Barbara !.... l'Angleterre ! Mon Dieu, que je vous remercie ! Je me croyais à Lucknow entouré d'Indiens au visage cuivré.... Mais j'entends la voix de Barbara, je vois le ciel de ma patrie, je meurs heureux....

Puis il approche ses lèvres déjà à moitié glacées du front de Barbara et murmure tout bas :

Si nous devons retrouver au ciel ceux que nous avons aimés, la mort n'est pas la mort !

. . . .

Barbara reste à genoux, tenant dans sa main la main du héros expirant, et à minuit il passe du repos terrestre au sommeil qui n'a de réveil qu'aux cieux !

EPILOGUE

Dix années se sont écoulées depuis que
George Leland repose entre son père et sa mère
dans le cimetière du Somersetshire. L'insurrection indienne a été vaincue; Outram, le
Bayard de l'Inde, a son mausolée à Westmin-
ster; Clyde est mort aussi, Napier cueille de
nouveaux lauriers sur une terre étrangère: le
monde est plus vieux de deux lustres; la société
devenue plus artiste est peut-être plus artifi-
cielle; le vin de Bordeaux a succédé au Xères;
les hommes boivent moins et les femmes davantage; la valeur de l'argent a baissé de
30 %; chacun s'enorgueillit de sa richesse,
vante ses bibelots, ses émaux et ses tableaux.

Le château de Penruth-place ne subit pas
les caprices de la mode; les anciennes tentures
aux teintes neutres, les meubles de chêne bru-
nis par le temps, font toujours admirablement
ressortir les fleurs exquises dont Barbara se plaît
à décorer ses appartements. Malgré l'architecture massive, sobre et sérieuse du château,
malgré som ameublement monumental et sévère, la gaieté et la vie donnent maintenant
une nouvelle jeunesse à la vieille demeure;

car des rires enfantins éclatent et se répercutent de toutes parts.

L'héritier présomptif n'est pas seul dans la *nursery*; le babillage incessant de deux petites filles chante gaiement comme l'eau sous la pierre du ruisseau; puis un baby d'un an à peine s'abat de temps en temps sur les têtes blondes de ses sœurs, qui marchent à quatre pattes devant lui. On prétend qu'il surpasse encore en beauté l'aîné qui avait été proclamé dans son temps (il y a dix ans) le plus merveilleux baby que la terre eût jamais porté.

Outre les trois grands fils de Mark, deux petites filles et un petit garçon, qui se réclament du même père, apportent souvent aussi leur contingent à la joyeuse troupe de Penruth-place. Qui donc est la seconde femme de Mark? Qui donc est la mère de ces trois charmantes petites créatures? Ah! lecteur, vous l'avez deviné, c'est votre amie Florence, l'intrépide amazone, la garde-malade dévouée, la femme foncièrement bonne et vraie, aimable et gaie, qui, après avoir enfoncé ses traits dans le cœur de Mark comme dans une cible, a fini par guérir toutes ses blessures en consentant à devenir sa femme.

Il a justifié cette confiance en faisant le bonheur de Florence; il a prouvé que les erreurs de la jeunesse n'emportent pas plus l'honneur sans retour que le vent ne déracine l'arbre qu'il ébranle; Mark a fait sa fortune en travaillant à celle de son frère qui est son meilleur et son plus fidèle ami. La plus belle maison moderne qui s'élève au centre de Launceston est celle qu'il a fait construire et qu'il habite.

Là, à l'inverse de Penruth-place, tout est neuf, frais et fait pour le plaisir des yeux, tout y témoigne le goût moderne, l'ingéniosité et la grâce. Sur les vitres des fenêtres en verres de Bohême, sont fouillés de jolis paysages dont la transparence fait illusion; les pieds s'enfoncent partout dans des tapis qui ressemblent à de la mousse émaillée de fleurs; tout ce luxe aimable et exquis, toutes ces inventions délicates et nouvelles, excitent plus l'envie des particuliers, il faut l'avouer, que les splendeurs quasi féodales et la majesté inaccessible de Penruth-place.

C'est vraiment là une vie heureuse et douce, un paradis terrestre, produit de la civilisation du dix-neuvième siècle! Barbara se complaît dans le cadre majestueux qui l'entoure, elle est heureuse dans son mari, dans ses enfants, dans sa mère, mais elle cherche souvent à ressaisir dans les souvenirs du passé quelque chose du héros qu'elle a tant aimé et qui vivra dans son cœur jusqu'à son dernier soupir.

M. Trevenock est mort, non pas en odeur de sainteté, mais à temps pour échapper à l'issue d'un procès que lui avait intenté un de ses clients, procès qui avait amené la condamnation de Maulford, reconnu seul coupable de manœuvres frauduleuses dans cette affaire compliquée. Dieu merci, le nom des Trevenock en est sorti blanc comme neige.

Mlle Penruth a fixé sa demeure à Plymouth, où ses *meeting prayers*, dans la matinée, sont suivis par quelques amis fidèles et pieux comme elle.

Mme Trevenock passe maintenant un tiers de l'année à Penruth-place, l'autre à Launceston et le dernier à la villa des Roses. Barbara vient l'y voir tous les ans avec ses enfants au printemps; sans doute, le cottage leur semble bien simple comparé au château de Penruth-place, sans doute les allées sont bien étroites comparées à celles du grand parc. Mais le jardin de la grand'mère n'en est pas moins toujours sur terre le paradis des enfants, car ils ont là plus de liberté que partout ailleurs; là, personne ne se plaint que leurs petits pieds laissent des traces sur les plates-bandes, là, personne n'est surpris que leurs petites mains arrachent des fleurs à plaisir.

Les muguets et les lis croissent et se multiplient à l'endroit même où Barbara a enfoui ses lettres d'amour. Personne ne pénètrera jamais ce mystère. Pourquoi faut-il que, dans chaque existence, même dans celle qui semble être la plus brillante, dorment toujours sur une tombe des espérances trompées et des rêves envolés!

FIN